巧藝坊 QIAO YI FANG 巧艺坊时尚手工编织

幼儿毛衣图案设计新花样

you er mao yi tu an she ji xin hua yang

阿巧　编著

山 … 出版社

图书在版编目（C I P）数据

幼儿毛衣图案设计新花样 / 阿巧编著. --济南：山东美术出版社，2010. 9
（巧艺坊时尚手工编织）
ISBN 978-7-5330-3241-8

Ⅰ. ①幼… Ⅱ. ①阿… Ⅲ. ①绒线－童服－编织－图集 Ⅳ. ① TS941. 763. 1-64

中国版本图书馆CIP数据核字（2010）第174073号

策 划：杭州书丛文化传播有限公司
责任编辑：李晓雯

出版发行：山东美术出版社
济南市胜利大街39号（邮编：250001）
http://www.sdmspub.com
E-mail:sdmscbs@163.com
电话：（0531）82098268 传真：（0531）82066185
山东美术出版社发行部
济南市胜利大街39号（邮编：250001）
电话：（0531）86193019 86193028
制版印刷：杭州钱江彩色印务有限公司
开 本：889×1194毫米 16开 10印张
版 次：2010年9月第1版 2010年9月第1次印刷
定 价：38.00元

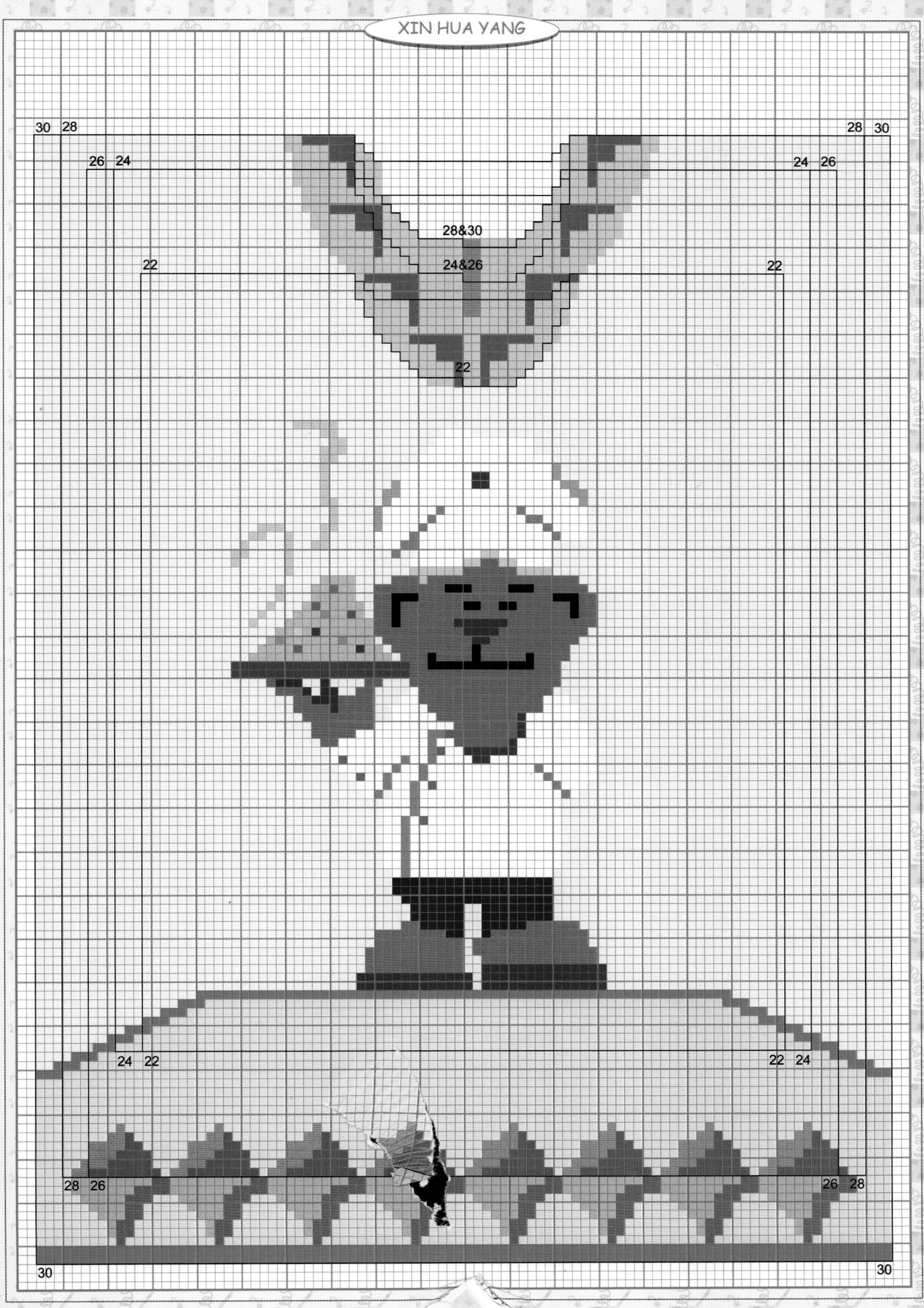
XIN HUA YANG
30 28
26 24
28&30
24&26
22
22
24 22
28 26
30

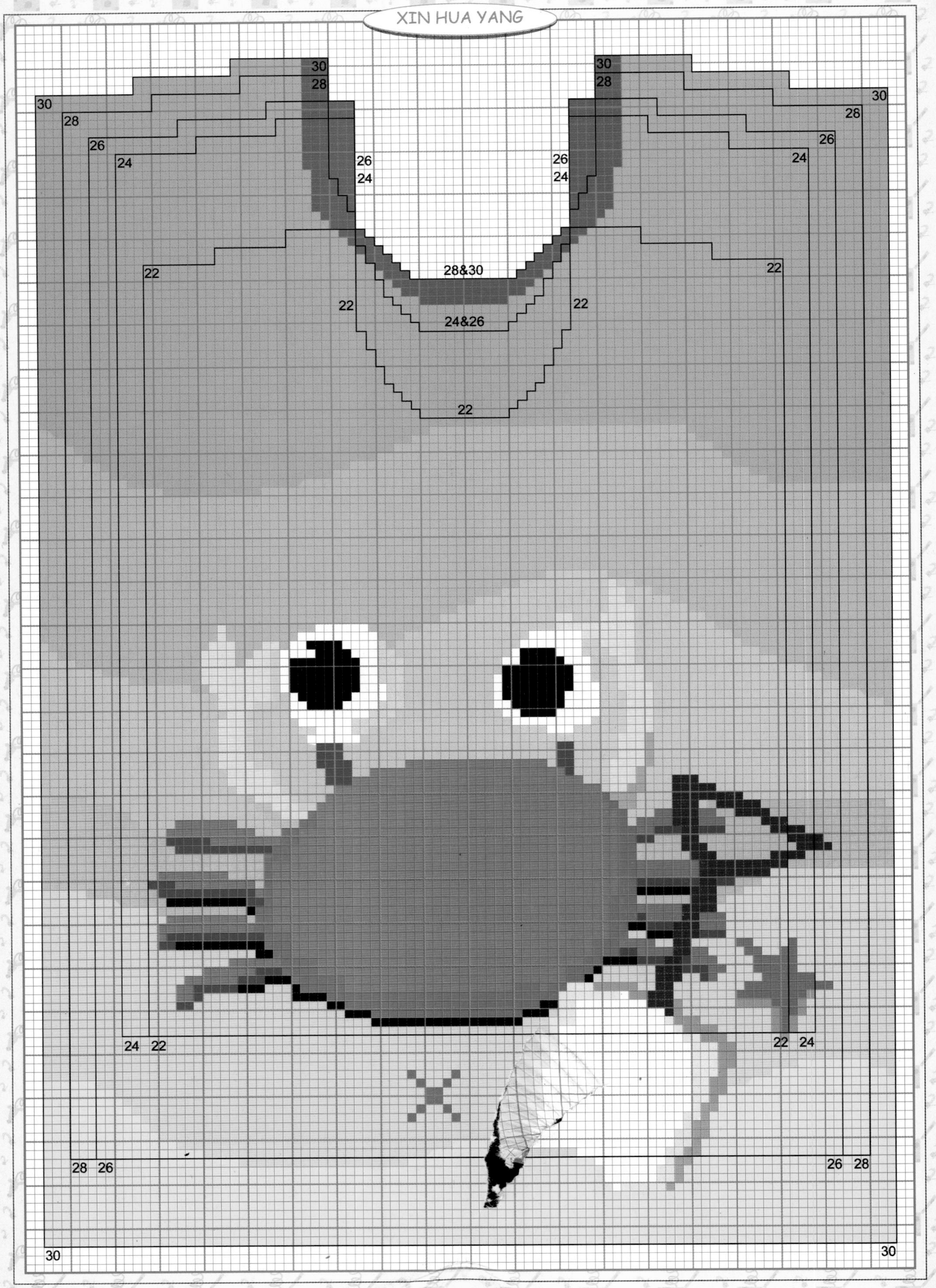
30
28
26
24
22
28&30
24&26

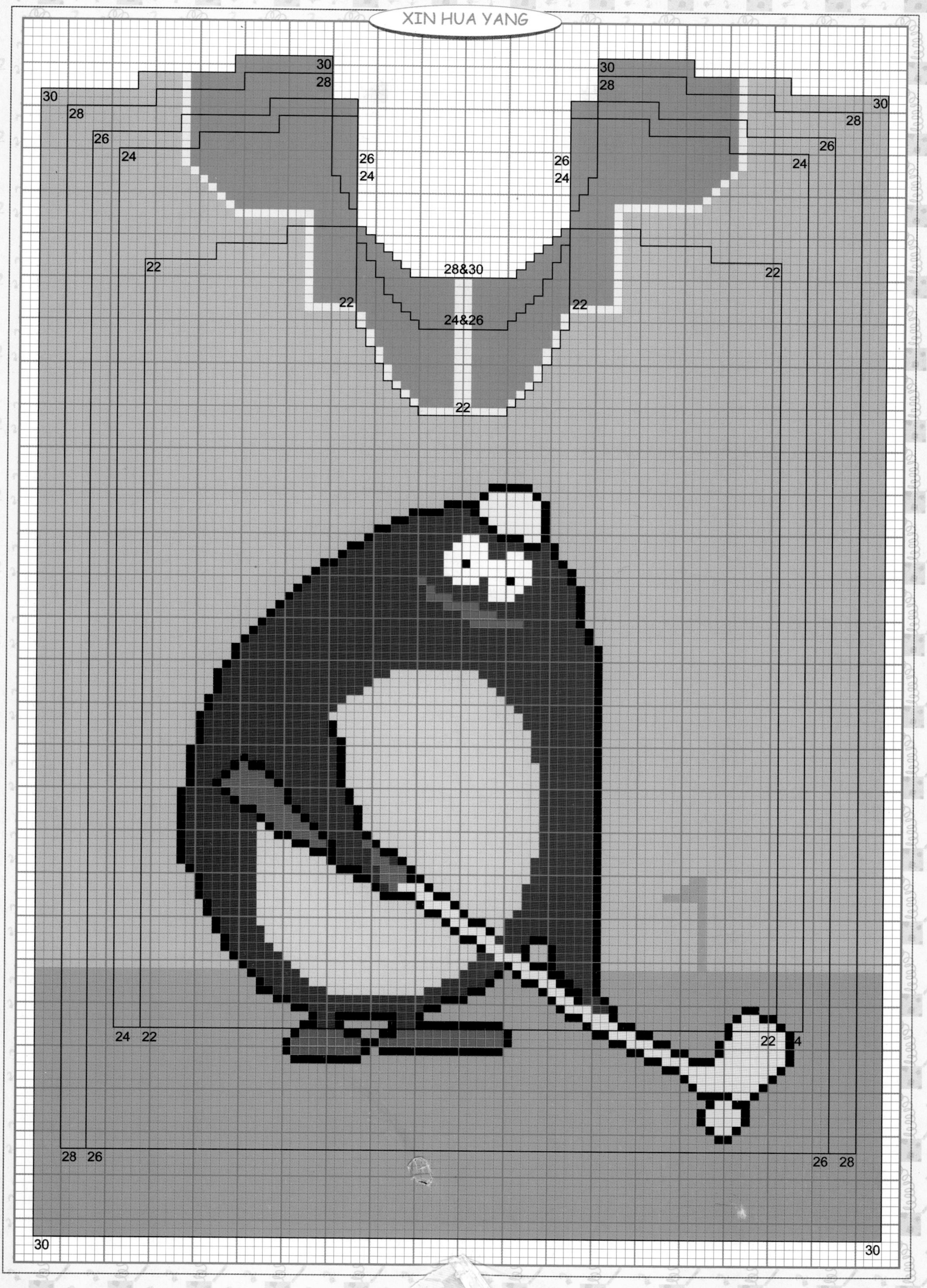
XIN HUA YANG
30
28
26
24
22
28&30
24&26

XIN HUA YANG
30
28
26
24
22
28&30
24&26
22
22
22
24 22
22 24
28 26
26 28
30
30

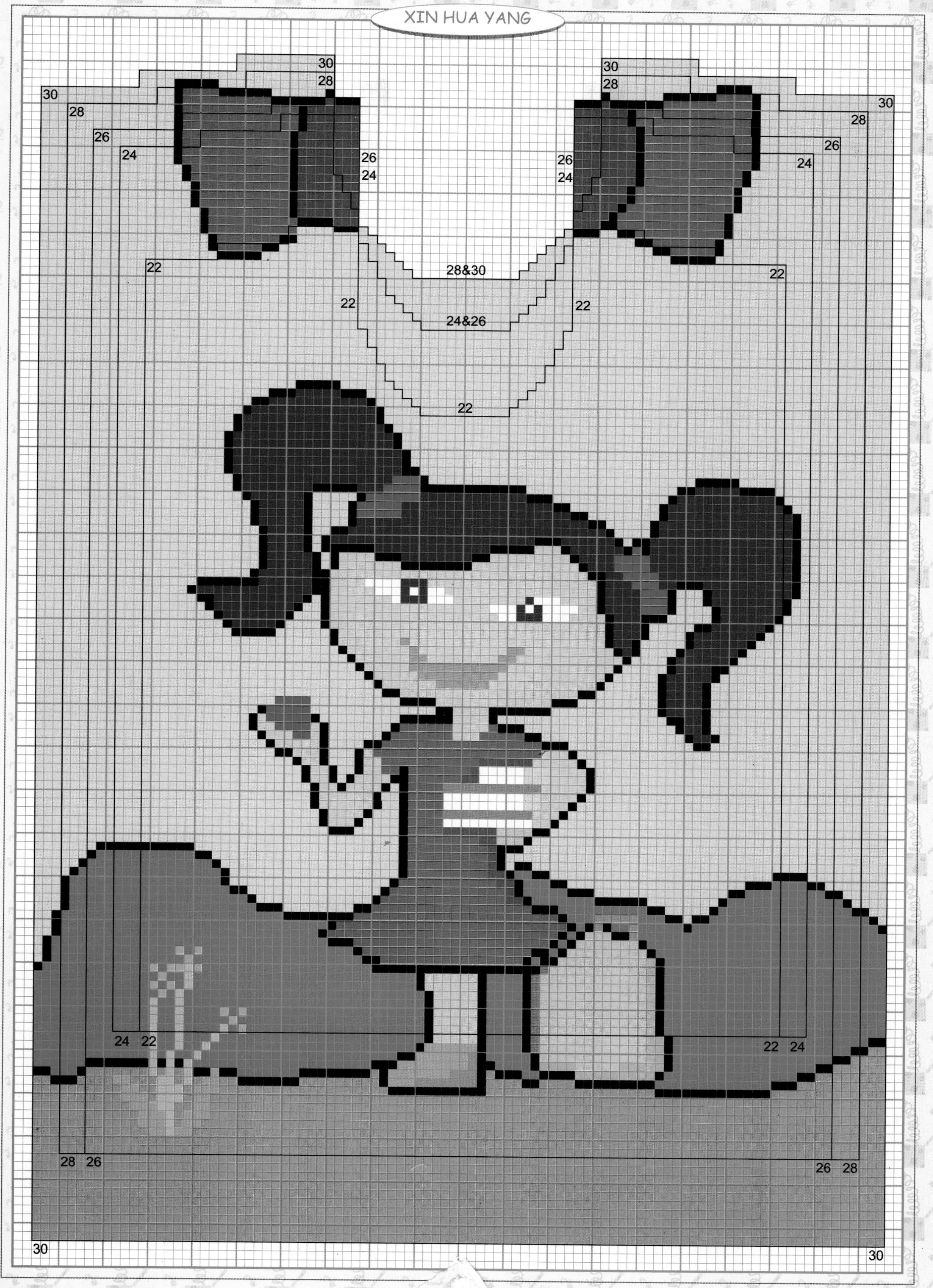
XIN HUA YANG
30
28
26
24
22
28&30
24&26
22
24 22
22 24
28 26
26 28
30
30

30
28
26
24
22
28&30
24&26
22
24 22
22 24
28 26
26 28
30
30

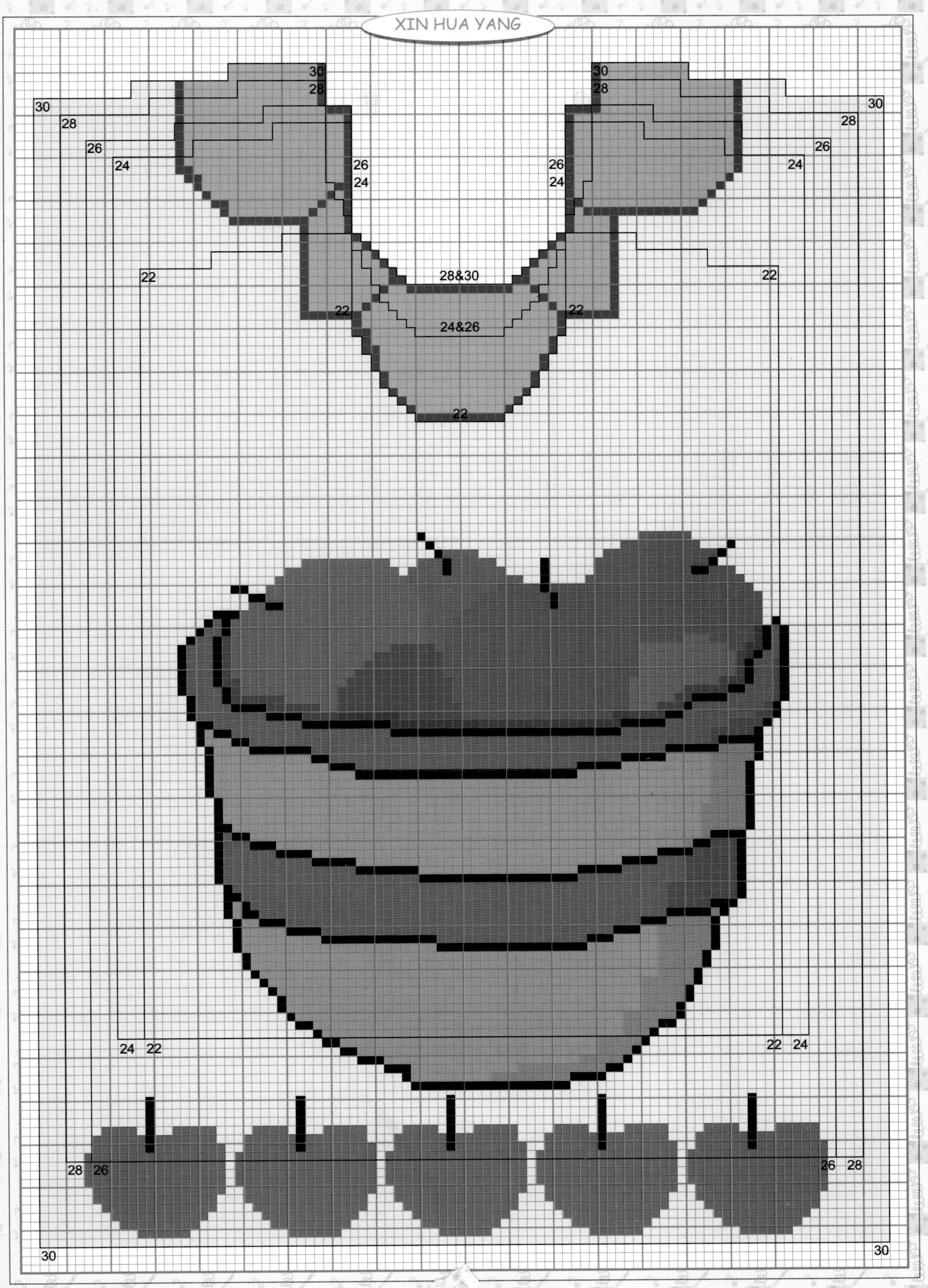
XIN HUA YANG
30
28
30
28
30
28
26
24
26
24
26
24
26
24
30
28
26
24
22
22
28&30
22
22
24&26
22
24 22
22 24
28 26
26 28
30
30

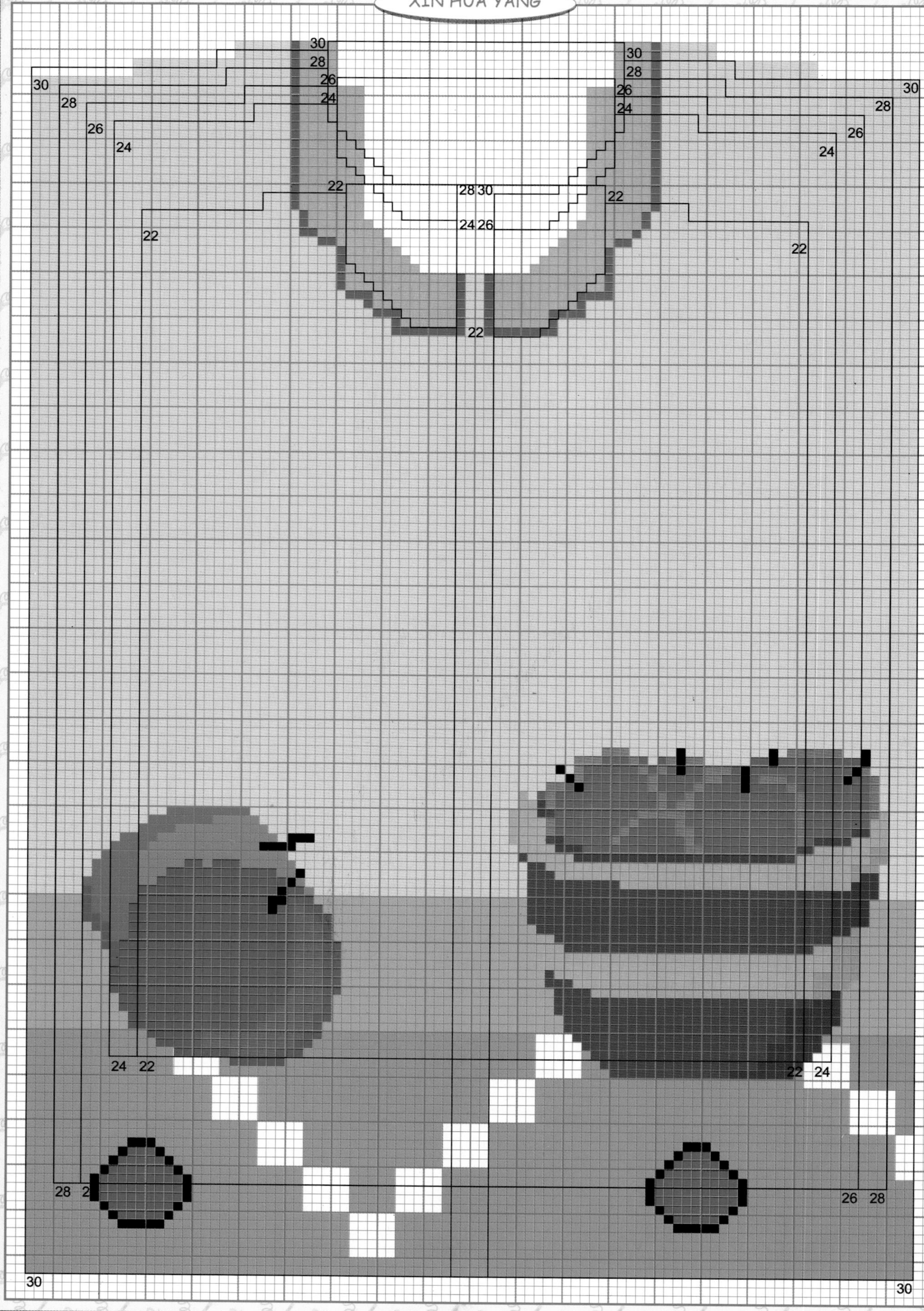
30
28
26
24
22
28 30
24 26

30
28
26
24
22
28&30
24&26
22
24 22
22 24
28 26
26 28
30
30

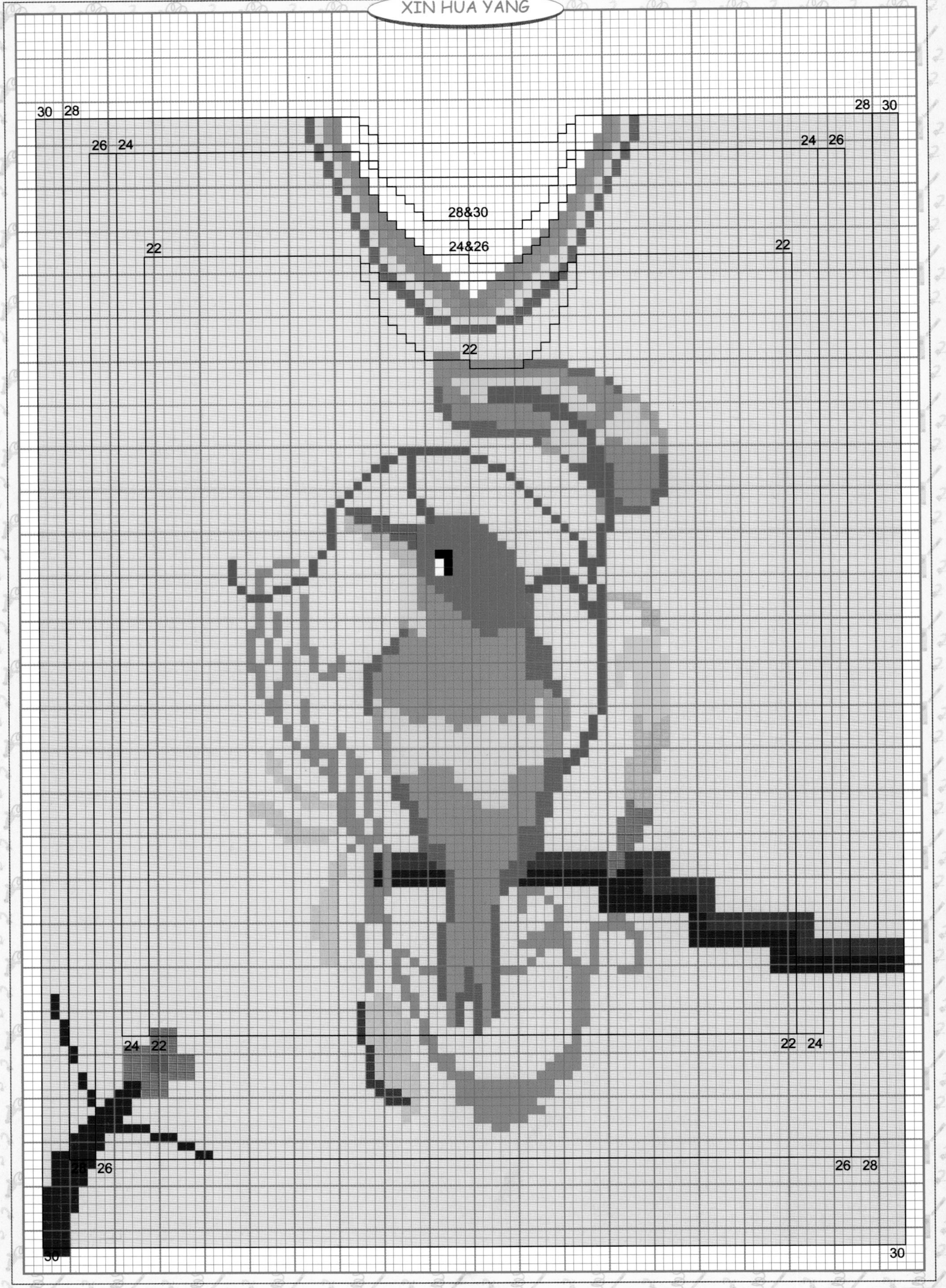
30 28
26 24
28&30
24&26
22
22
22
24 26
28 30
24 22
22 24
28 26
26 28
30
30

30 28
28 30
26 24
24 26
28&30
24&26
22
22
22
24 22
22 24
28 26
26 28
30
30

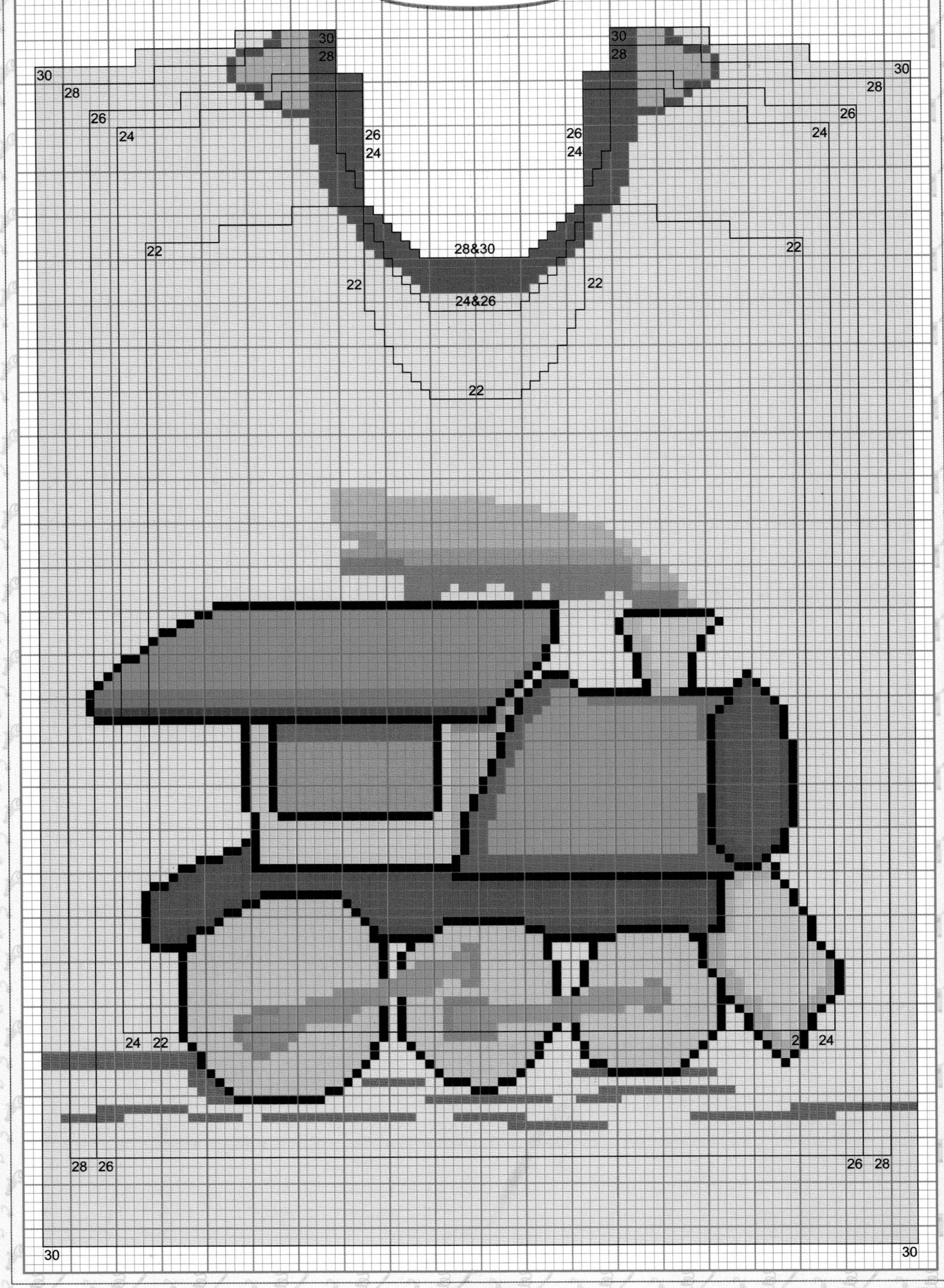
30
28
26
24
22
28&30
24&26
22
22
24 22
24
28 26
26 28
30
30

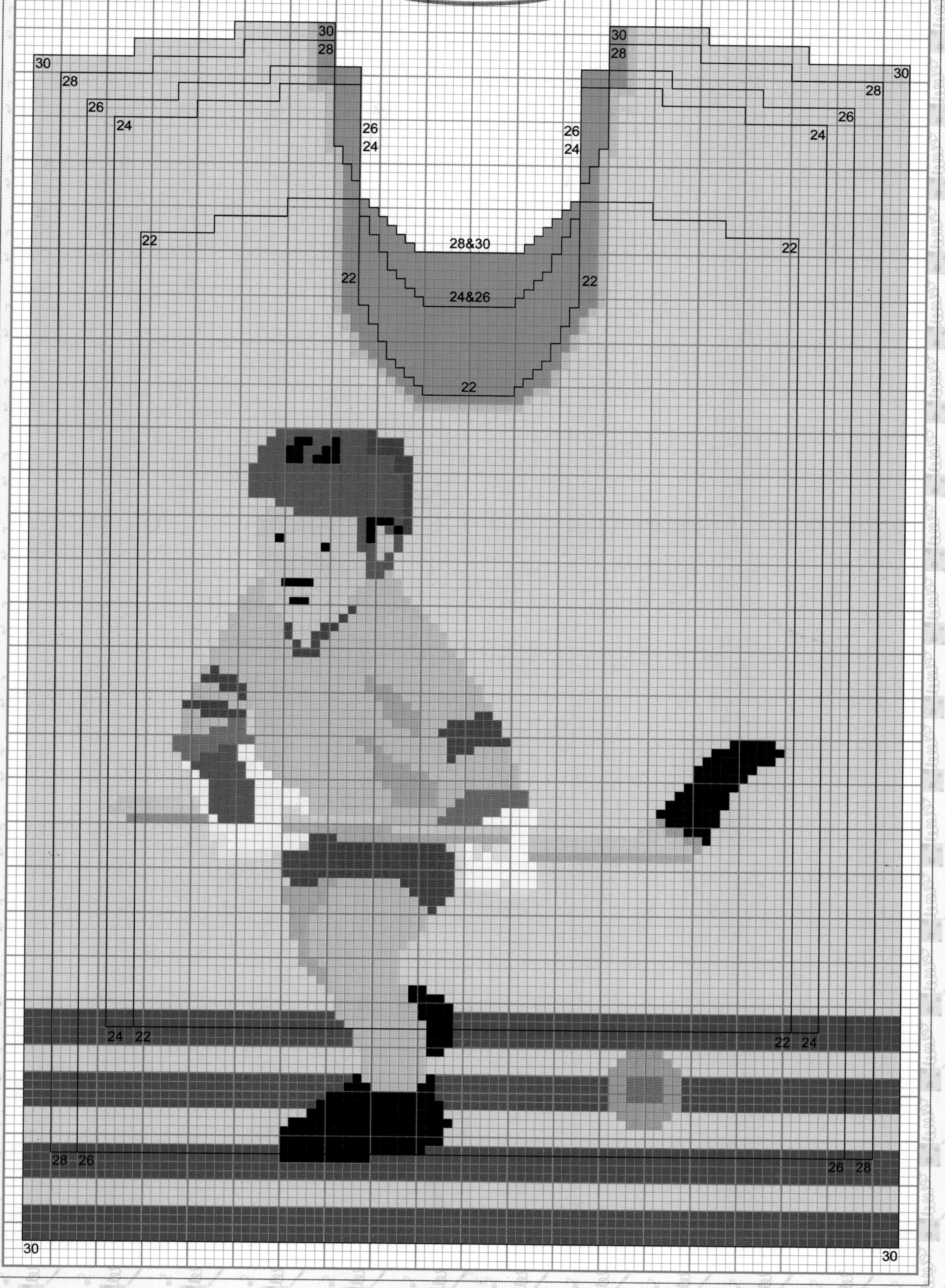
30
28
26
24
26
24
22
28&30
24&26
22
22
22
24 22
22 24
28 26
26 28
30
30

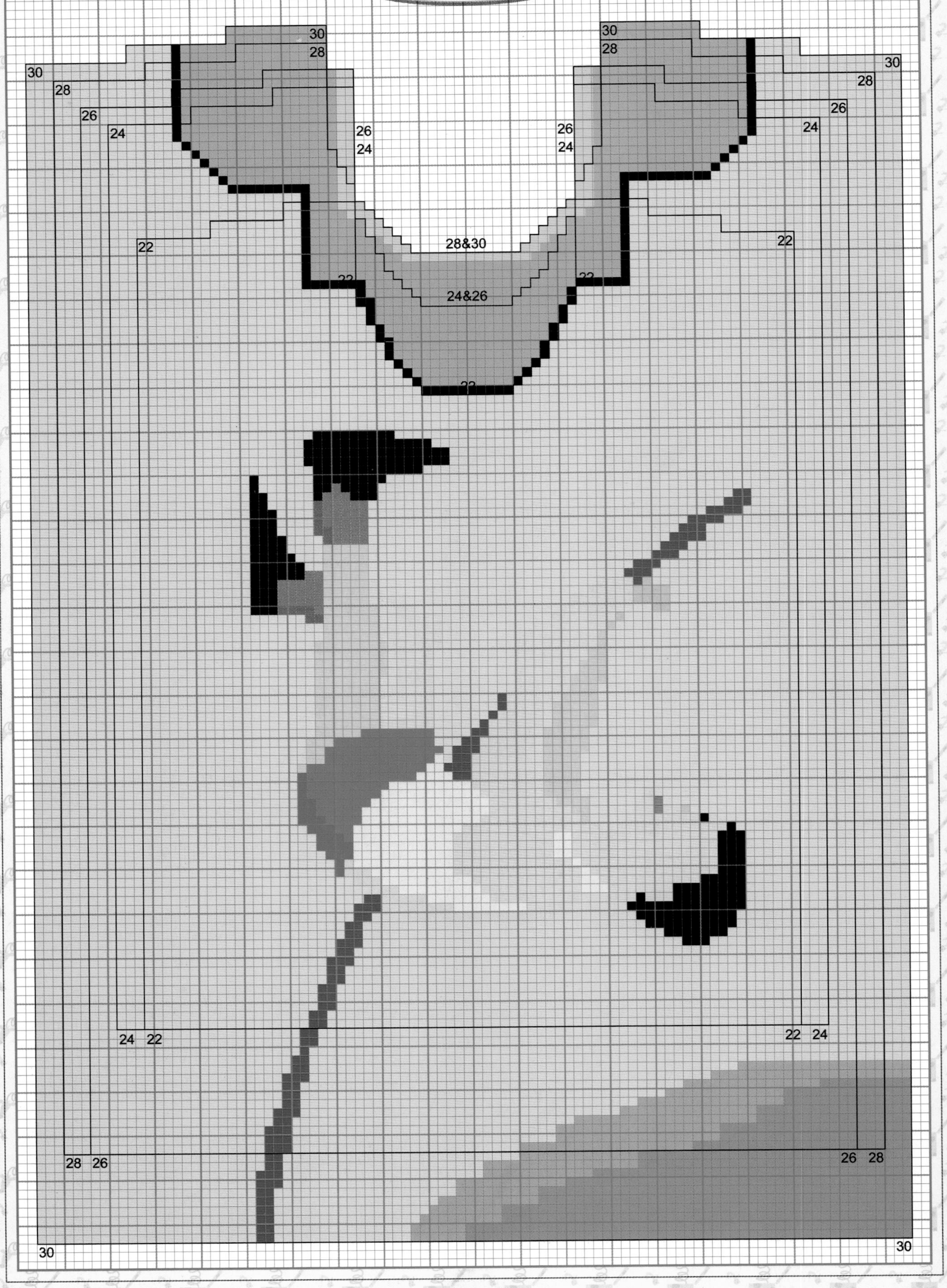
30
28
26
24
26
24
28&30
22
24&26
22
24 22
22 24
28 26
26 28
30
30

30 28
26 24
28 30
24 26
22
22
24 22
22 24
28 26
26 28
30
30

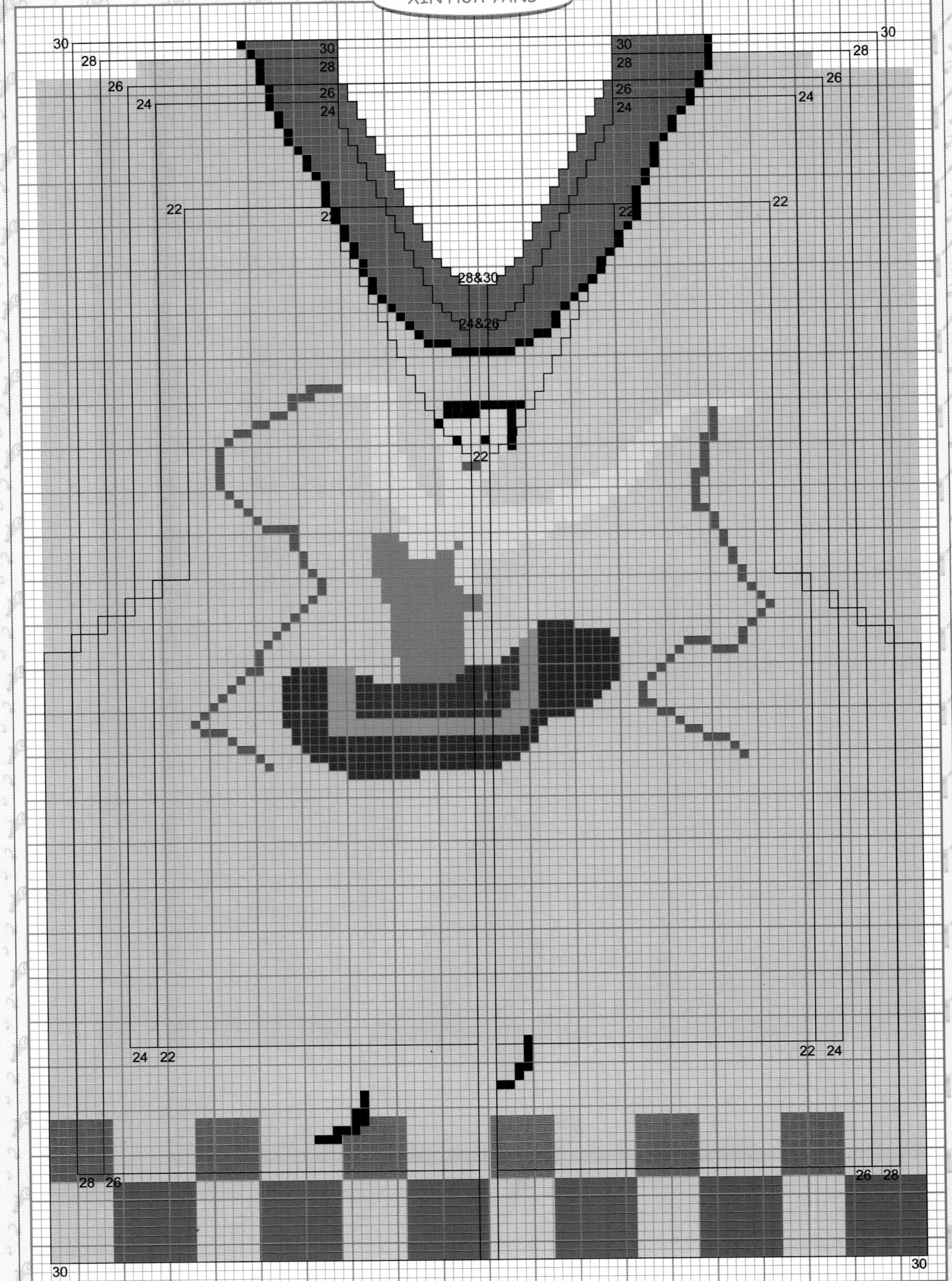
30
28
26
24
22
28&30
24&26
24 22
22 24
28 26
26 28
30
30

XIN HUA YANG
30 28
28 30
26 24
24 26
28&30
24&26
22
22
22
24 22
22 24
28 26
26 28
30
30

30 28
28 30
26 24
24 26
22
22
24 22
22 24
28 26
26 28
30
30

30 28
26 24
28 30
24 26
22
22
24 22
22 24
28 26
26 28
30
30

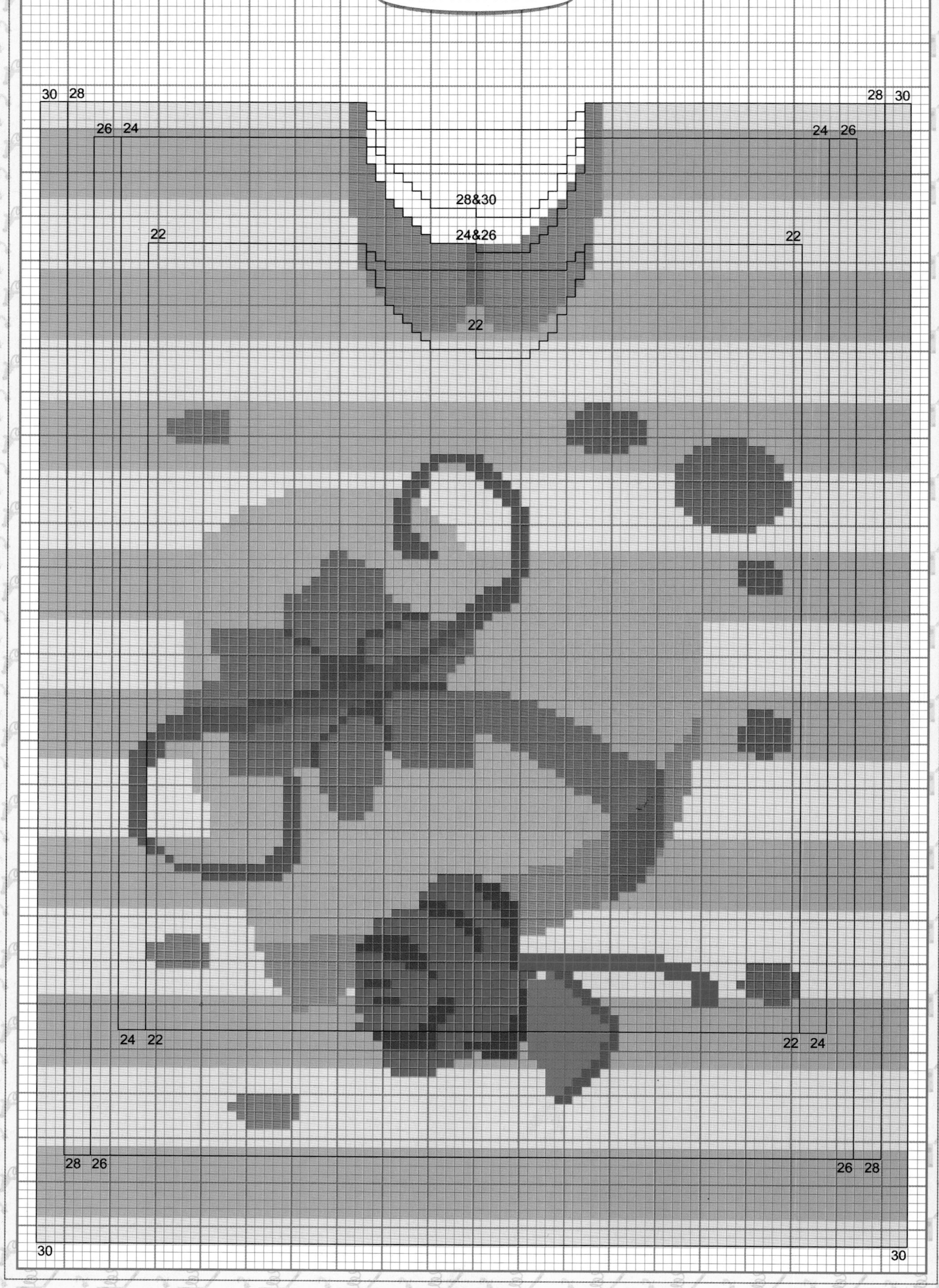
30
28
26
24
28&30
24&26
22

I love you
30
28
26
24
22
28&30
24&26

30
28
26
24
22
28&30
24&26
22
26
24
28
26
30
30

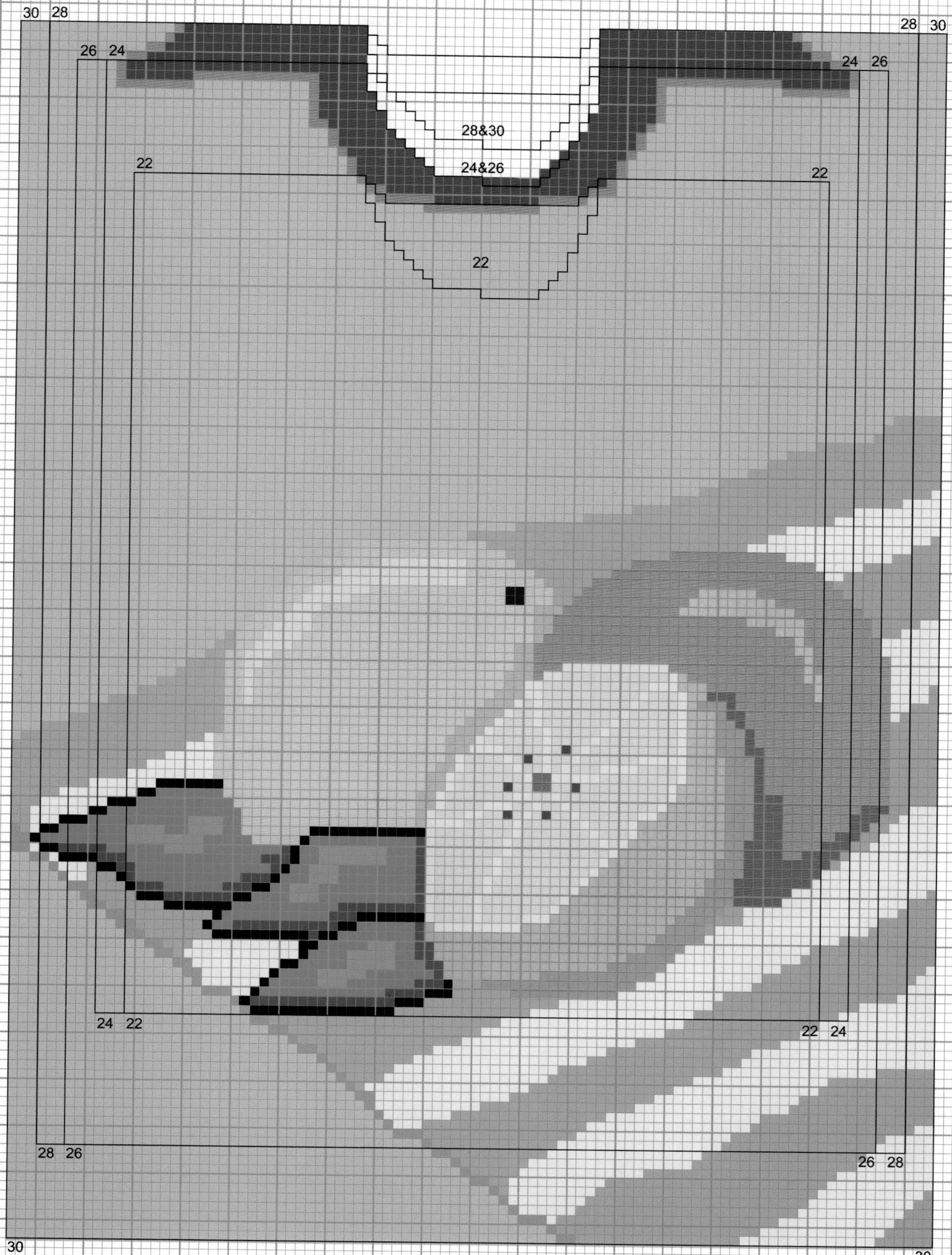
30 28
28 30
26 24
24 26
28&30
24&26
22
22
22
24 22
22 24
28 26
26 28
30
30

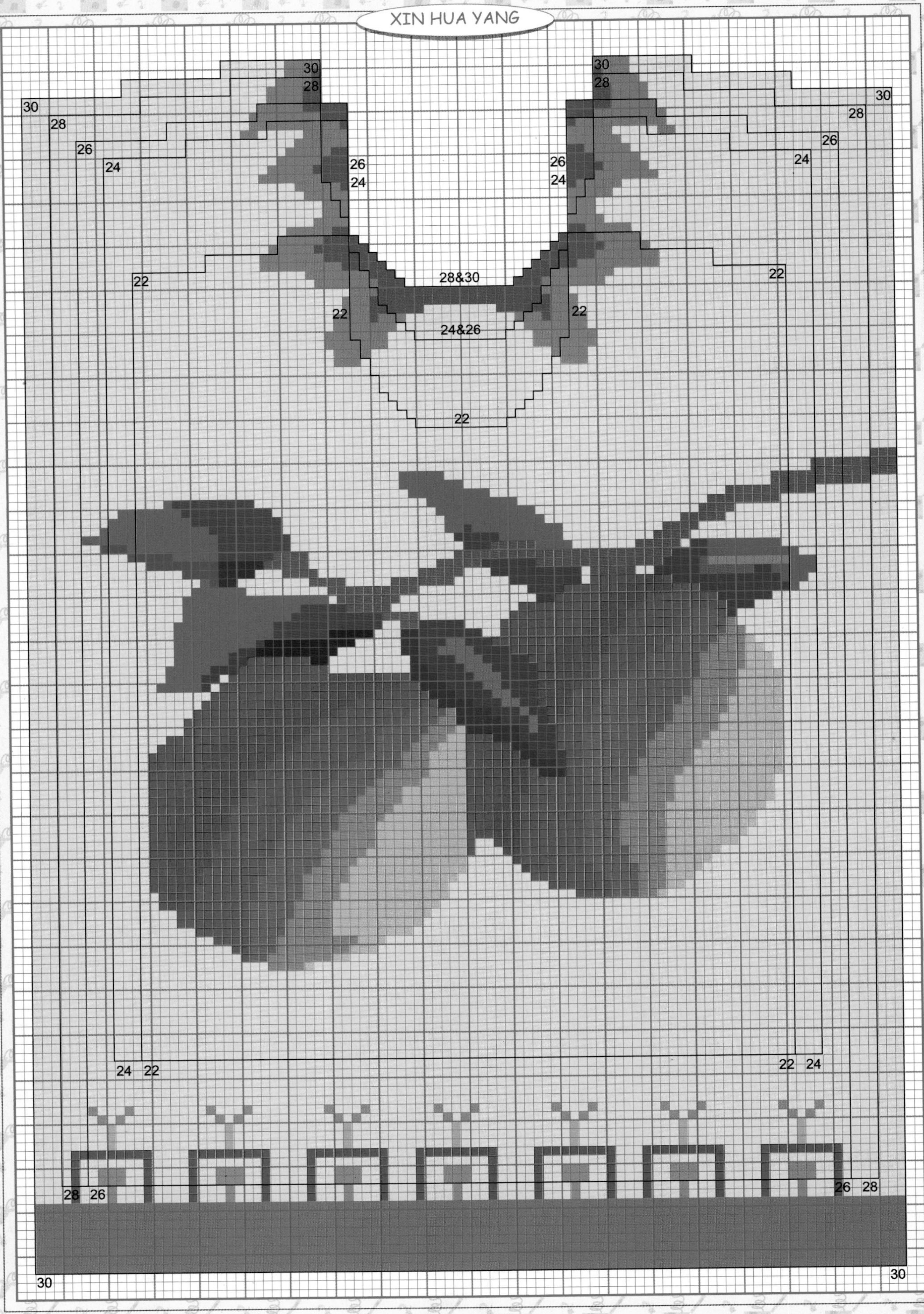
XIN HUA YANG
30
28
26
24
22
28&30
24&26
22
30
28
26
24
22
24 22
22 24
28 26
26 28
30
30

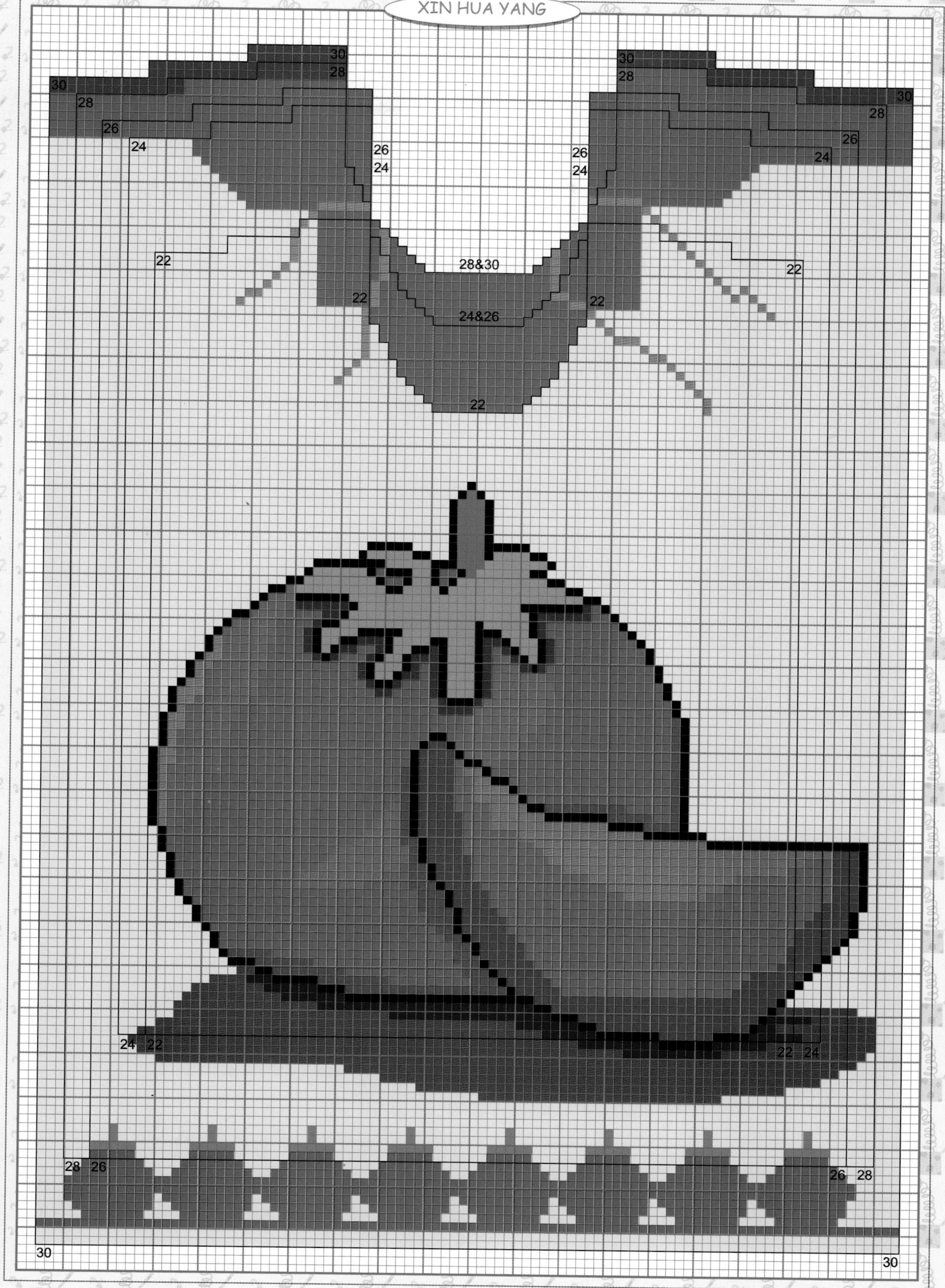
30
28
26
24
22
28&30
24&26

30
28
26
24
28&30
22
24&26
22
24 22
22 24
28 26
26 28
30

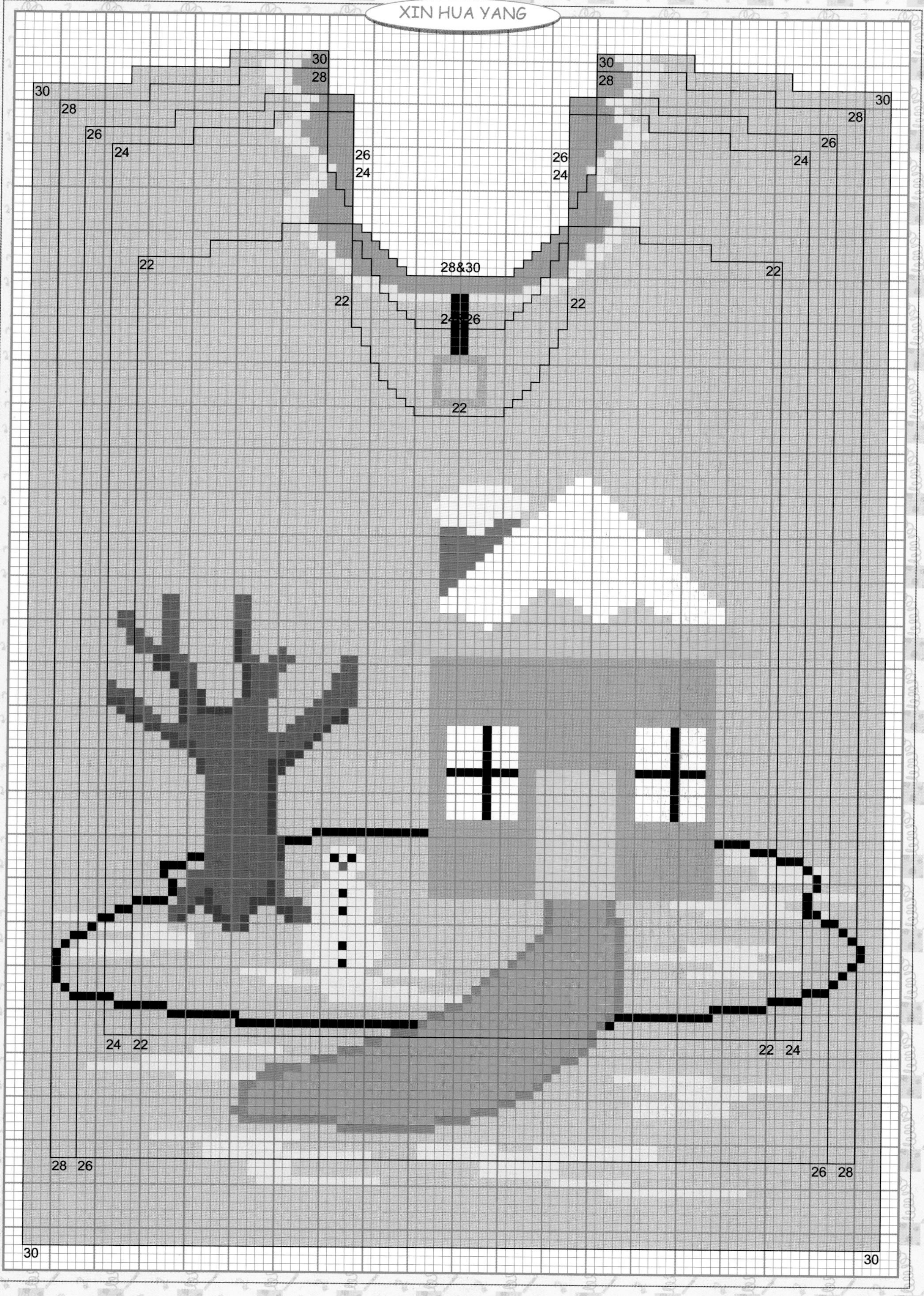
30
28
26
24
22
28&30
24&26
22
24 22
22 24
28 26
26 28
30
30

30
28
26
24
22
28&30
24&26
22
22
22
24 22
22 24
28 26
26 28
30
30

XIN HUA YANG
30
28
26
24
22
28&30
24&26

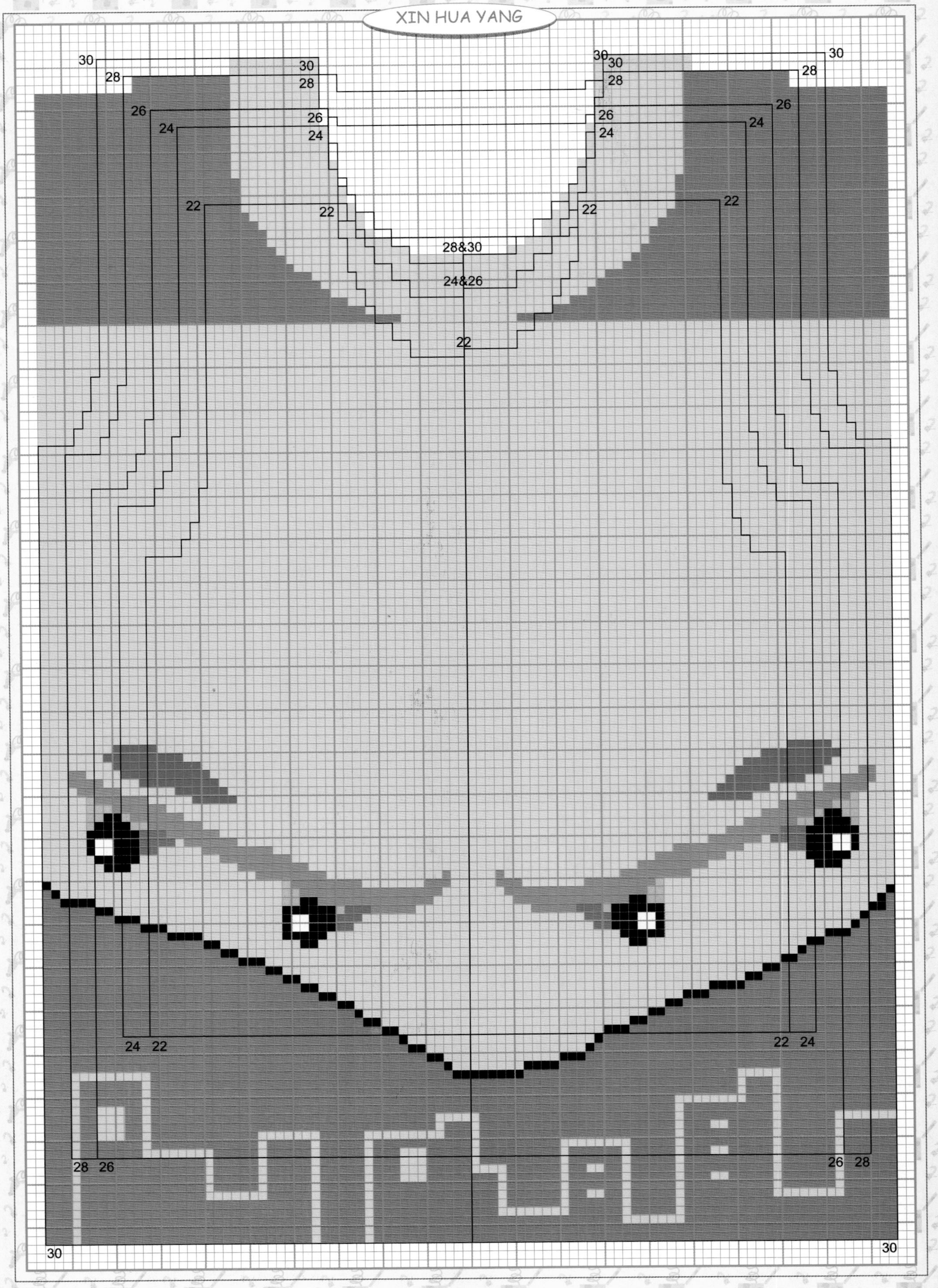
30
28
26
24
22
28&30
24&26
22
30
30
28
28
26
26
24
24
22
22
24 22
22 24
28 26
26 28
30
30

30 28
26 24
28&30
24&26
22
22
28 30
24 26
22
24 22
22 24
28 26
26 28
30
30

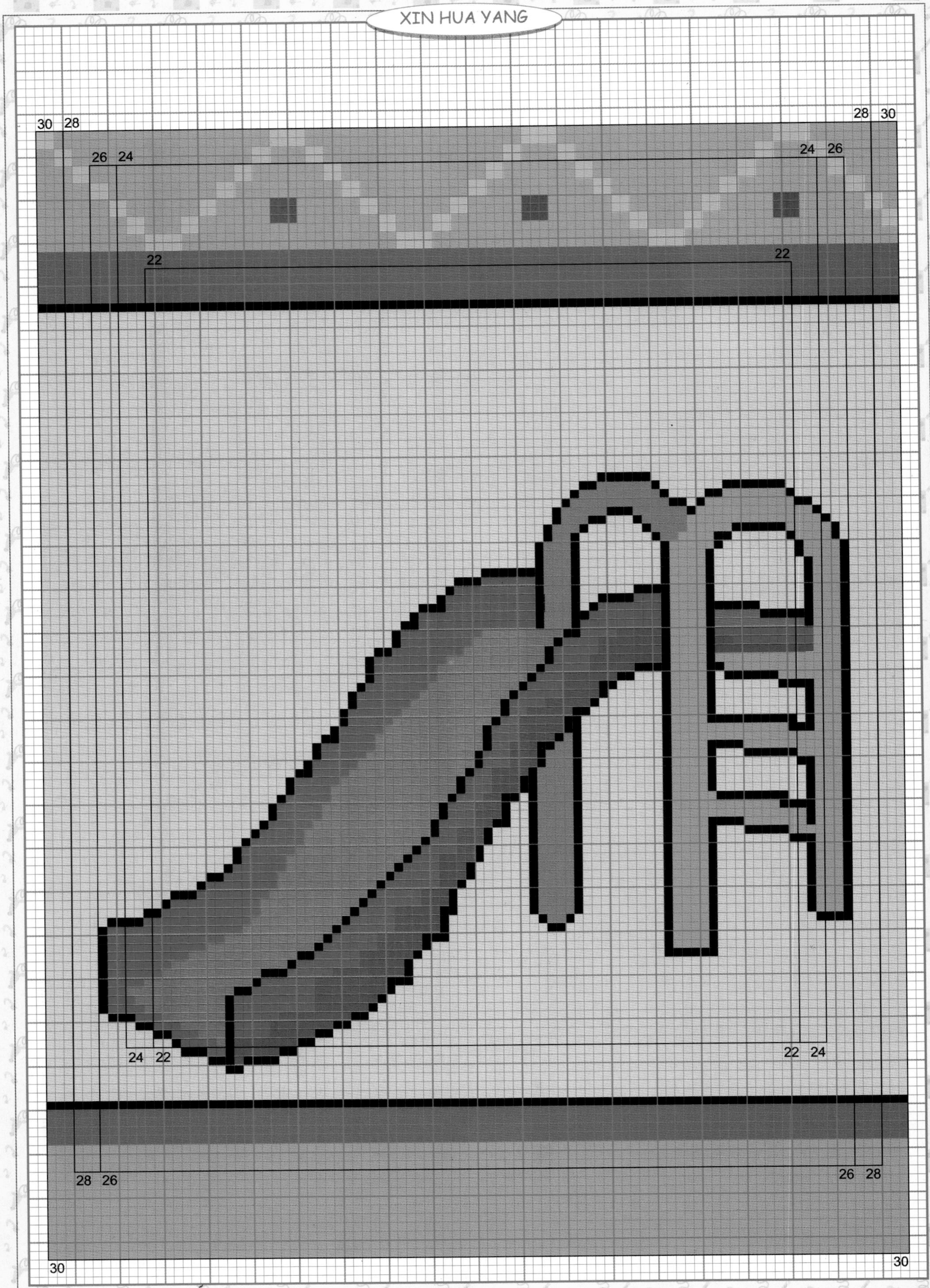
30 28
28 30
26 24
24 26
22
22
24 22
22 24
28 26
26 28
30
30

30 28
28 30
26 24
24 26
28&30
24&26
22
22
22
24 22
22 24
28 26
26 28
30
30

30
28
30
28
26
24
26
24
26
24
26
24
30
28
26
24
22
22
28&30
22
22
24&26
22
24
22
22
24
28
26
26
28
30
30

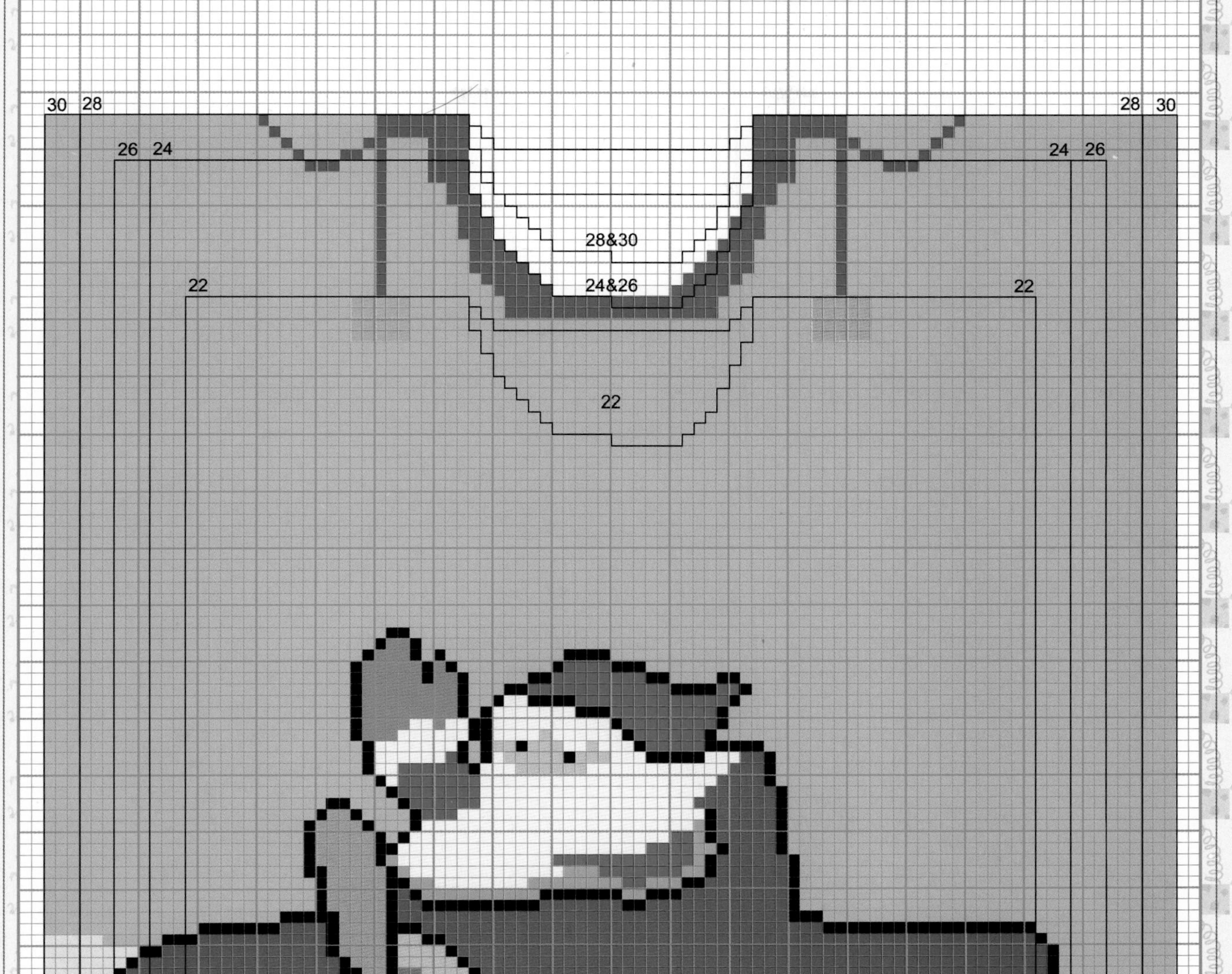
30
28
26
24
28&30
24&26
22

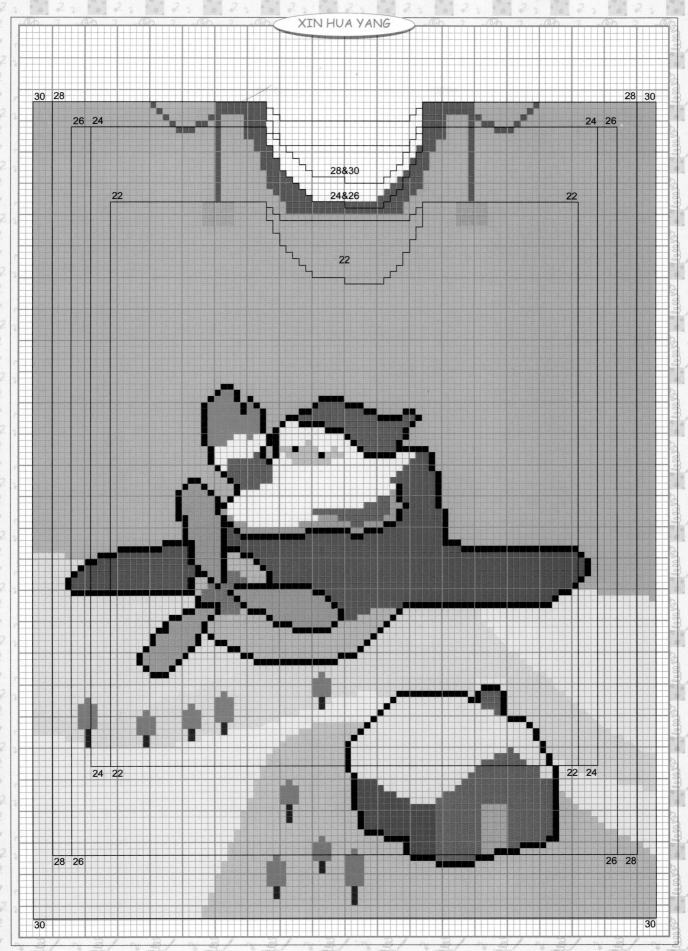

30
28
30
28
30
28
26
24
26
24
22
28&30
22
24&26
22
22
30
28
26
24
22
24 22
22 24
28 26
26 28
30
30

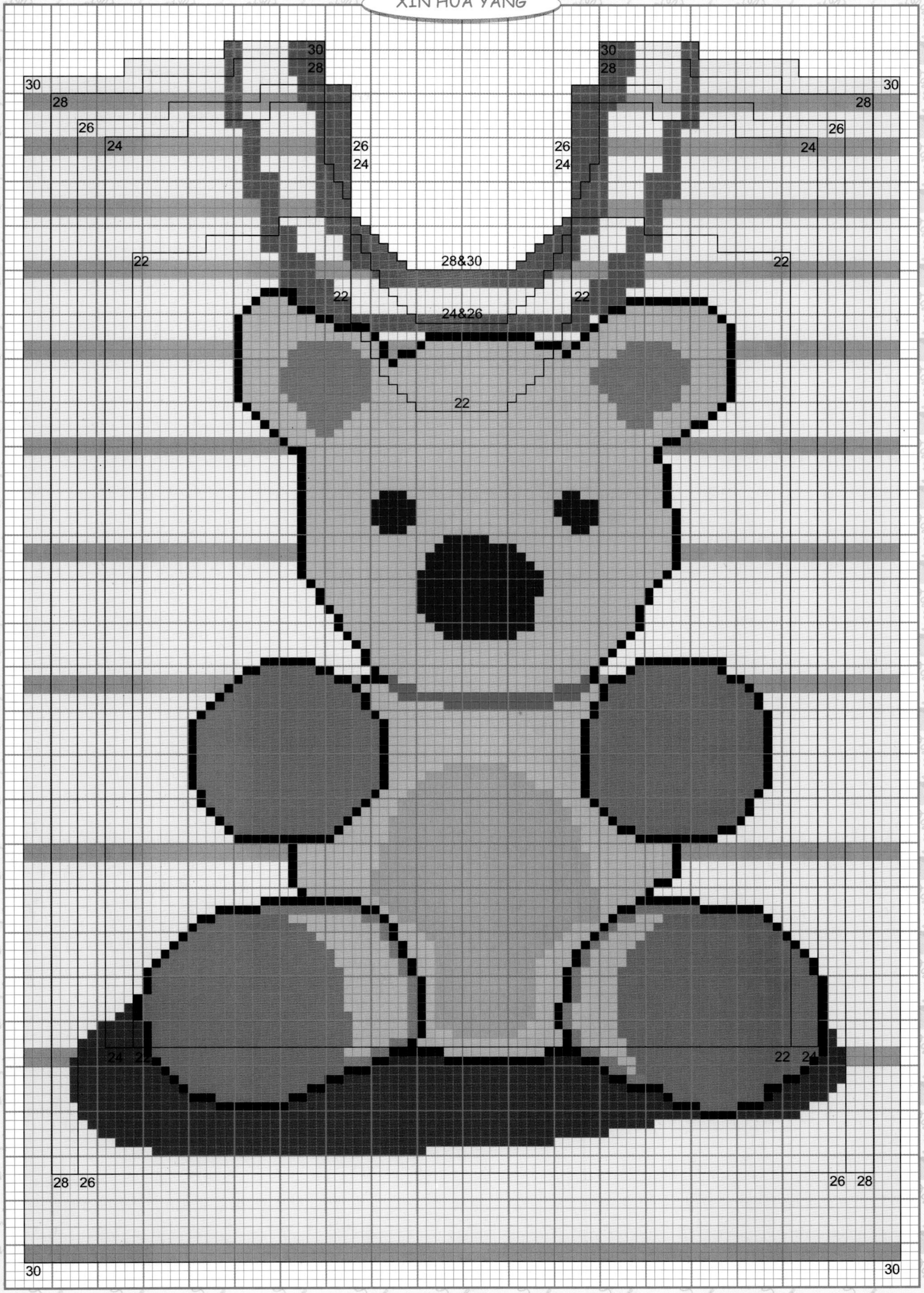
30
28
26
24
22
28&30
24&26
22
24 22
22 24
28 26
26 28
30
30

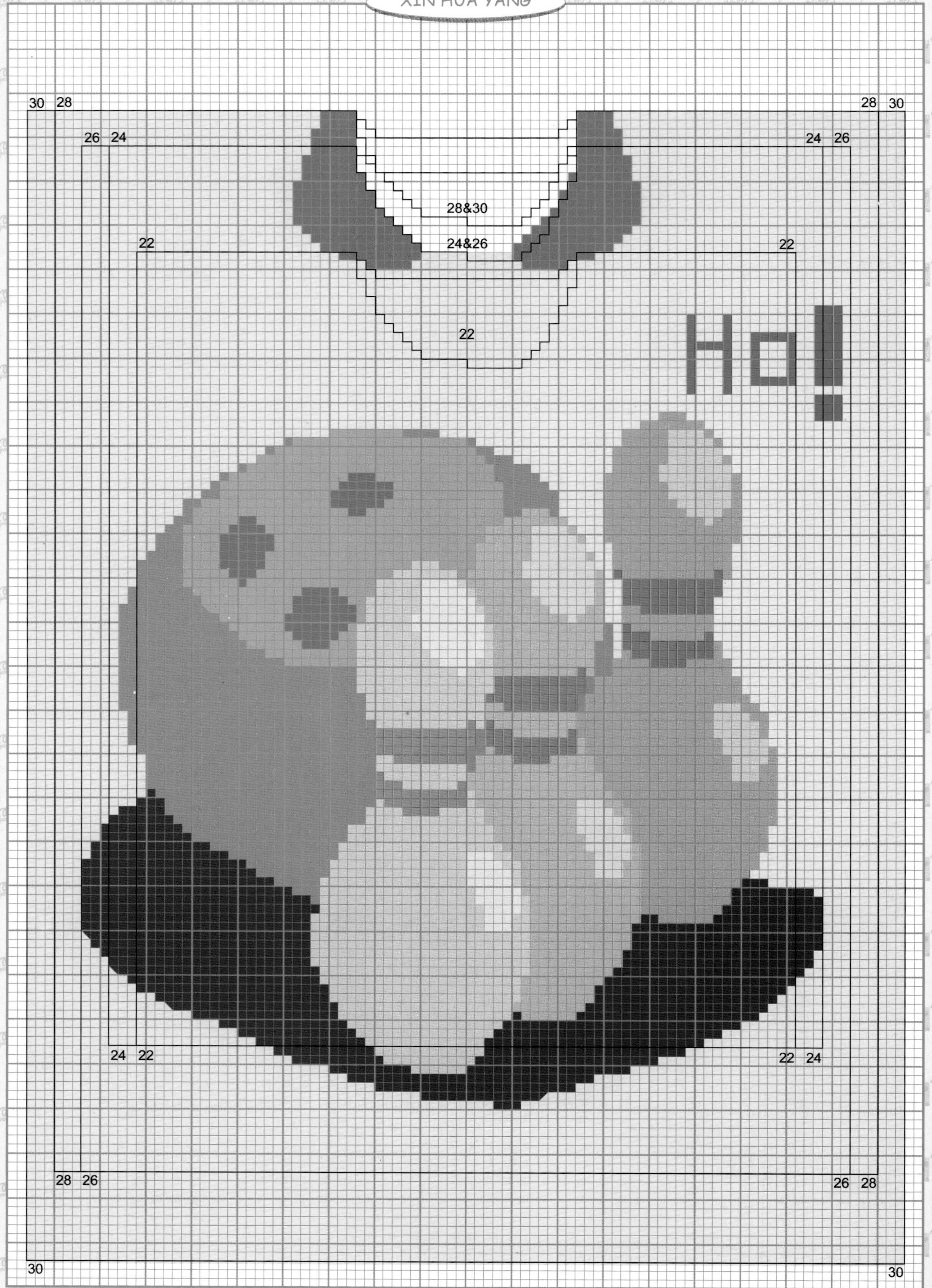
30
28
26
24
28&30
24&26
22
22
Ha!
24
22
28
26
30

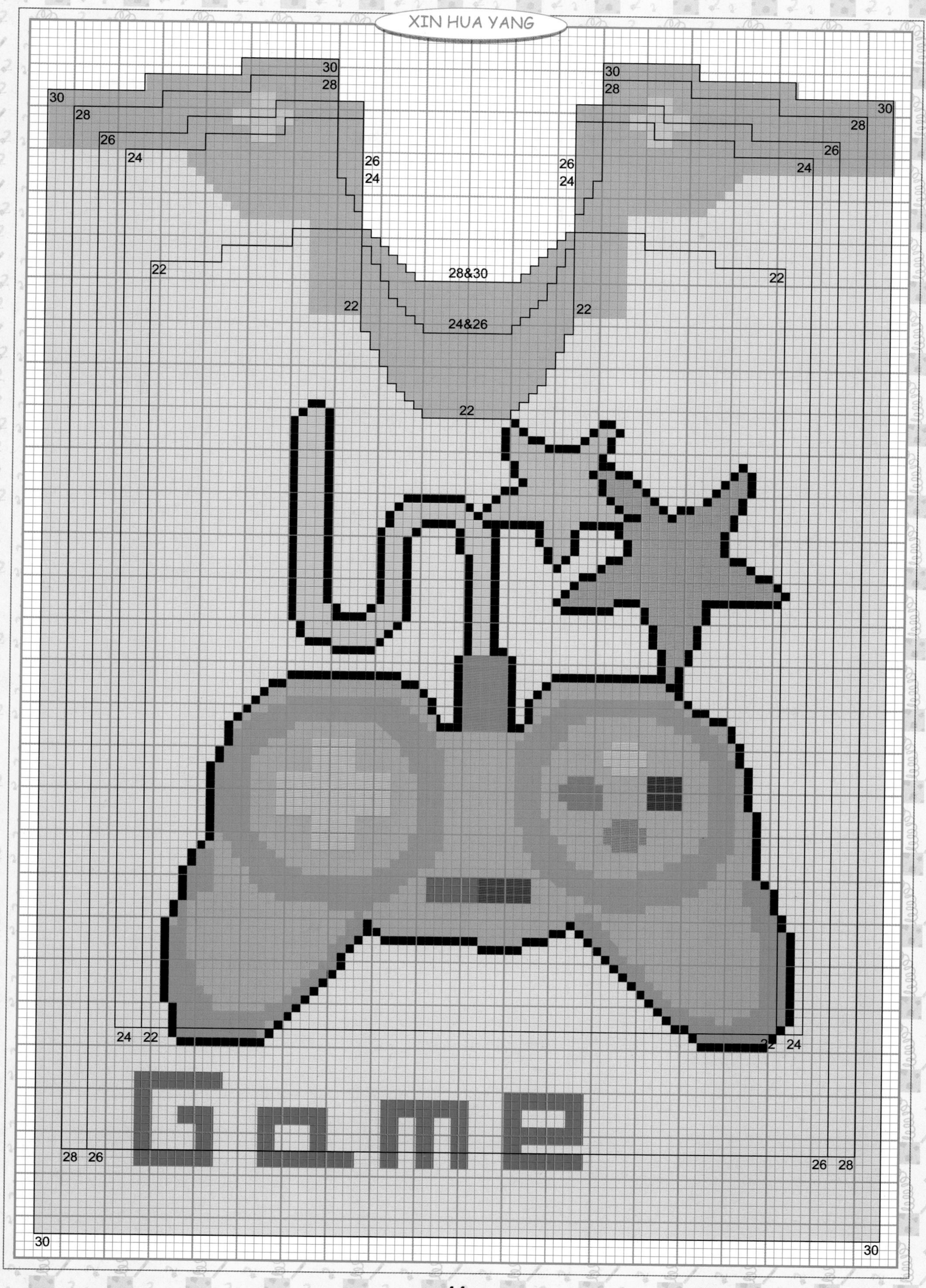
30
28
26
24
22
28&30
24&26
Game

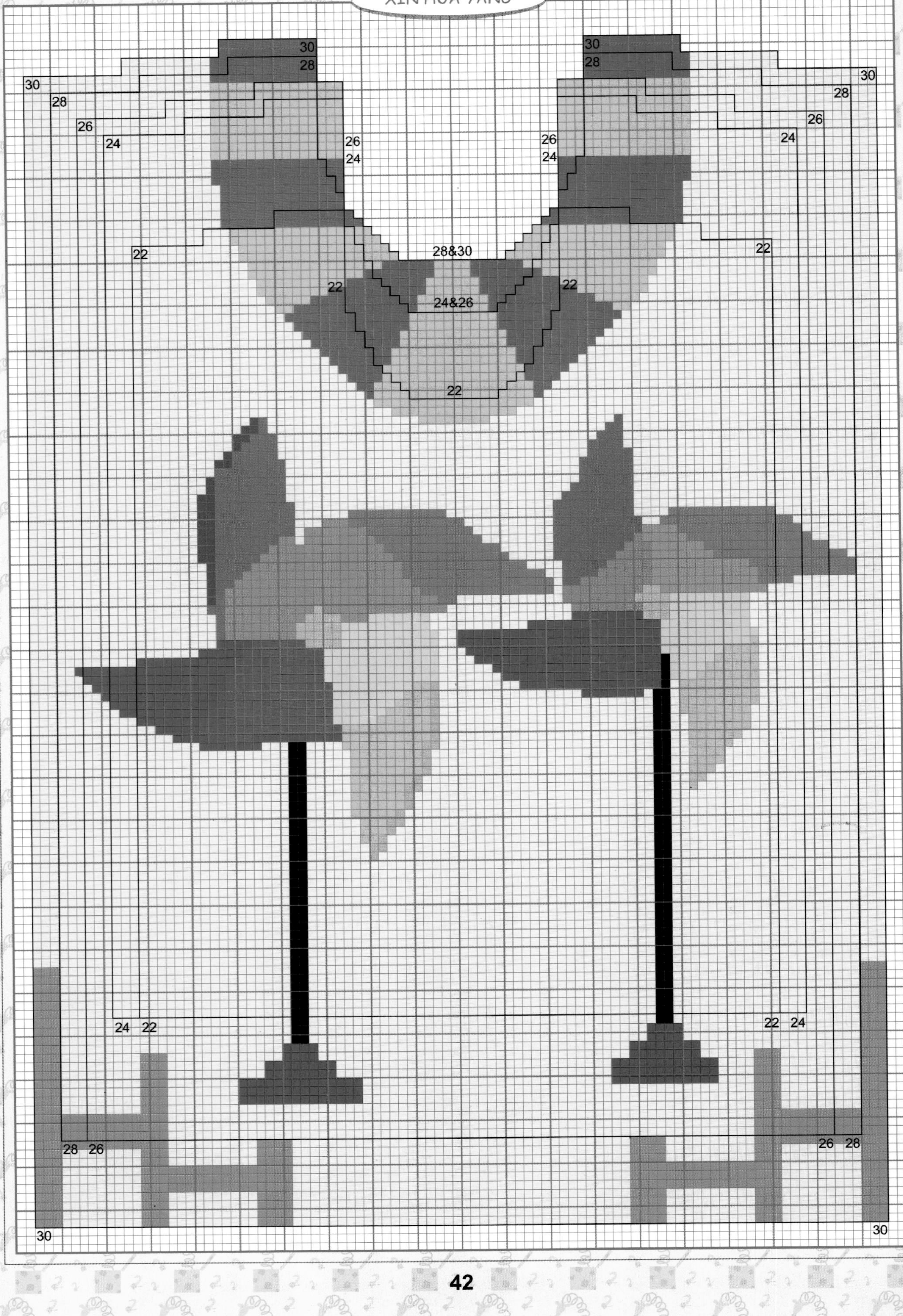
30
28
26
24
22
28&30
24&26
22
24 22
22 24
28 26
26 28
30
30

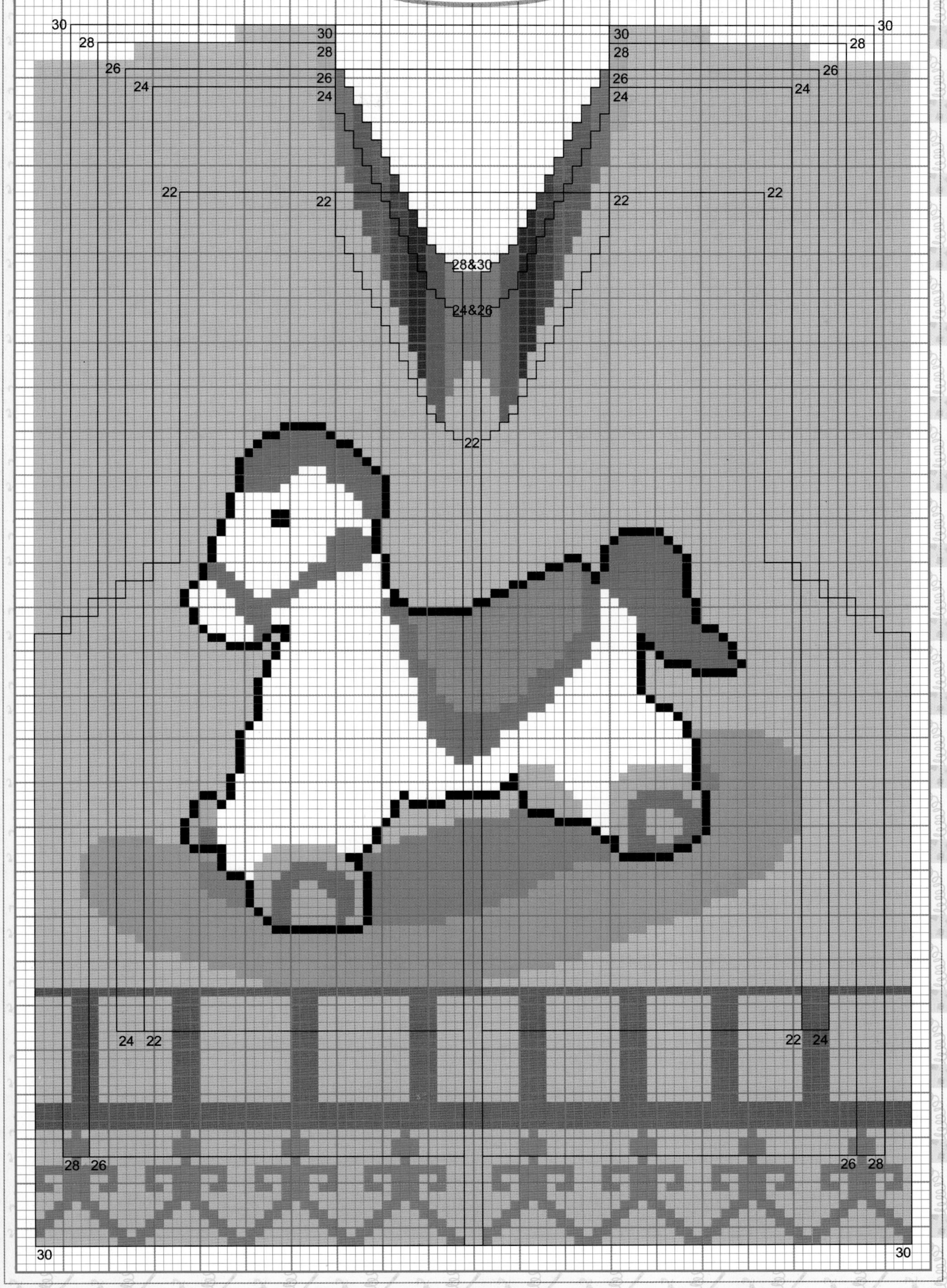
30
28
26
24
22
28&30
24&26

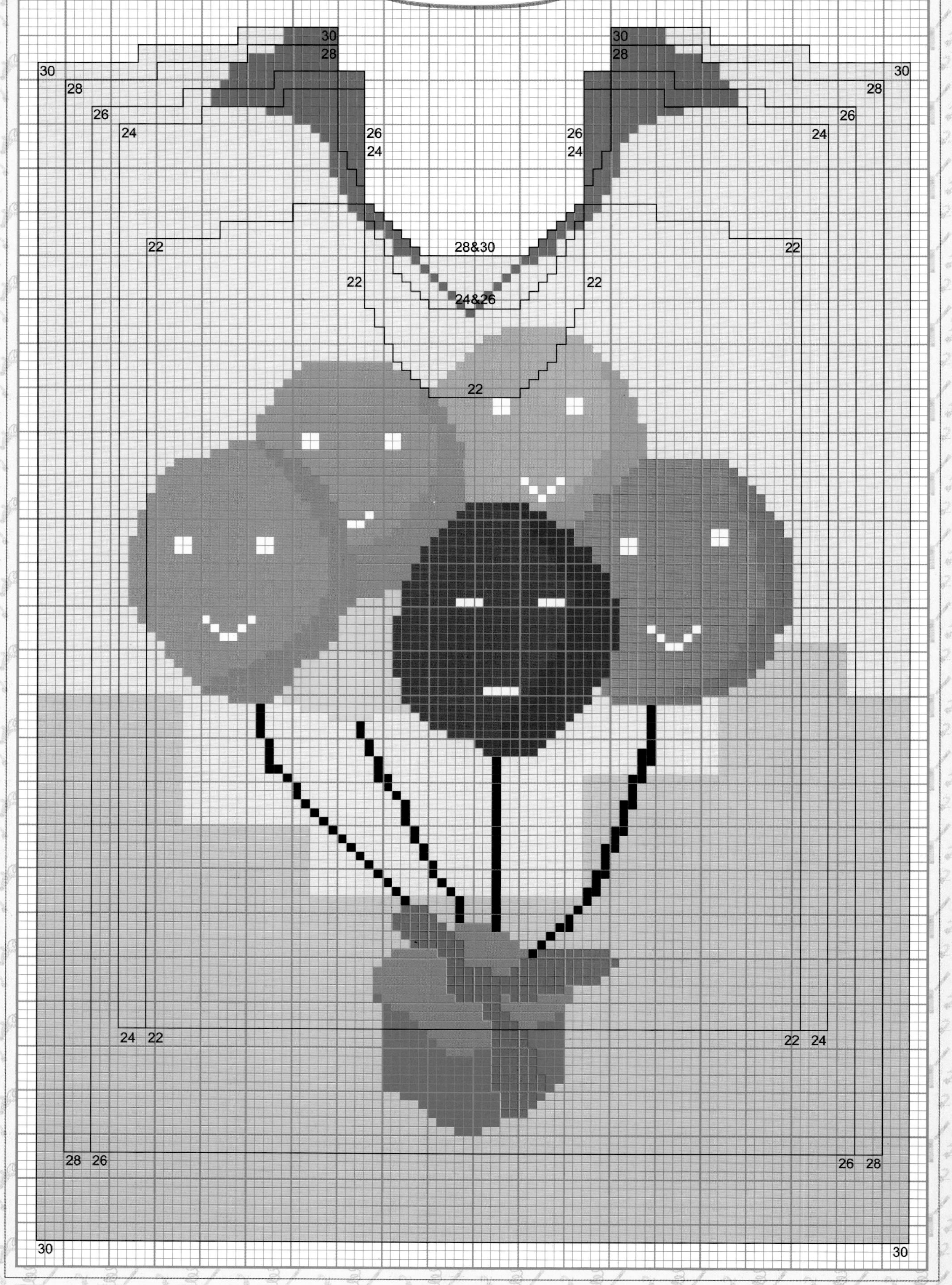
30
28
26
24
22
28&30
24&26

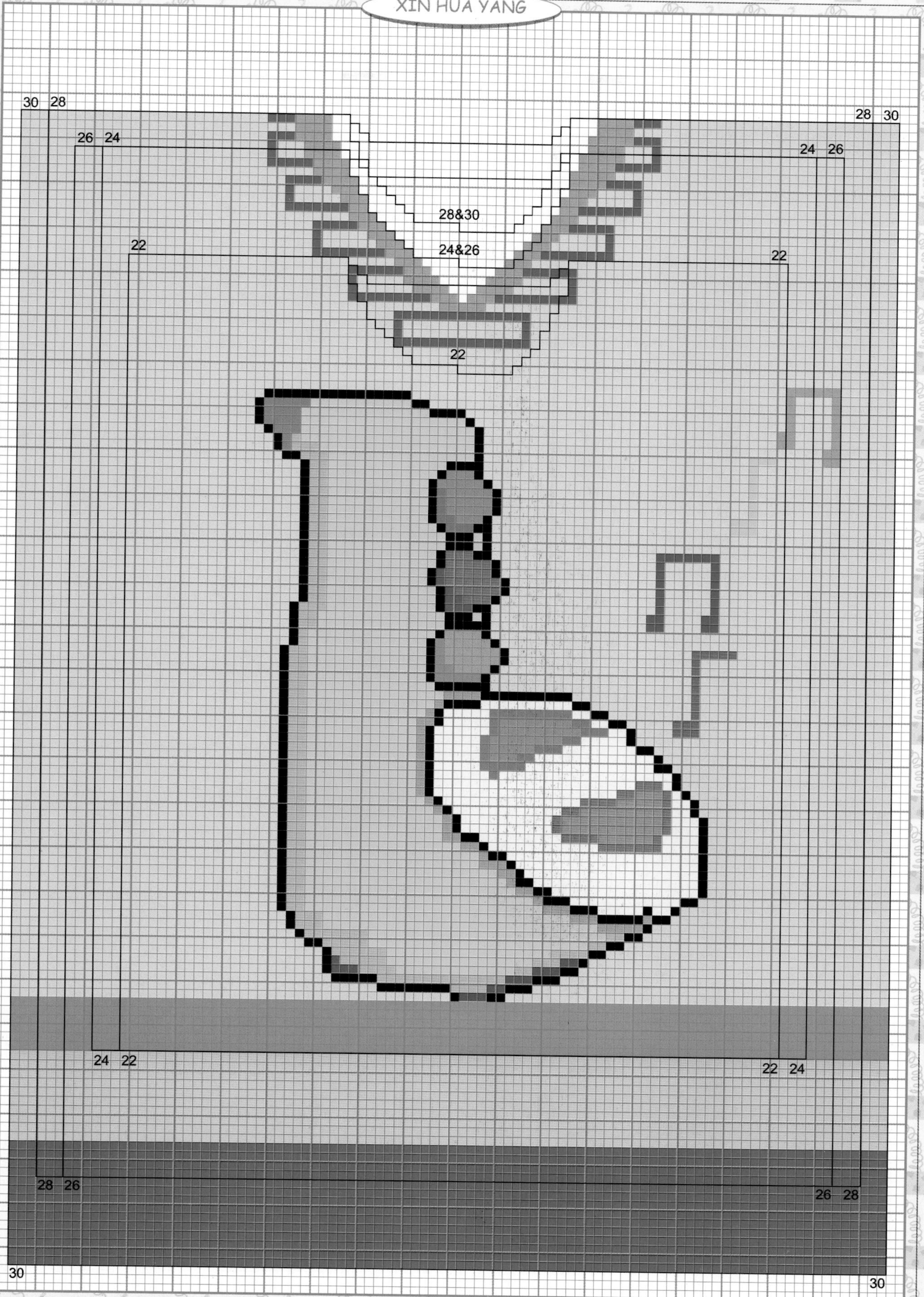
30
28
26
24
22
28&30
24&26
22
24 22
22 24
28 26
26 28
30
30

30 28
28 30
26 24
24 26
28&30
24&26
22
22
22
24 22
22 24
28 26
26 28
30
30

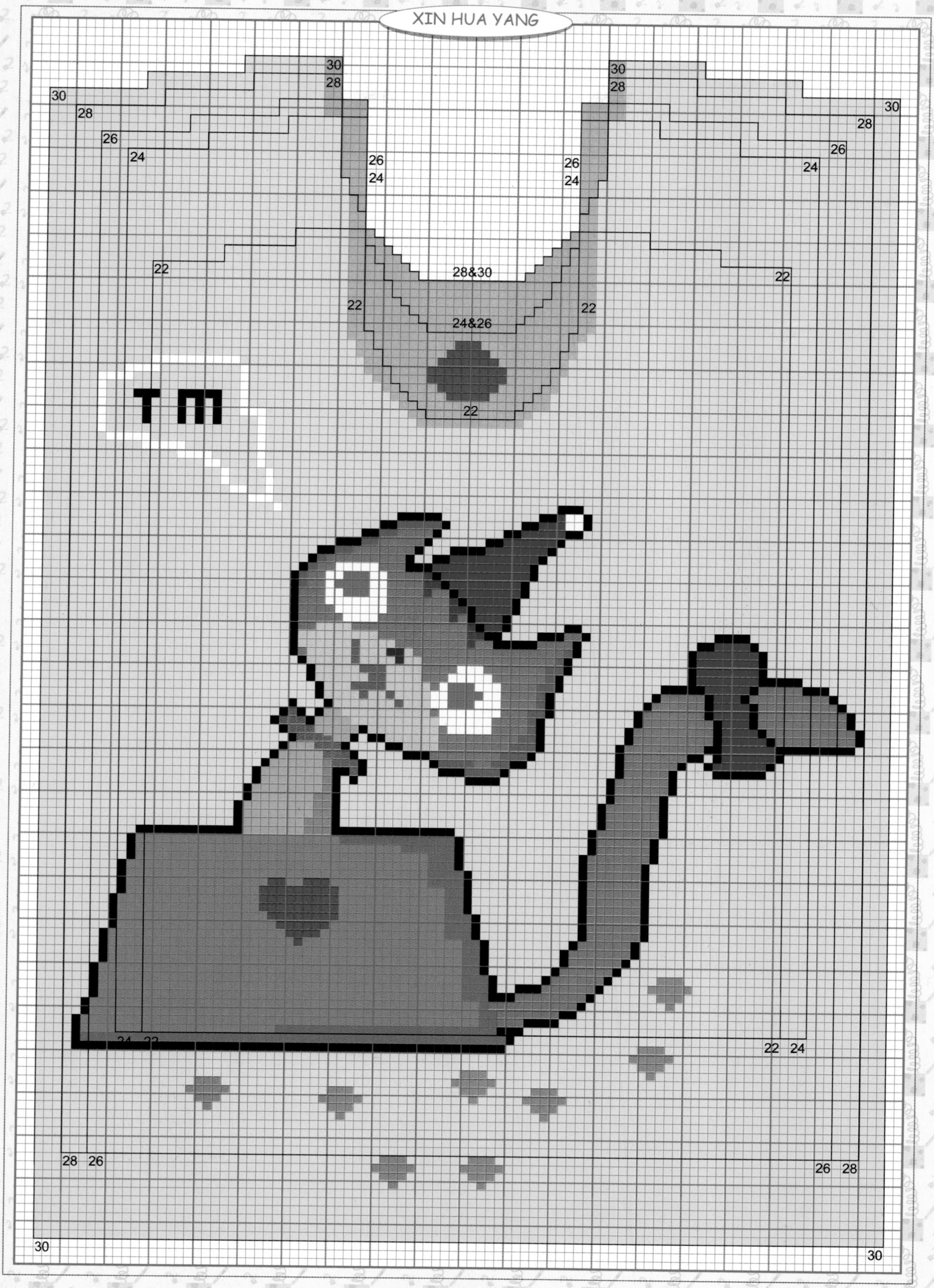
30
28
26
24
22
28&30
24&26
TM

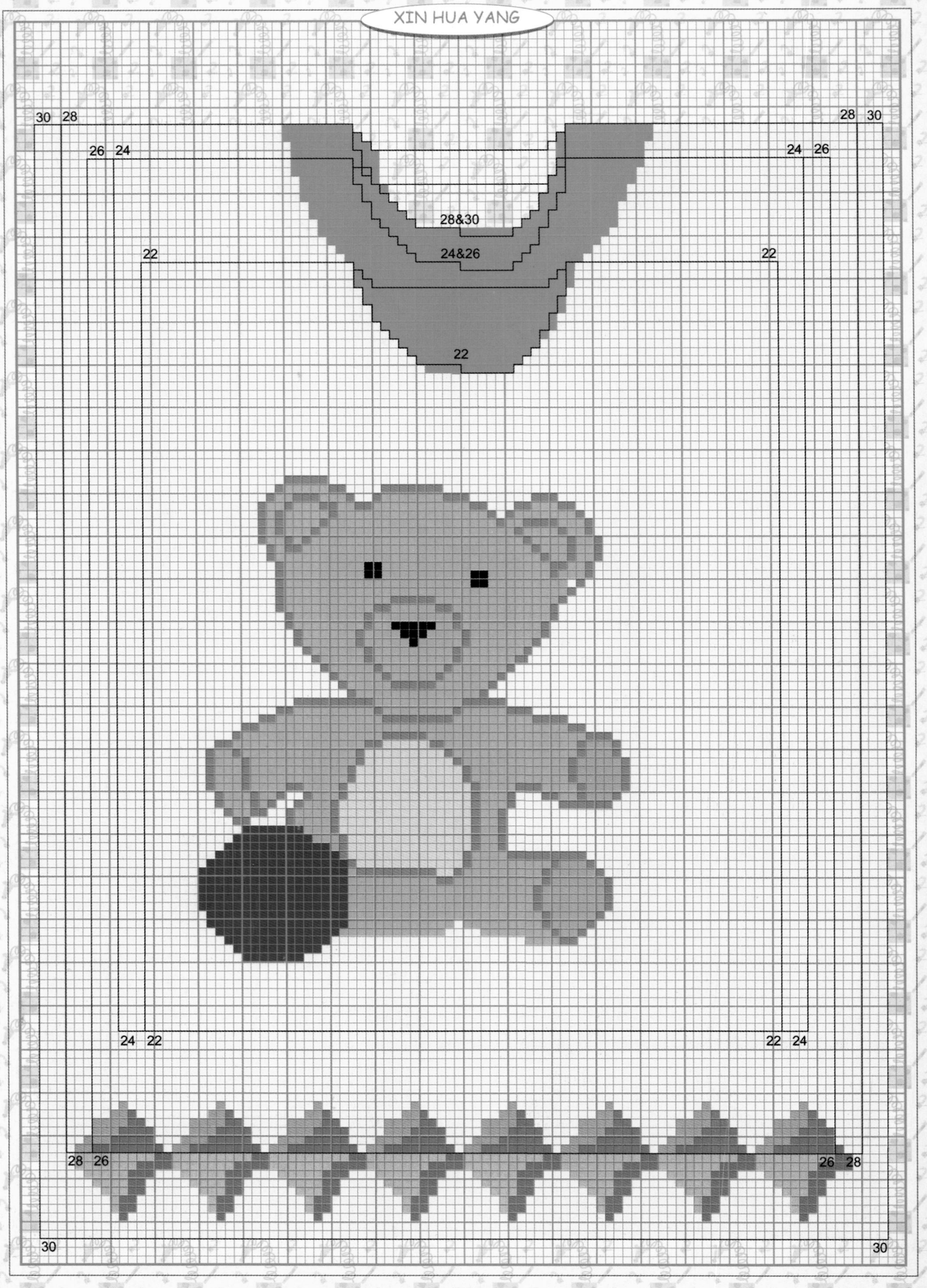
30
28
28
30
26
24
24
26
28&30
24&26
22
22
22
24
22
22
24
28
26
26
28
30
30

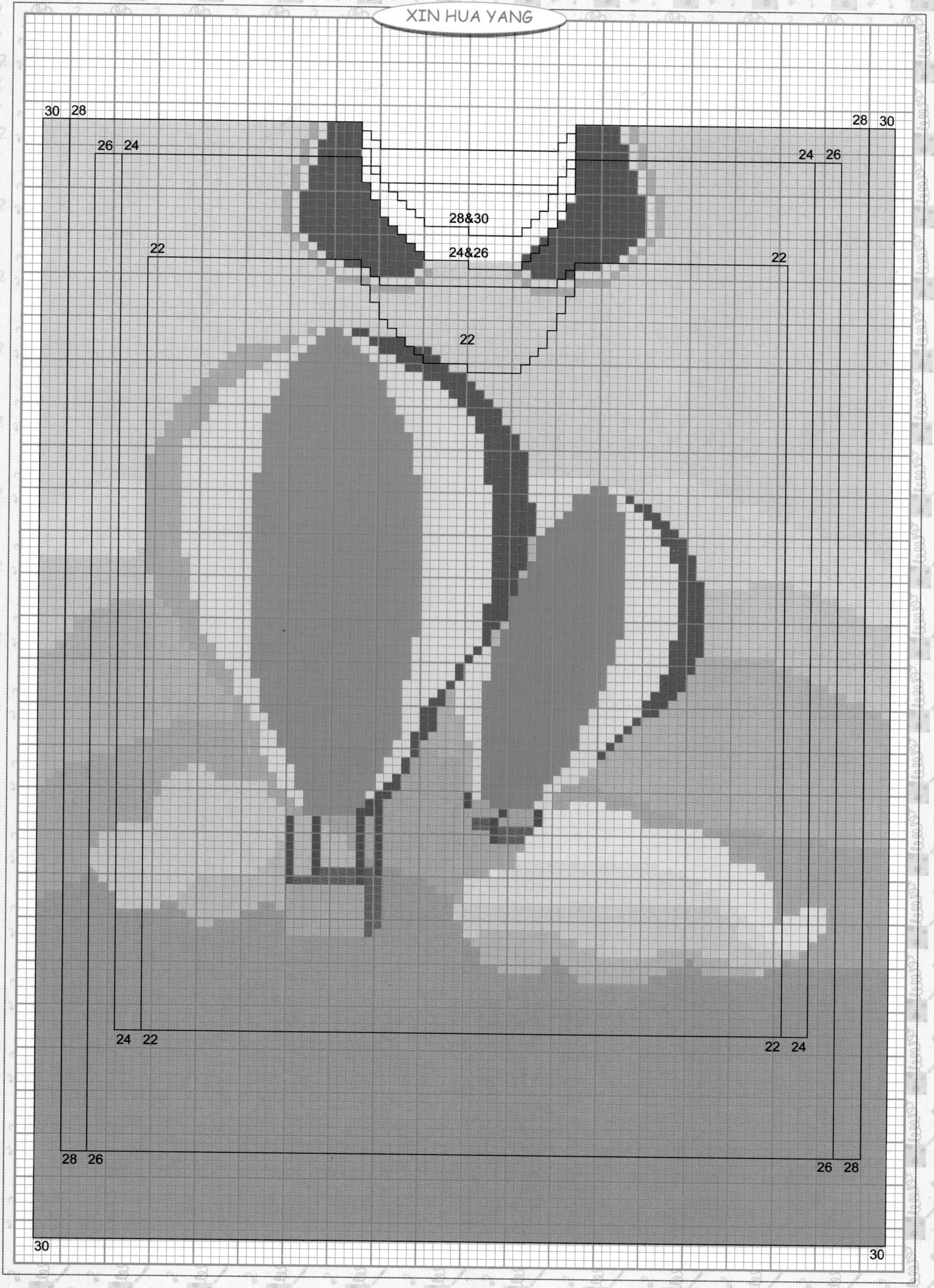
30
28
26
24
28&30
24&26
22
22
24
26
28
30

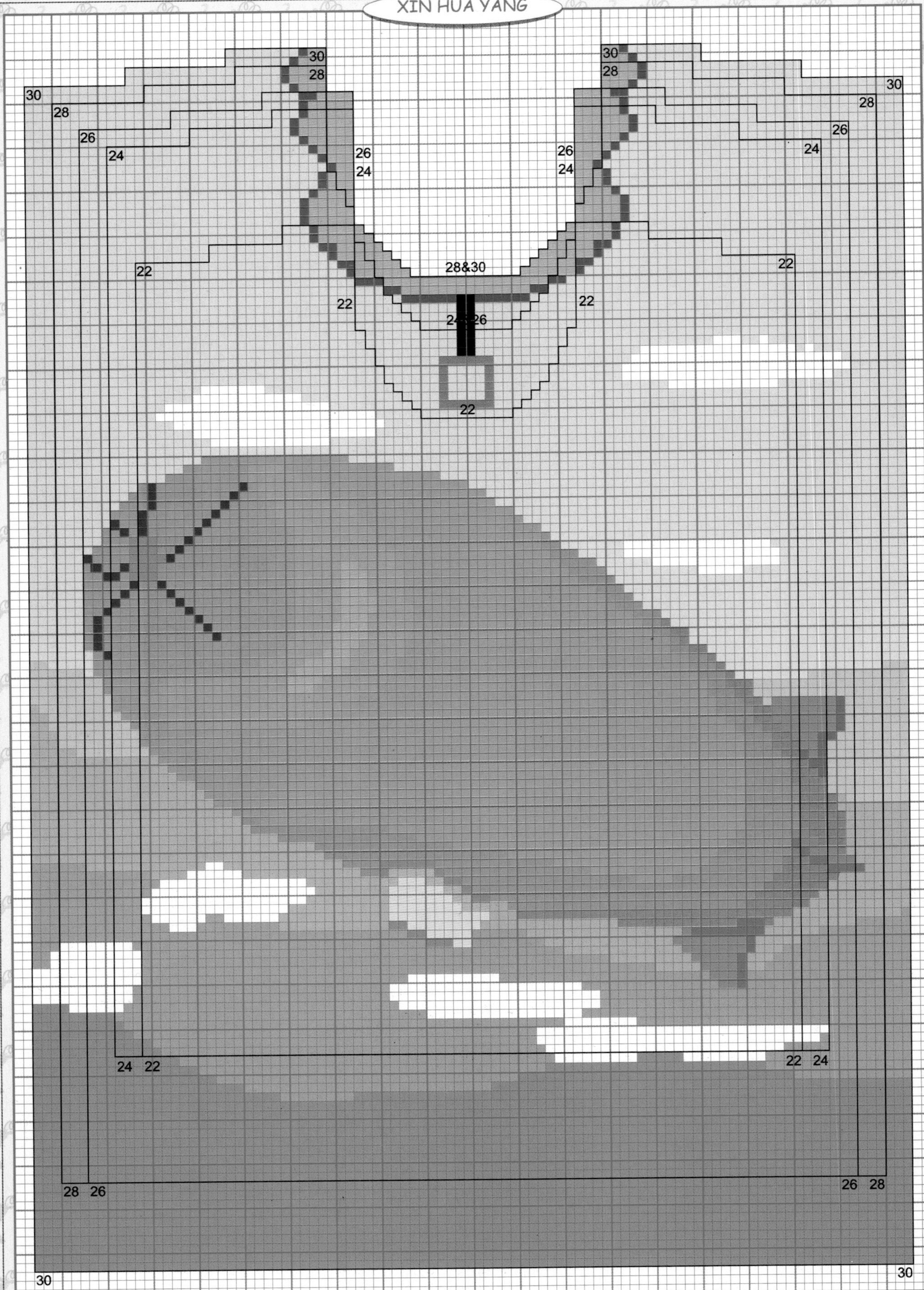
30
28
26
24
22
28&30
24
26
22
24 22
22 24
28 26
26 28
30
30

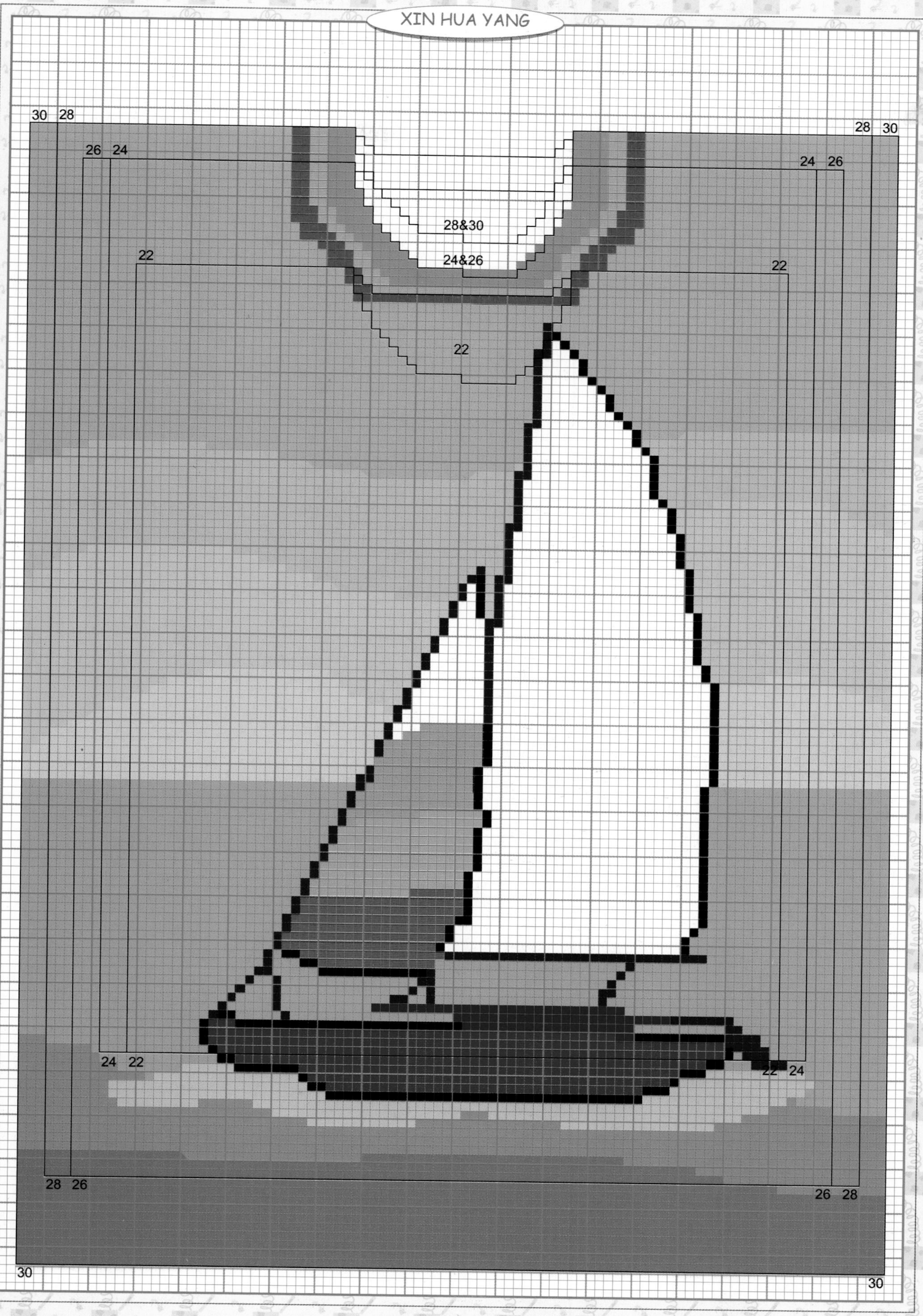
XIN HUA YANG
30 28
28 30
26 24
24 26
28&30
24&26
22
22
22
24 22
22 24
28 26
26 28
30
30

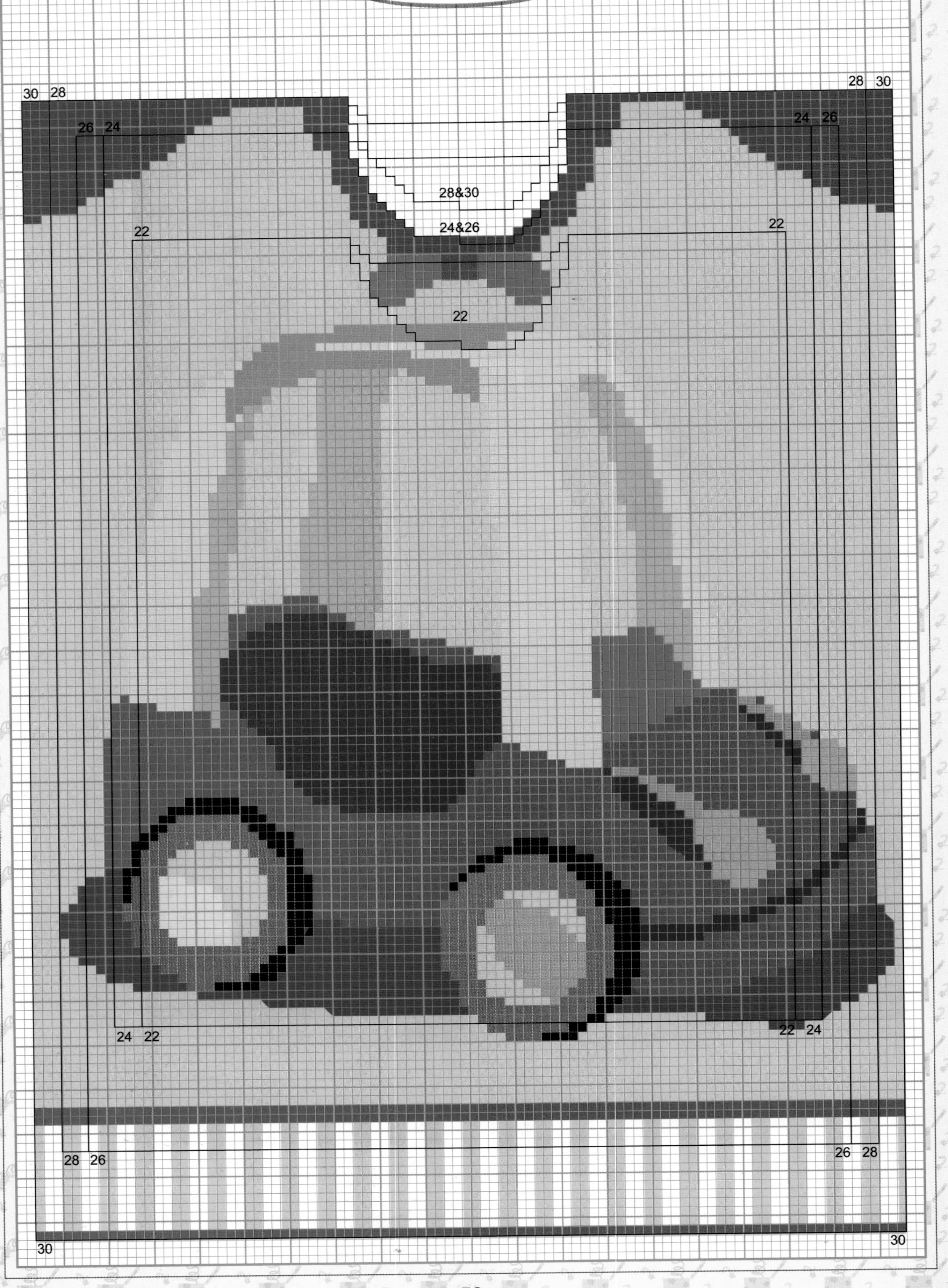
30 28
28 30
26 24
24 26
28&30
24&26
22
22
22
24 22
22 24
28 26
26 28
30
30

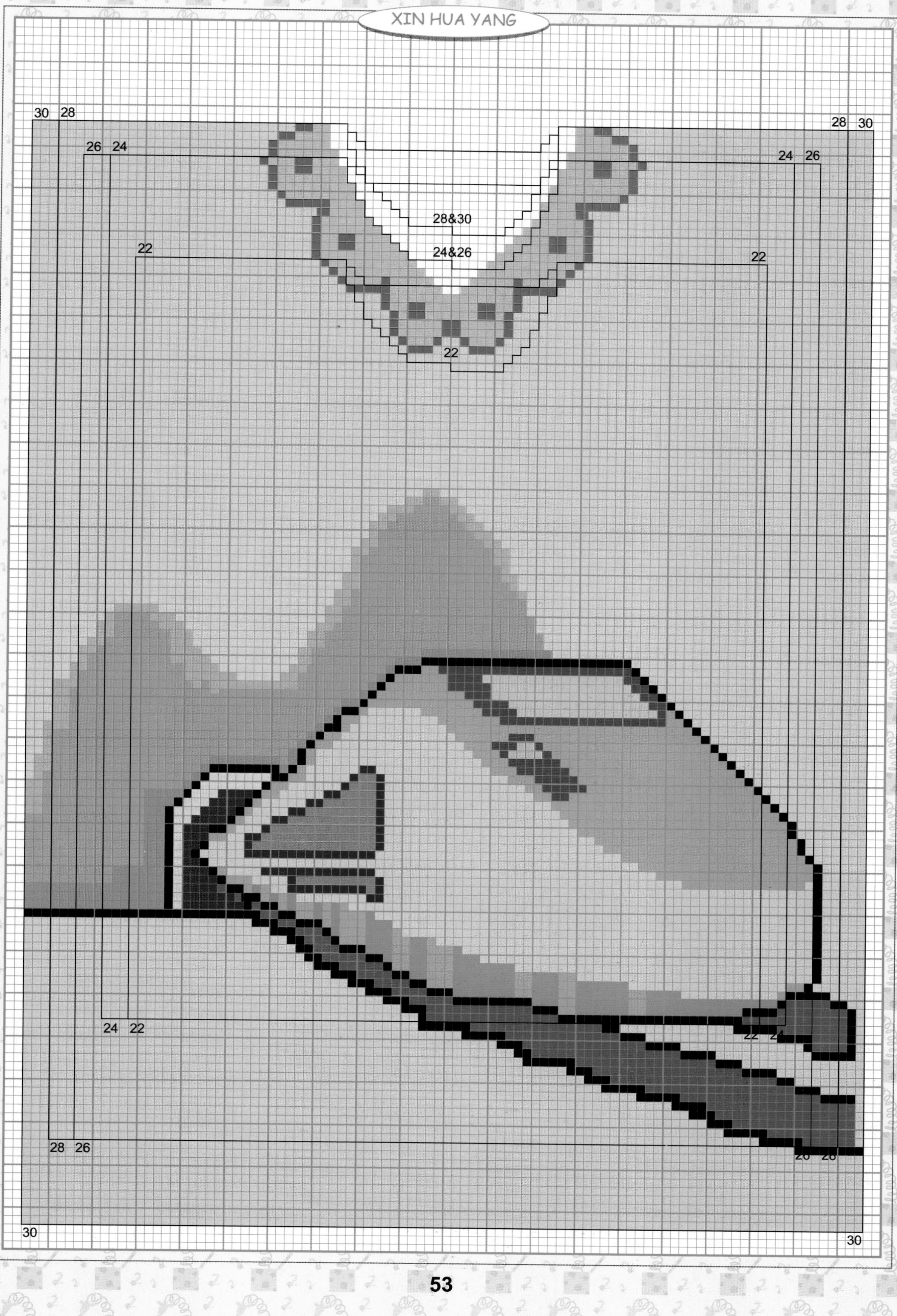
30 28
28 30
26 24
24 26
28&30
24&26
22
22
22
24 22
22 24
28 26
26 28
30
30

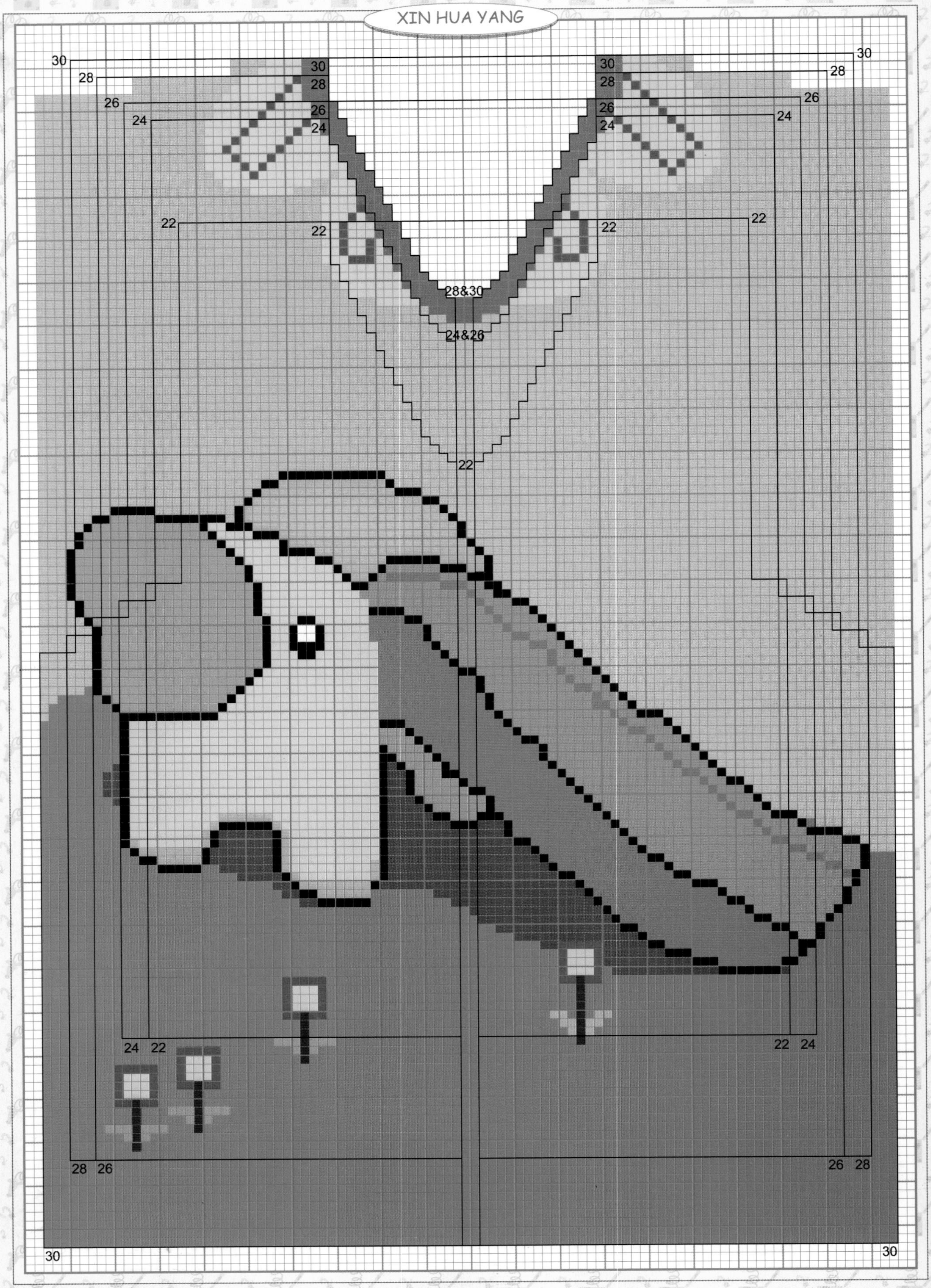
XIN HUA YANG
30
28
26
24
22
28&30
24&26
22
30
28
26
24
22
24 22
22 24
28 26
26 28
30
30

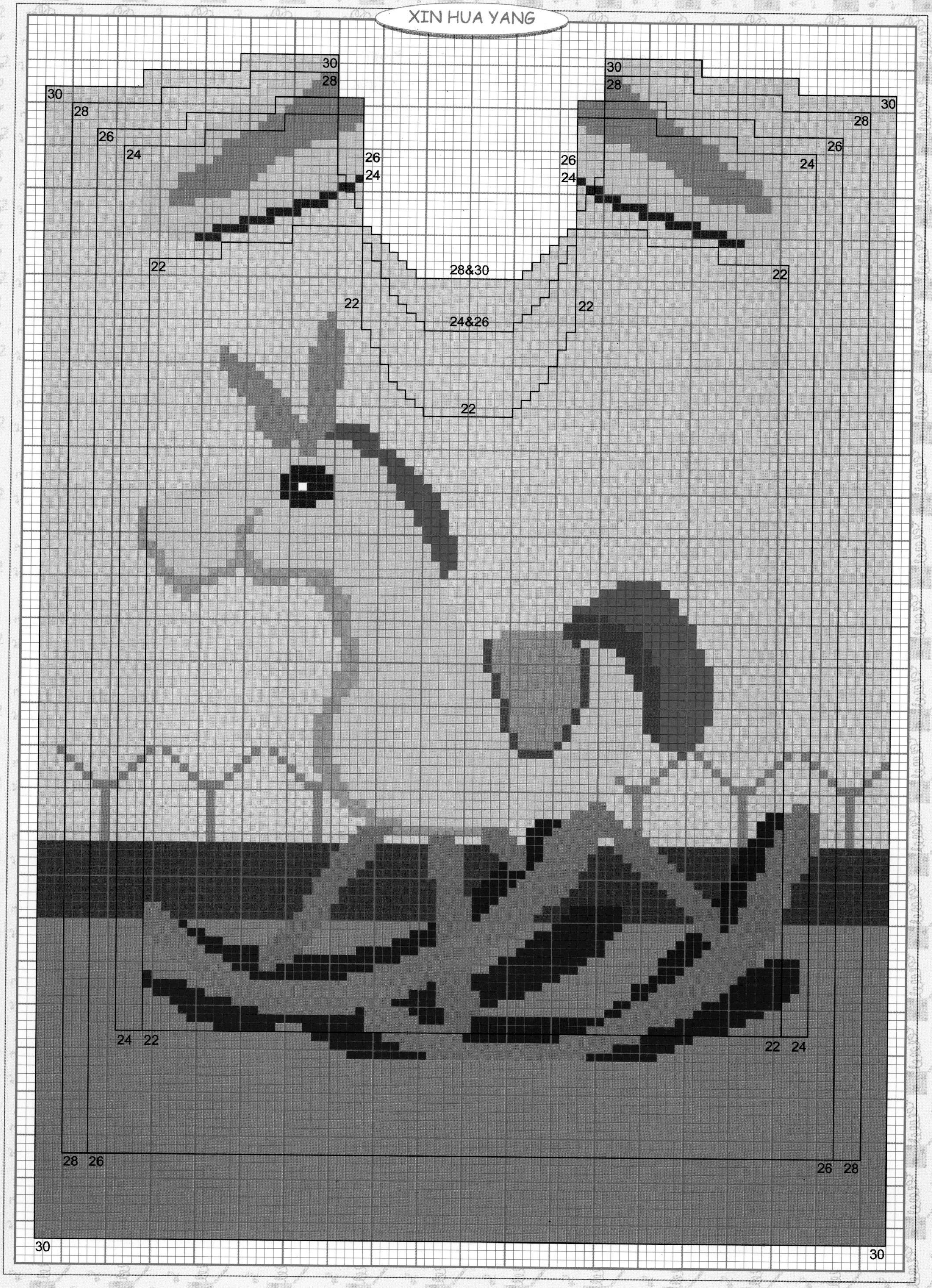
XIN HUA YANG
30
28
26
24
22
28&30
24&26
22

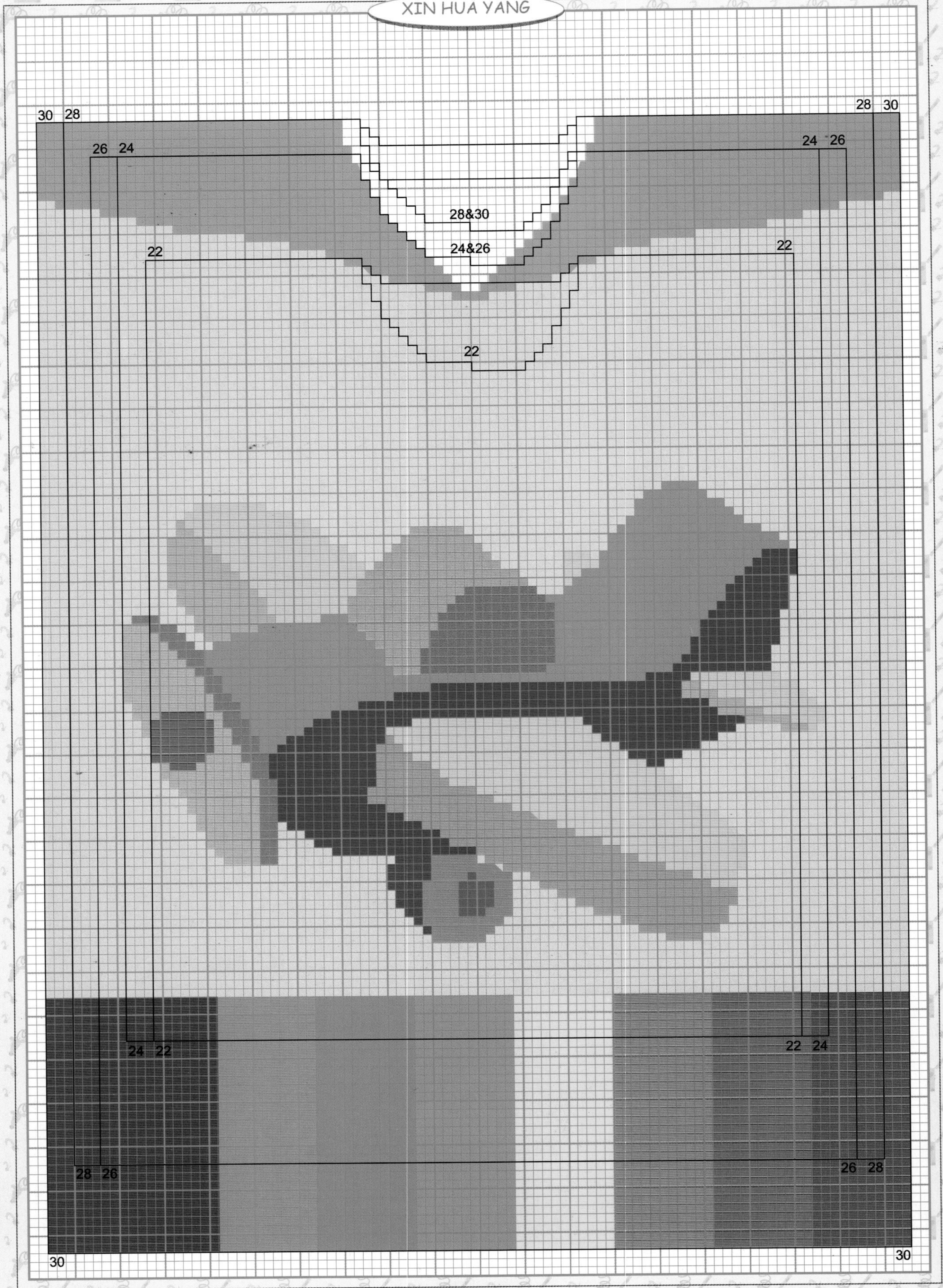
30
28
26
24
22
28&30
24&26
22
24
22
22
24
28
26
26
28
30
30

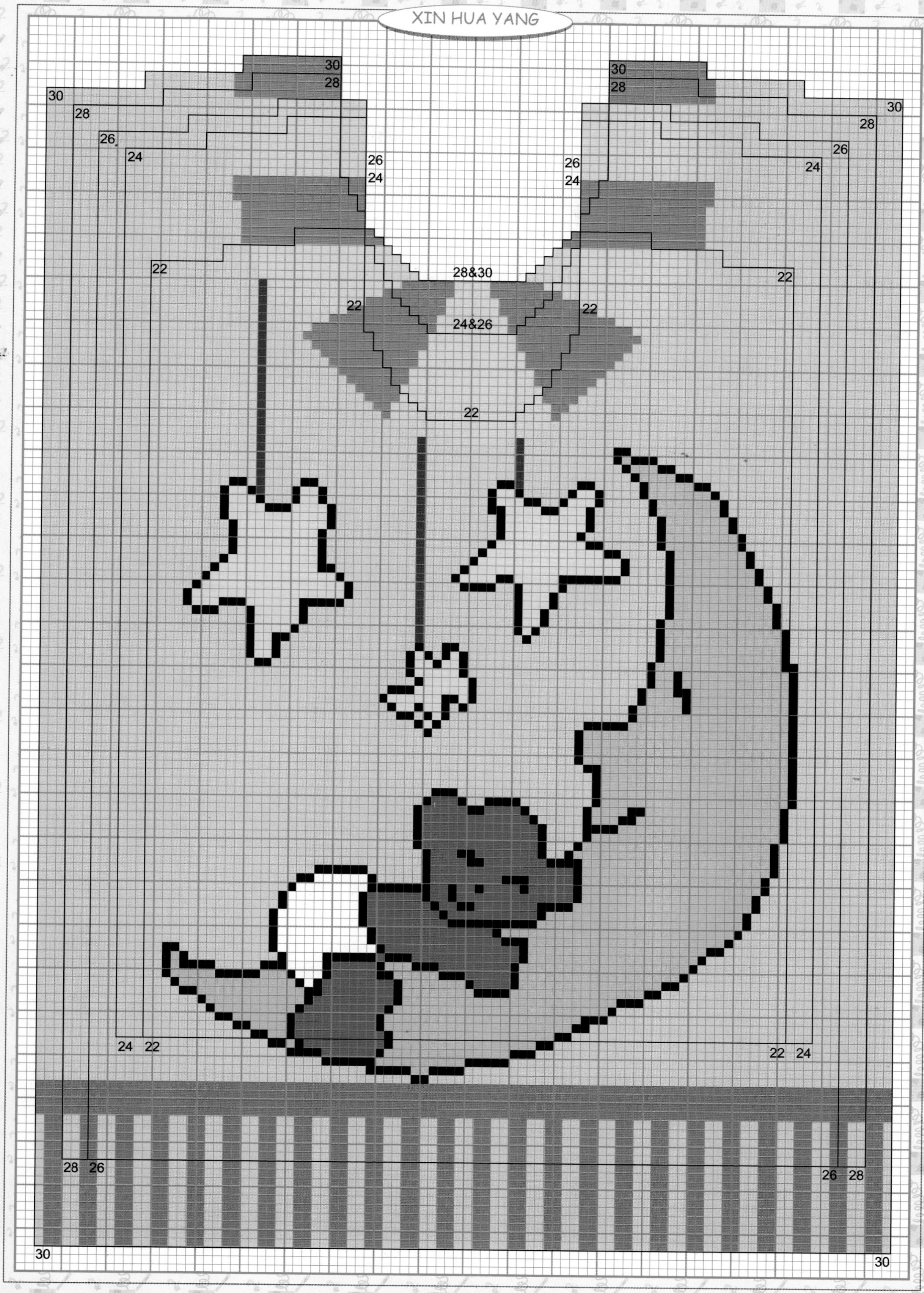
XIN HUA YANG
30
28
26
24
22
28&30
24&26
22

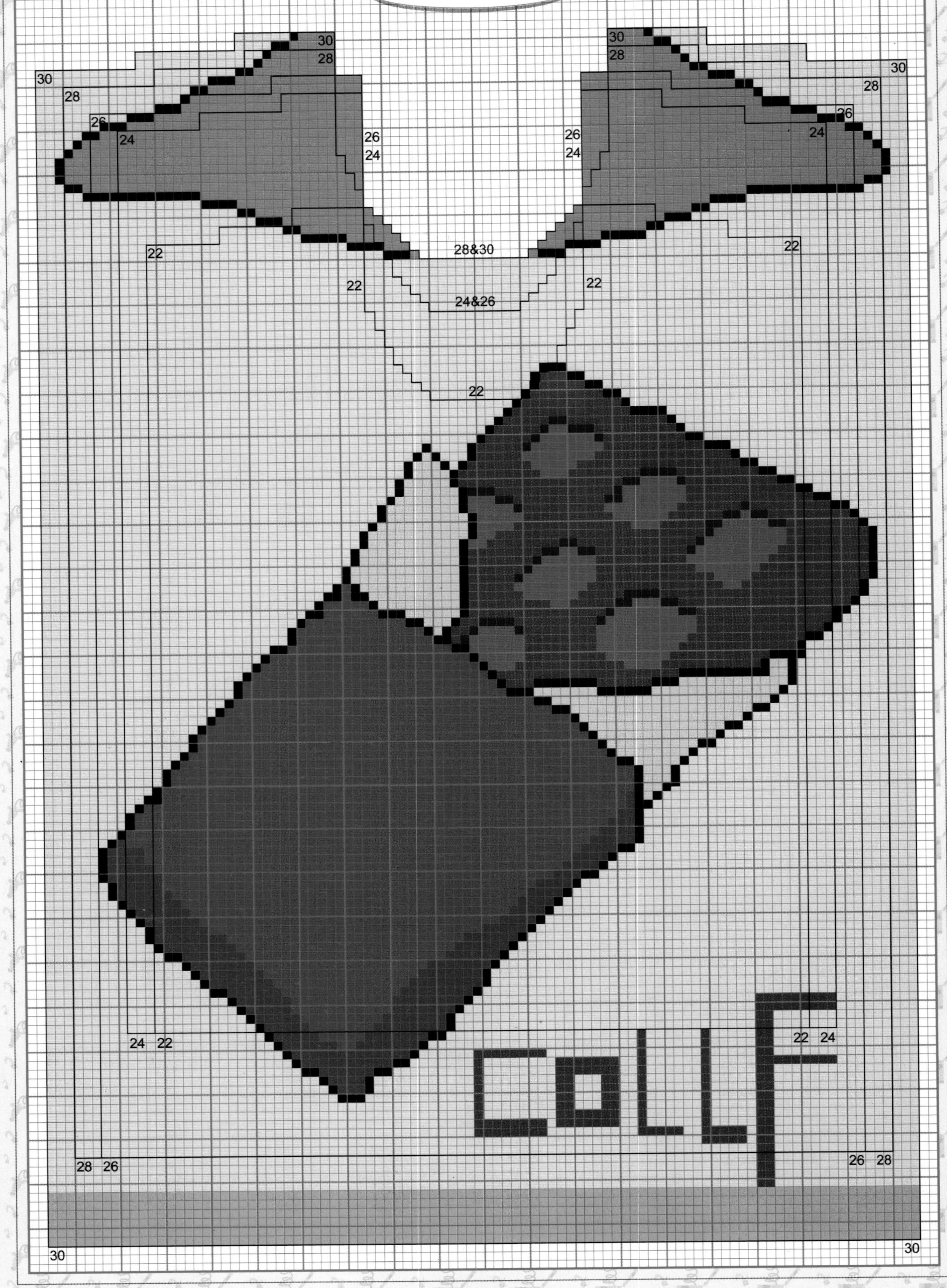
30
28
26
24
28&30
24&26
22
CoLLF

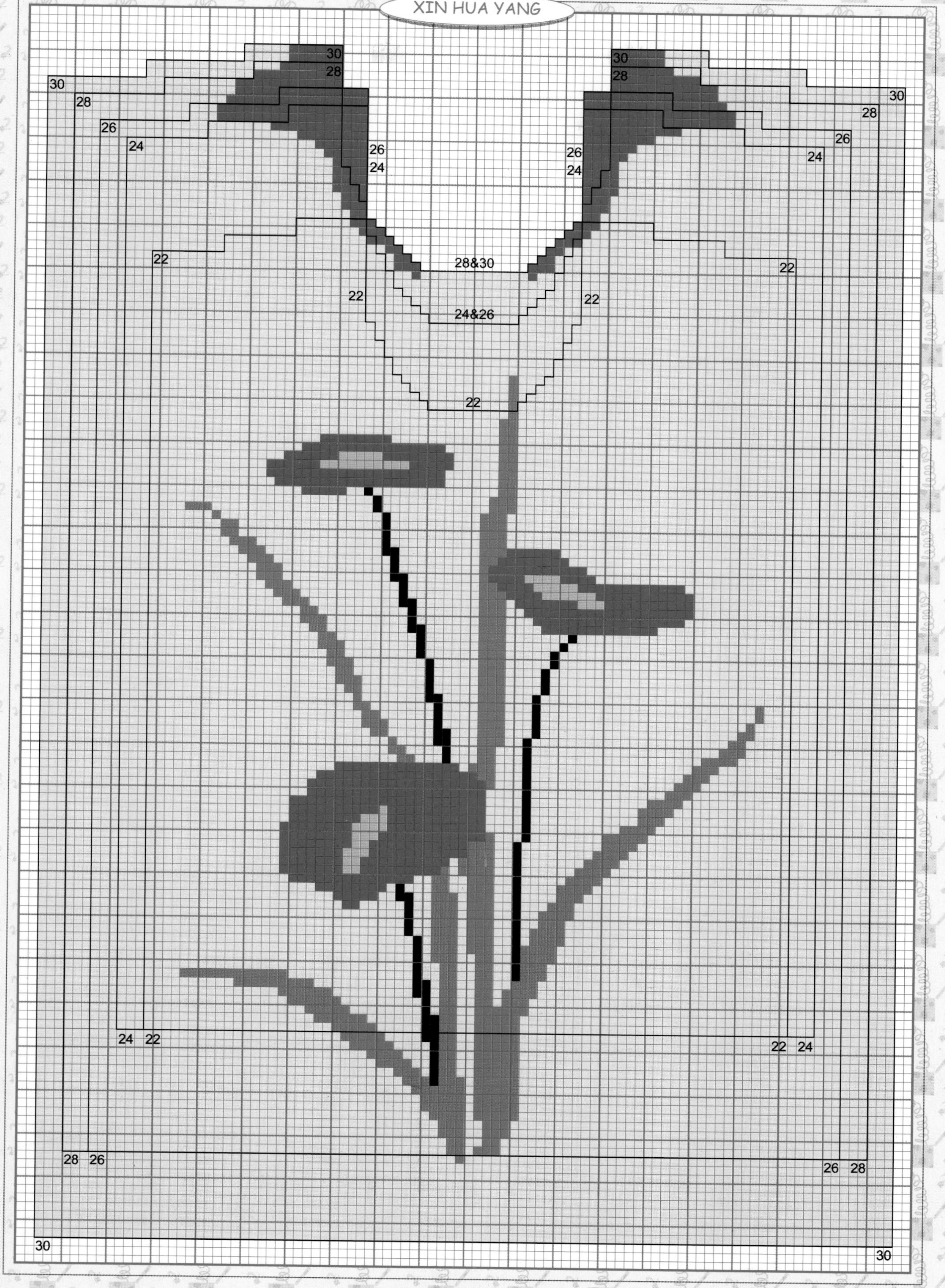
30
28
26
24
26
24
28&30
22
24&26
22
24 22
22 24
28 26
26 28
30

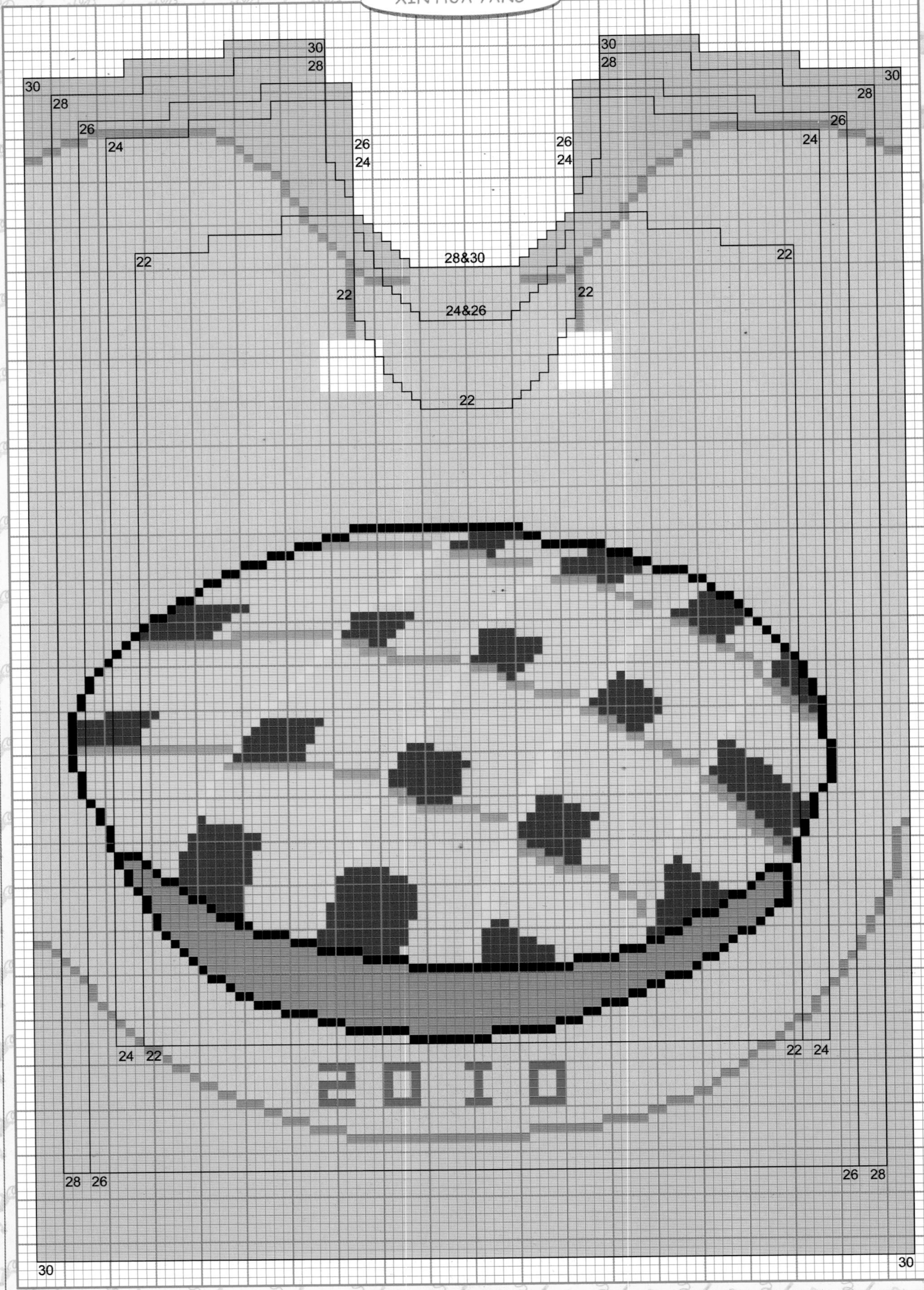
30
28
26
24
22
28&30
24&26
22
2010
24 22
22 24
28 26
26 28
30
30

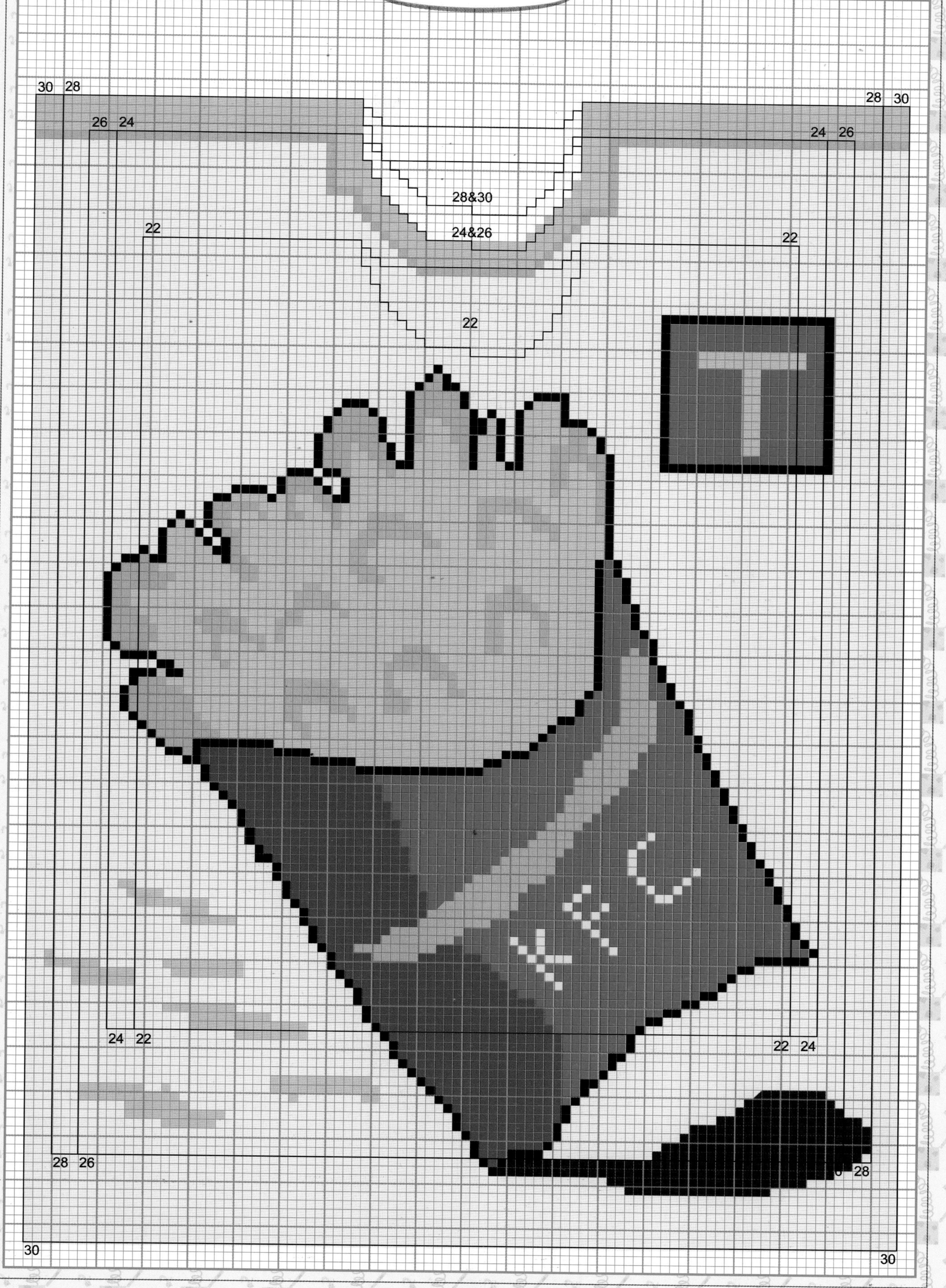
30
28
26
24
28&30
24&26
22
T
KFC

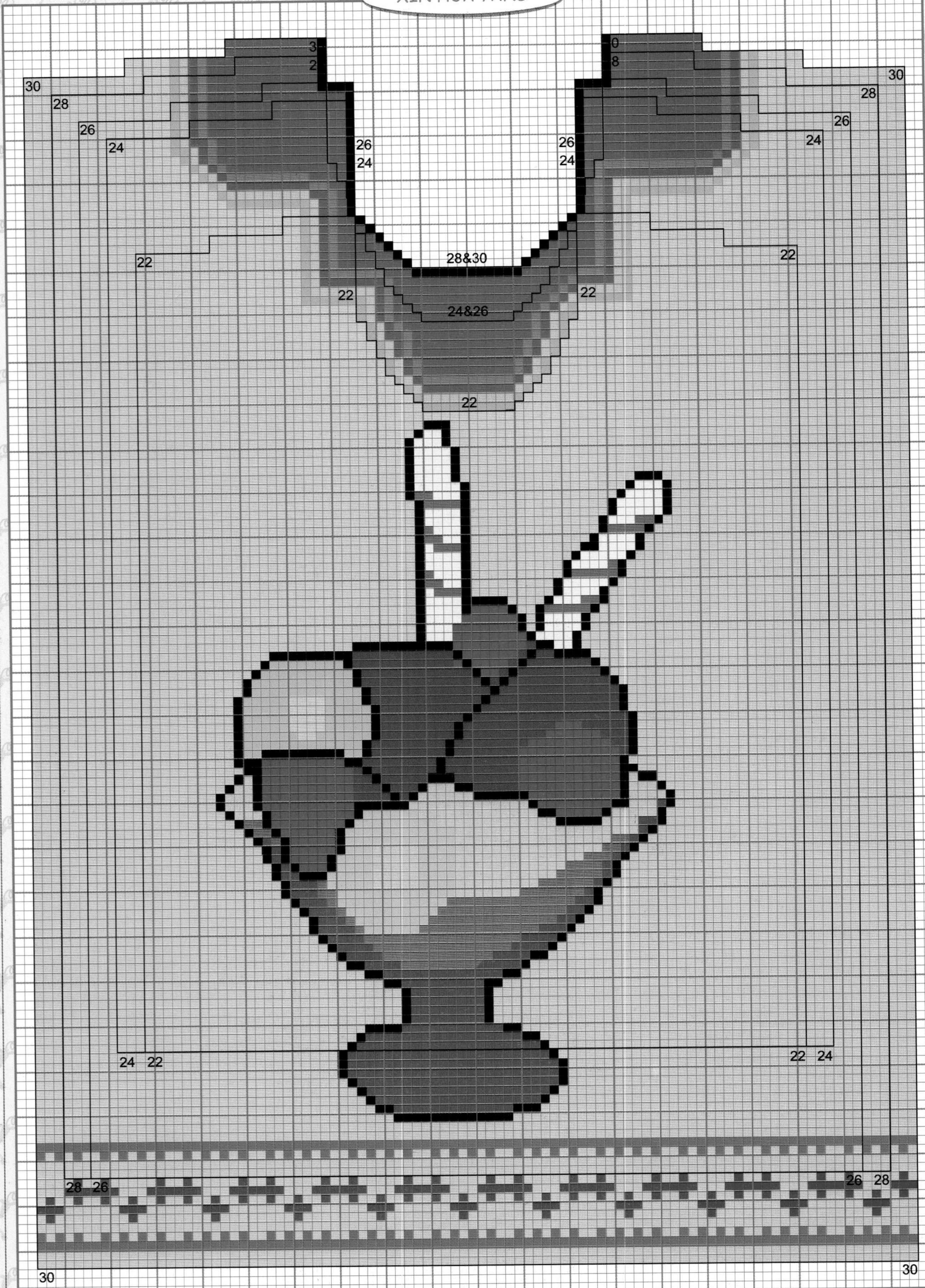
30
28
26
24
22
28&30
24&26
22
24 22
22 24
28 26
26 28
30
30

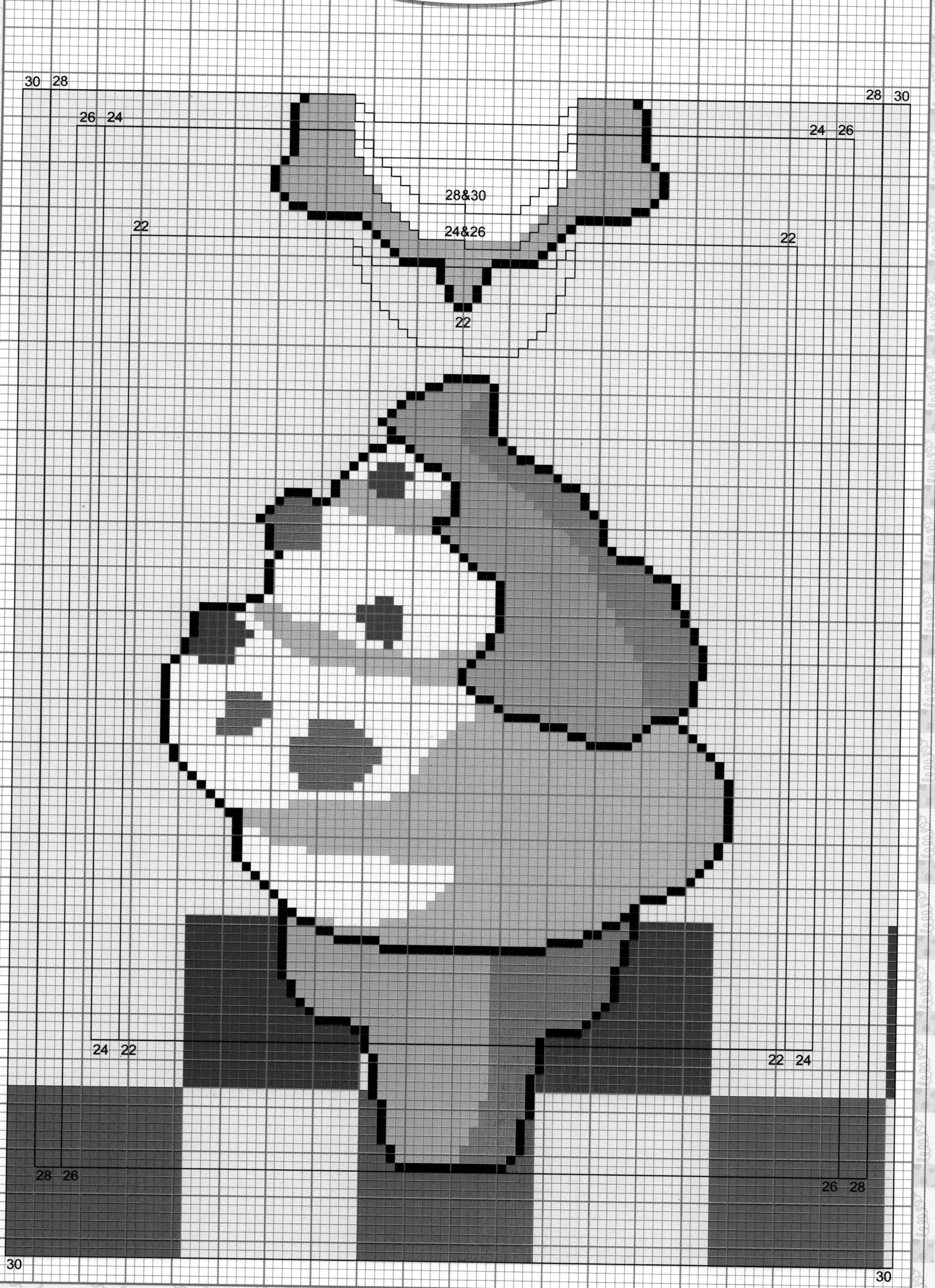
30 28
28 30
26 24
24 26
28&30
24&26
22
22
22
24 22
22 24
28 26
26 28
30
30

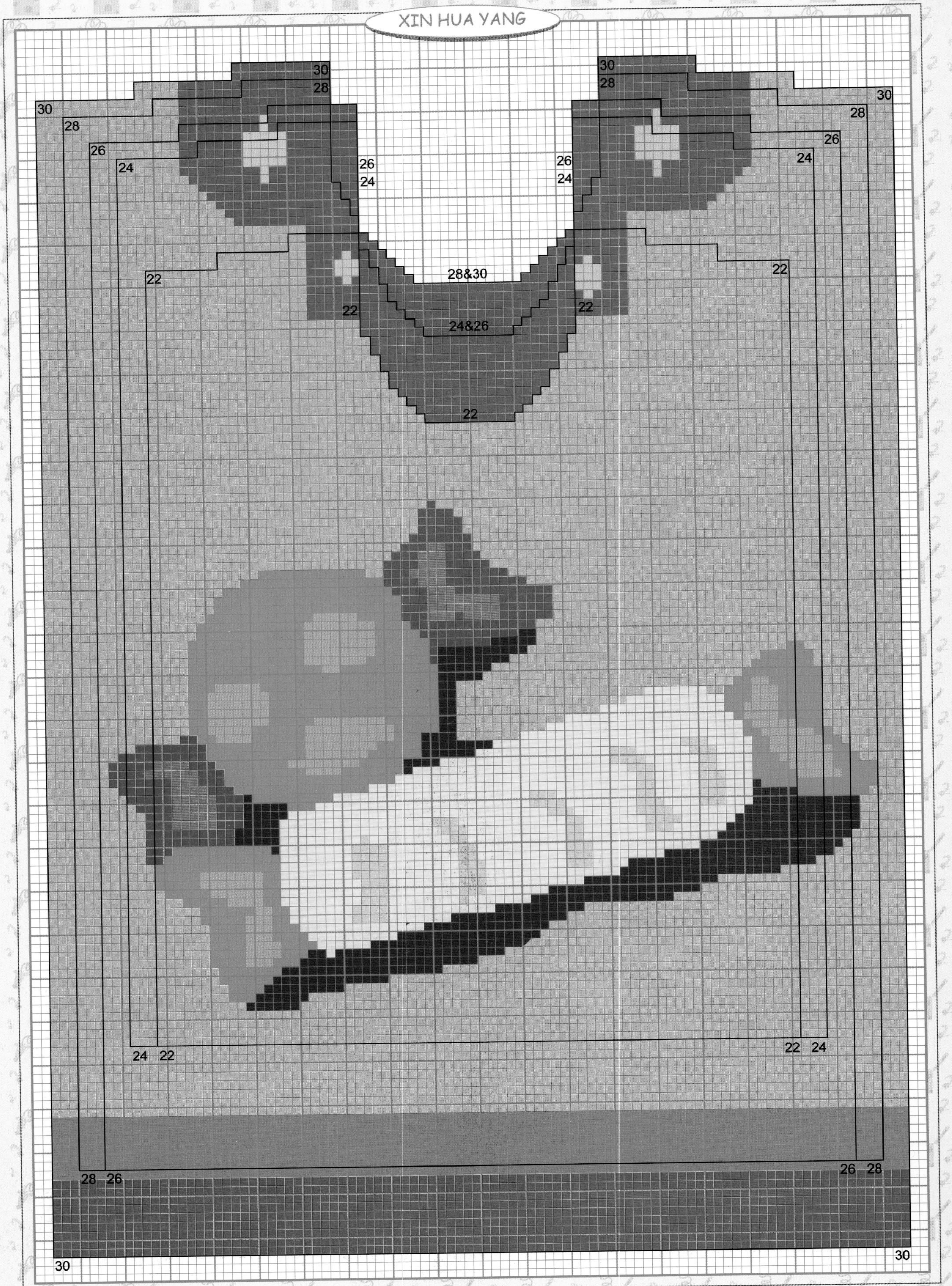
30
28
26
24
22
28&30
24&26
22

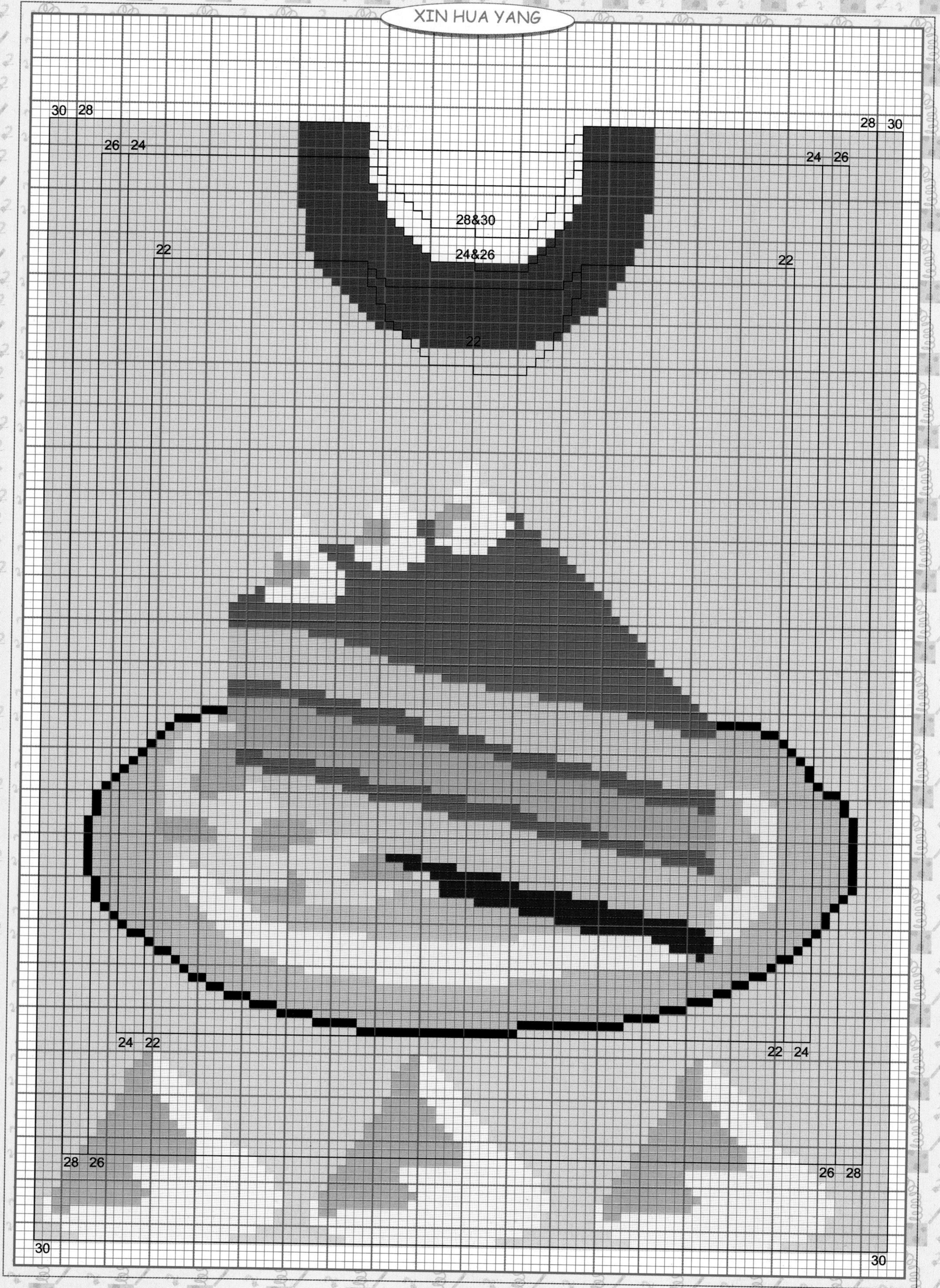
XIN HUA YANG
30
28
26
24
28&30
24&26
22
22
24
22
22
24
28
26
26
28
30
30
28
30
24
26

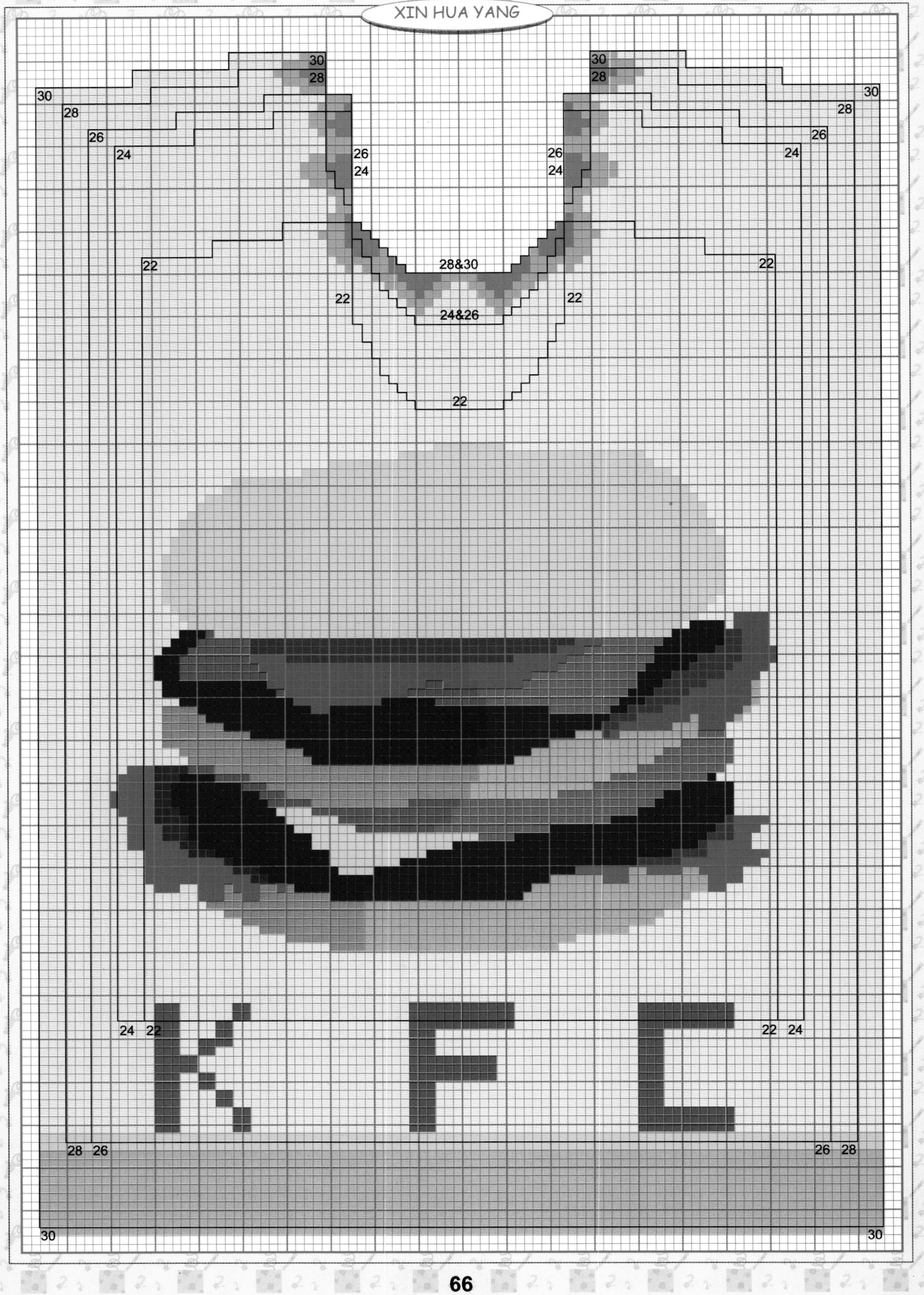
30
28
26
24
22
28&30
24&26
22
K F C
28 26
30

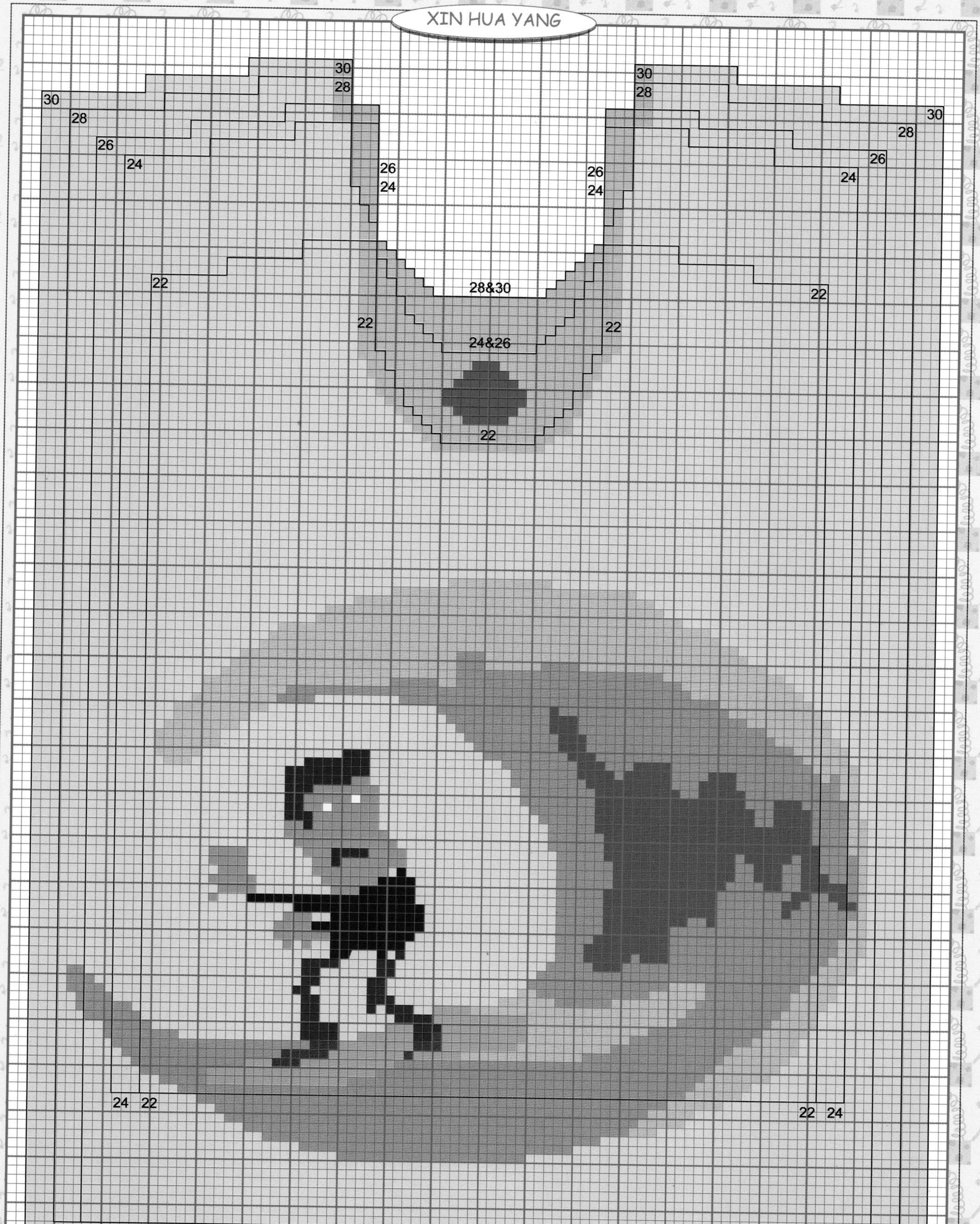
XIN HUA YANG
30
28
26
24
22
28&30
24&26
22
24 22
22 24
28 26
26 28
30
30

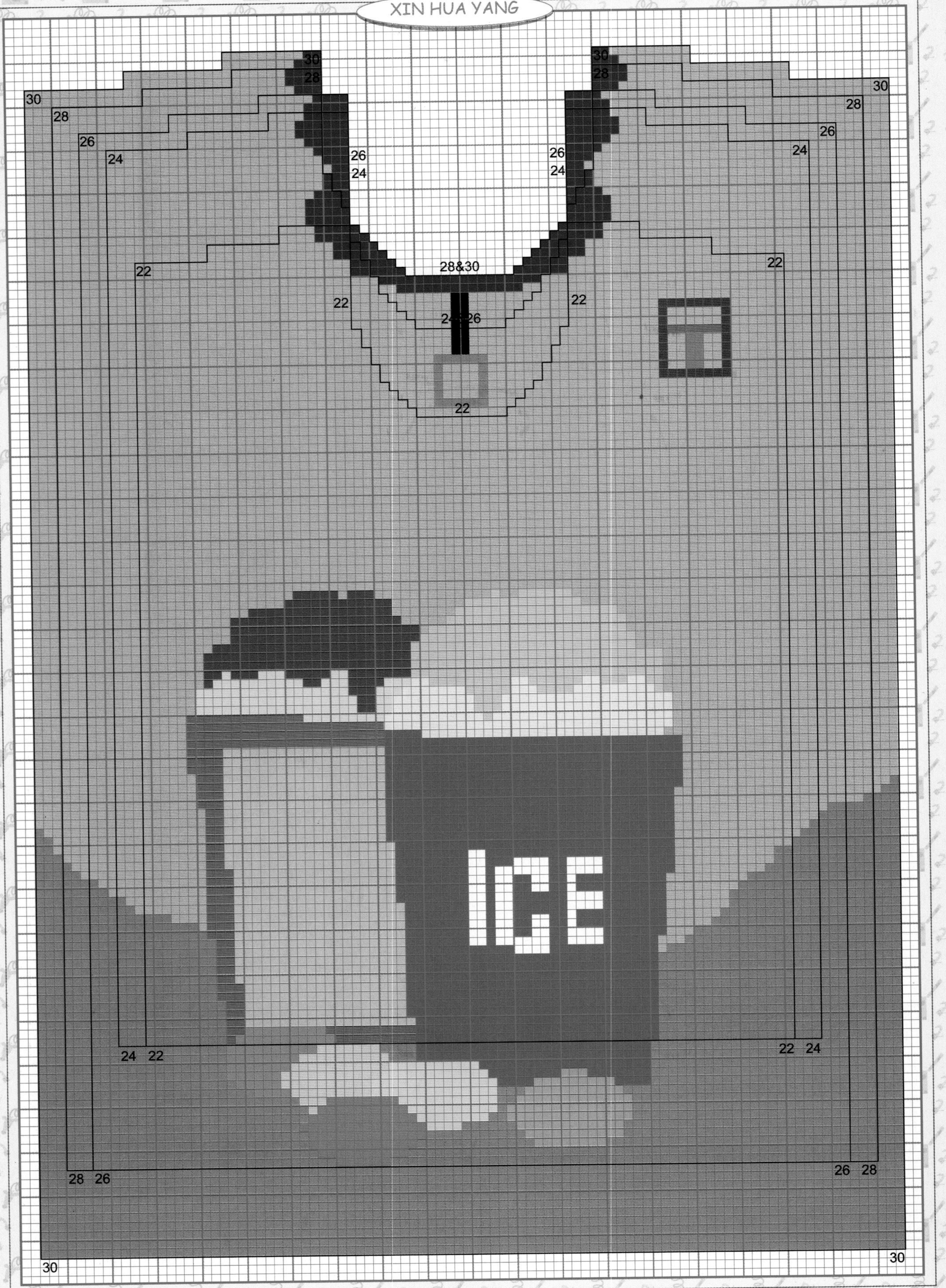
30
28
26
24
22
28&30
24&26
ICE
24 22
22 24
28 26
26 28
30

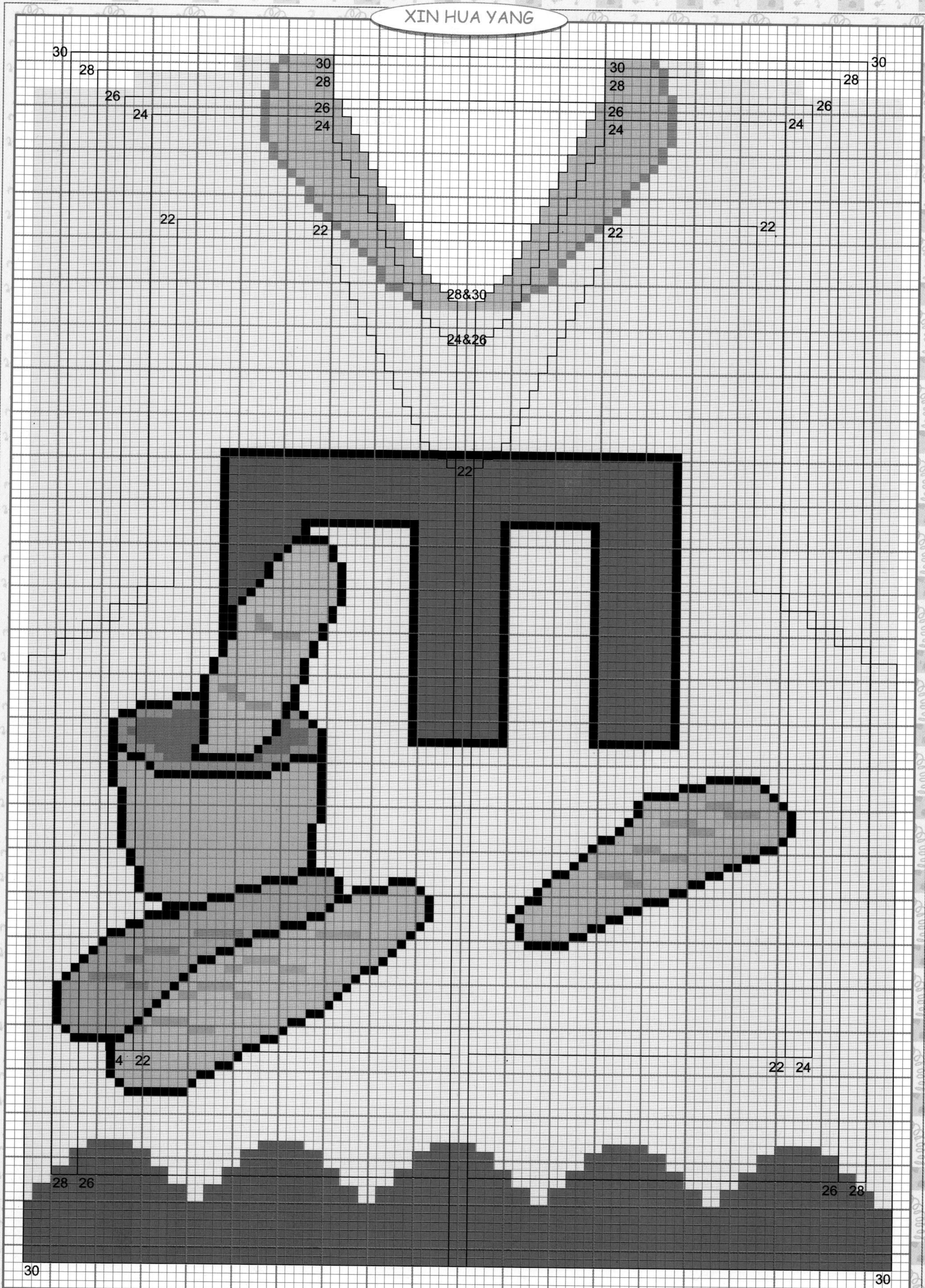
30
28
26
24
22
28&30
24&26
22
4
22
22
24
28
26
26
28
30
30

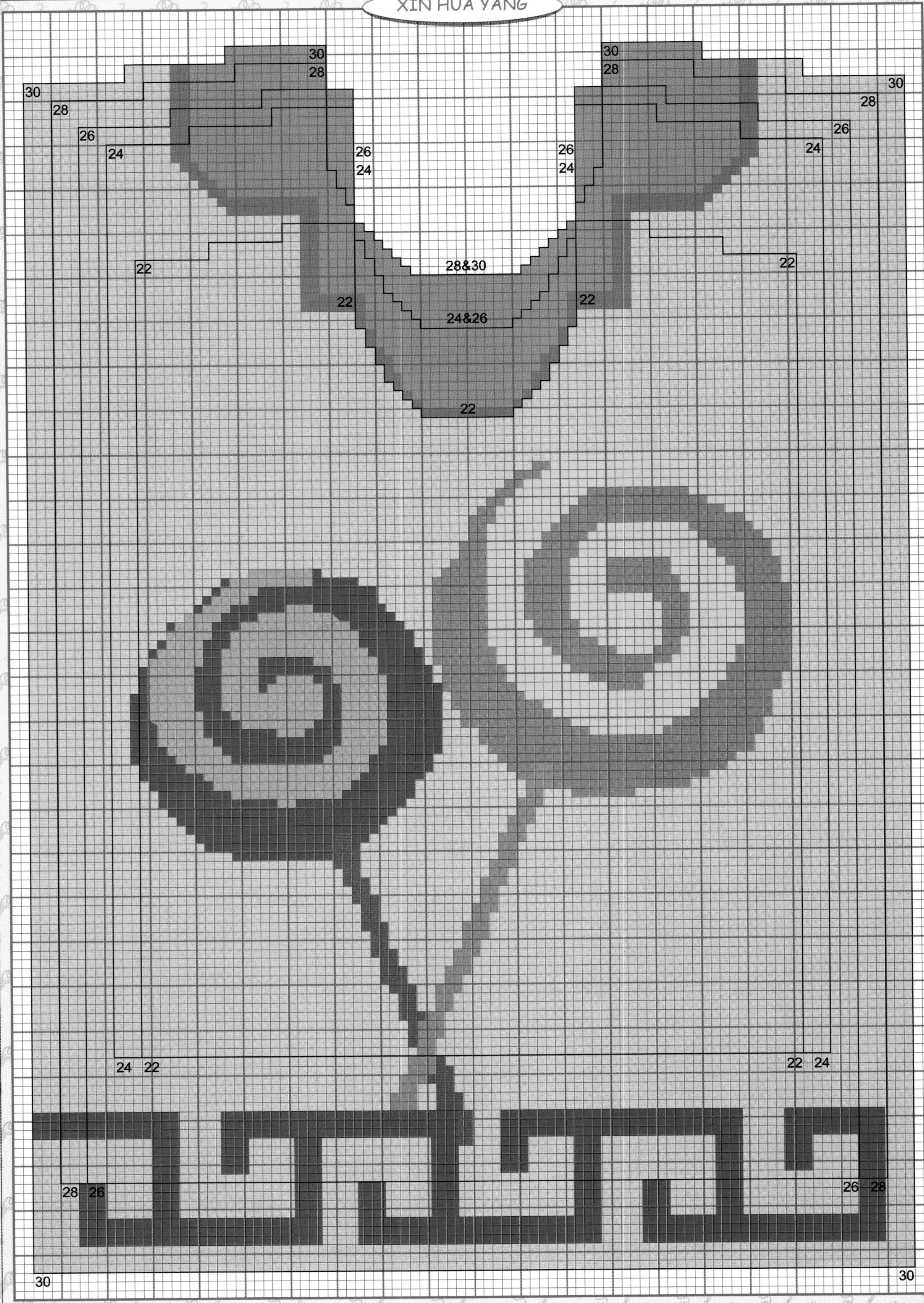
30
28
26
24
22
28&30
24&26
22
24 22
22 24
28 26
26 28
30
30

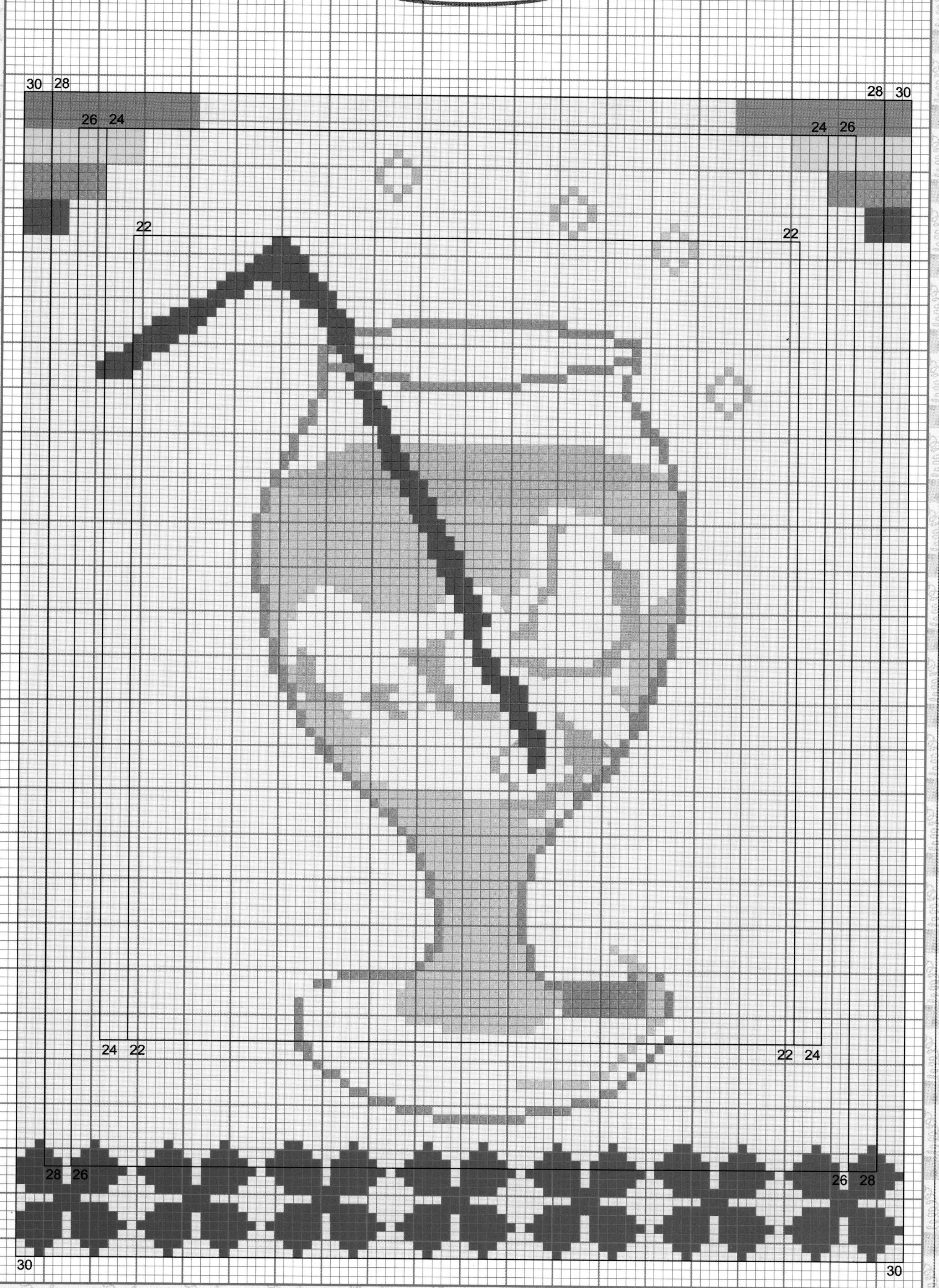
30 28
26 24
28 30
24 26
22
22
24 22
22 24
28 26
26 28
30
30

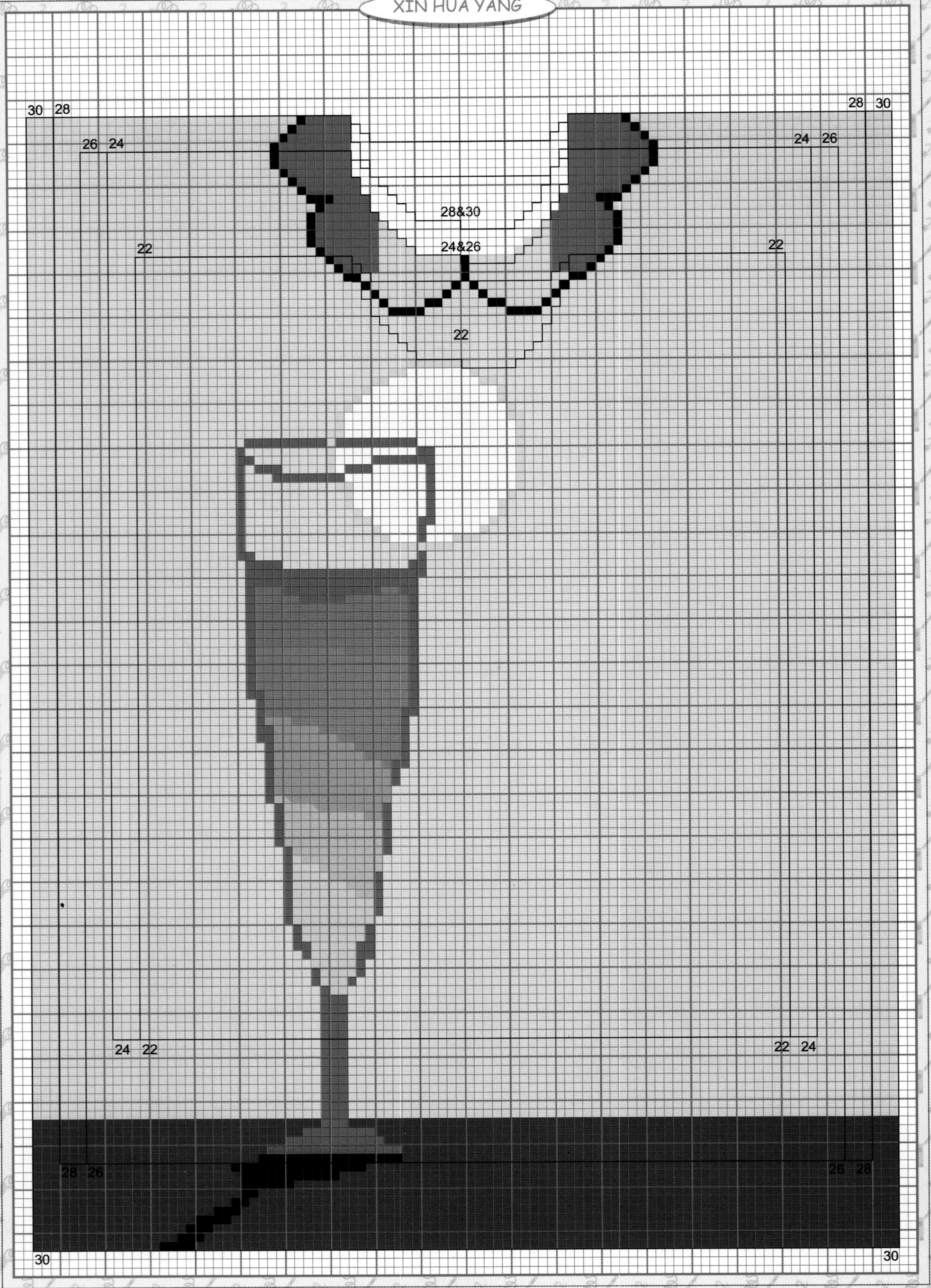
30 28
28 30
26 24
24 26
28&30
24&26
22
22
22
24 22
22 24
28 26
26 28
30
30

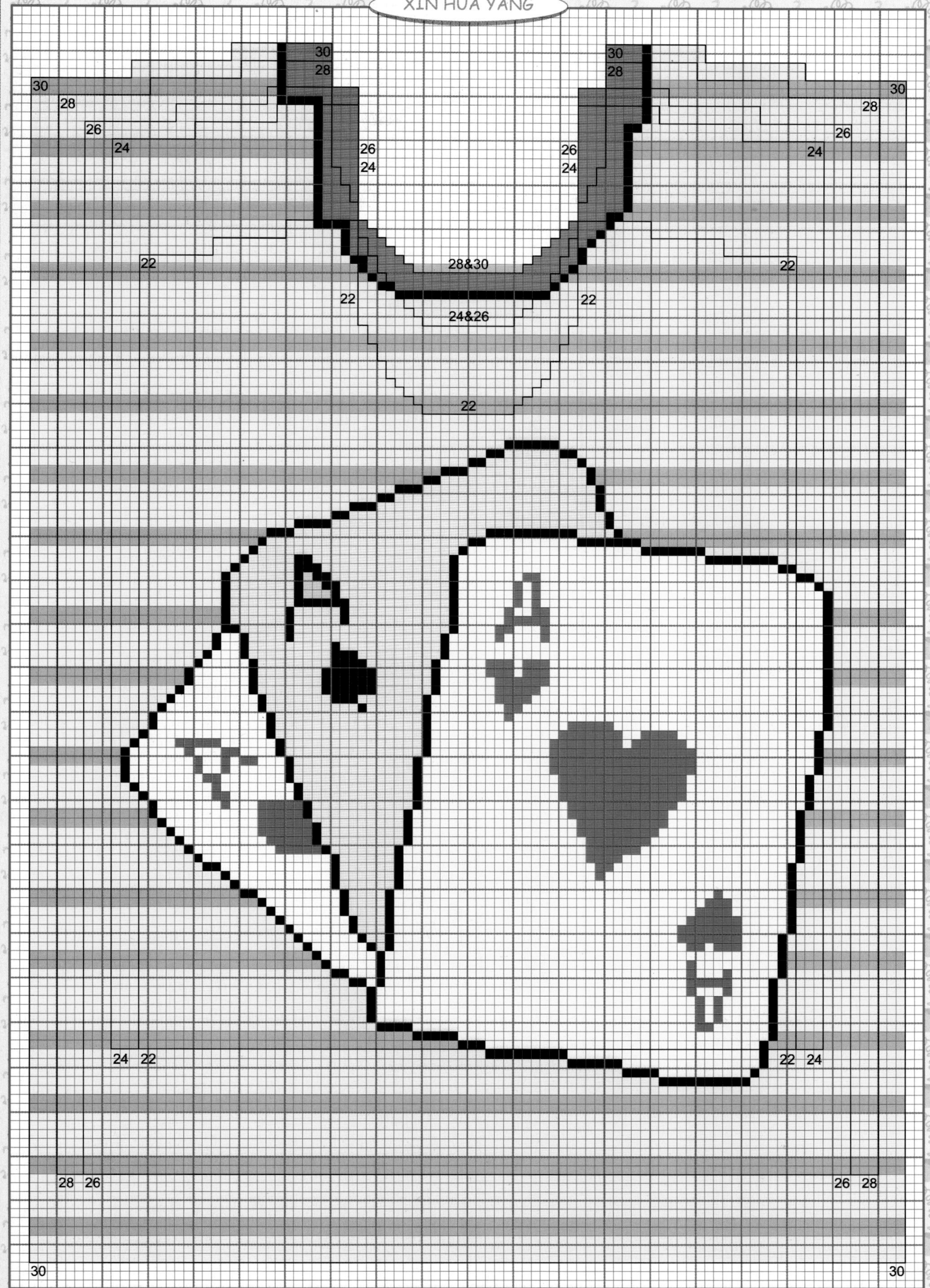
30
28
26
24
30
28
26
24
30
28
26
24
30
28
26
24
28&30
22
22
22
22
24&26
22
24 22
22 24
28 26
26 28
30
30

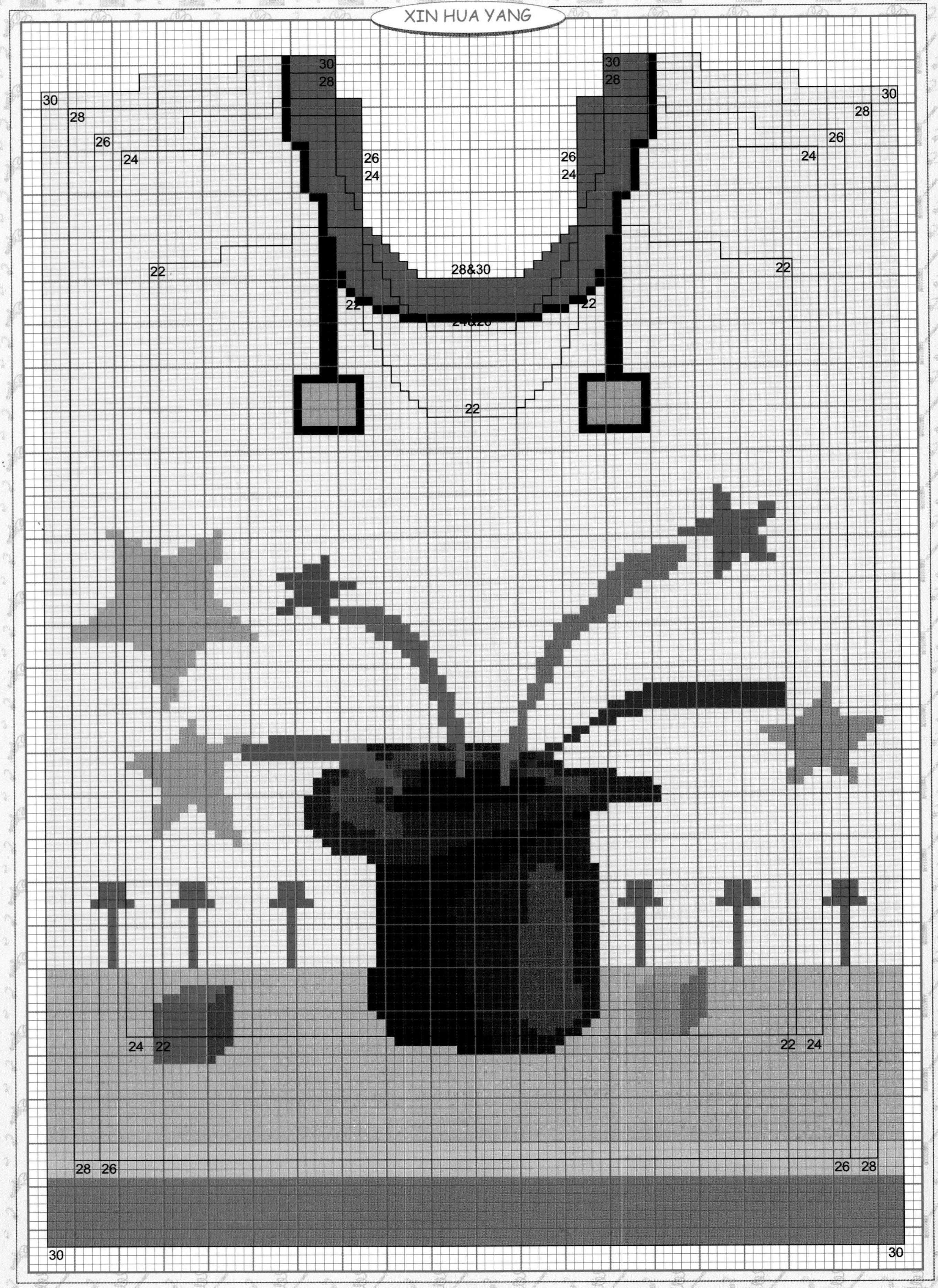
XIN HUA YANG
30
28
26
24
22
28&30
24&26
22
24 22
22 24
28 26
26 28
30

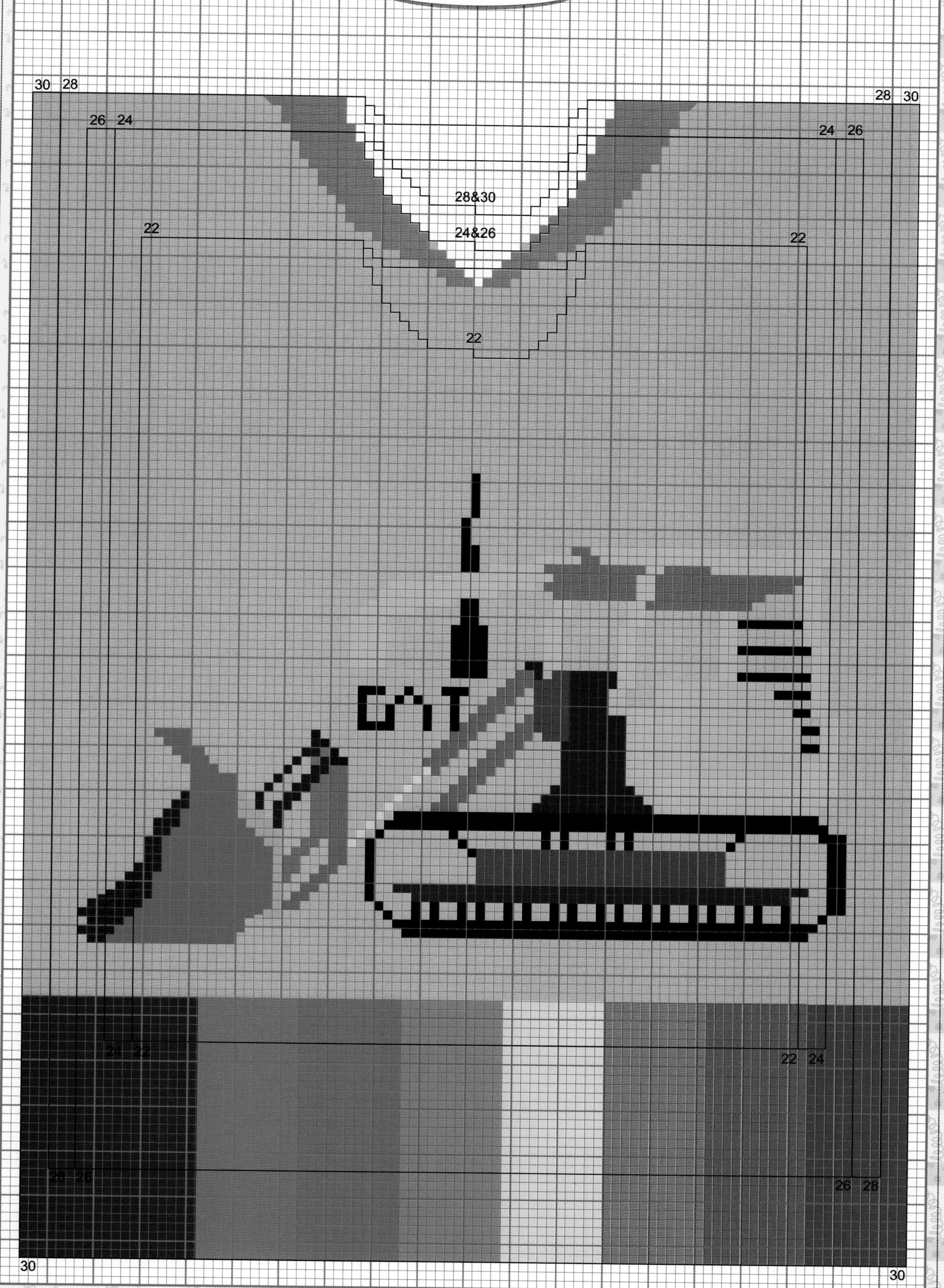
30 28
28 30
26 24
24 26
28&30
24&26
22
22
22
GAT
24 22
22 24
28 26
26 28
30
30

30 28
28 30
26 24
24 26
28&30
24&26
22
22
22
24 22
22 24
28 26
26 28
30
30

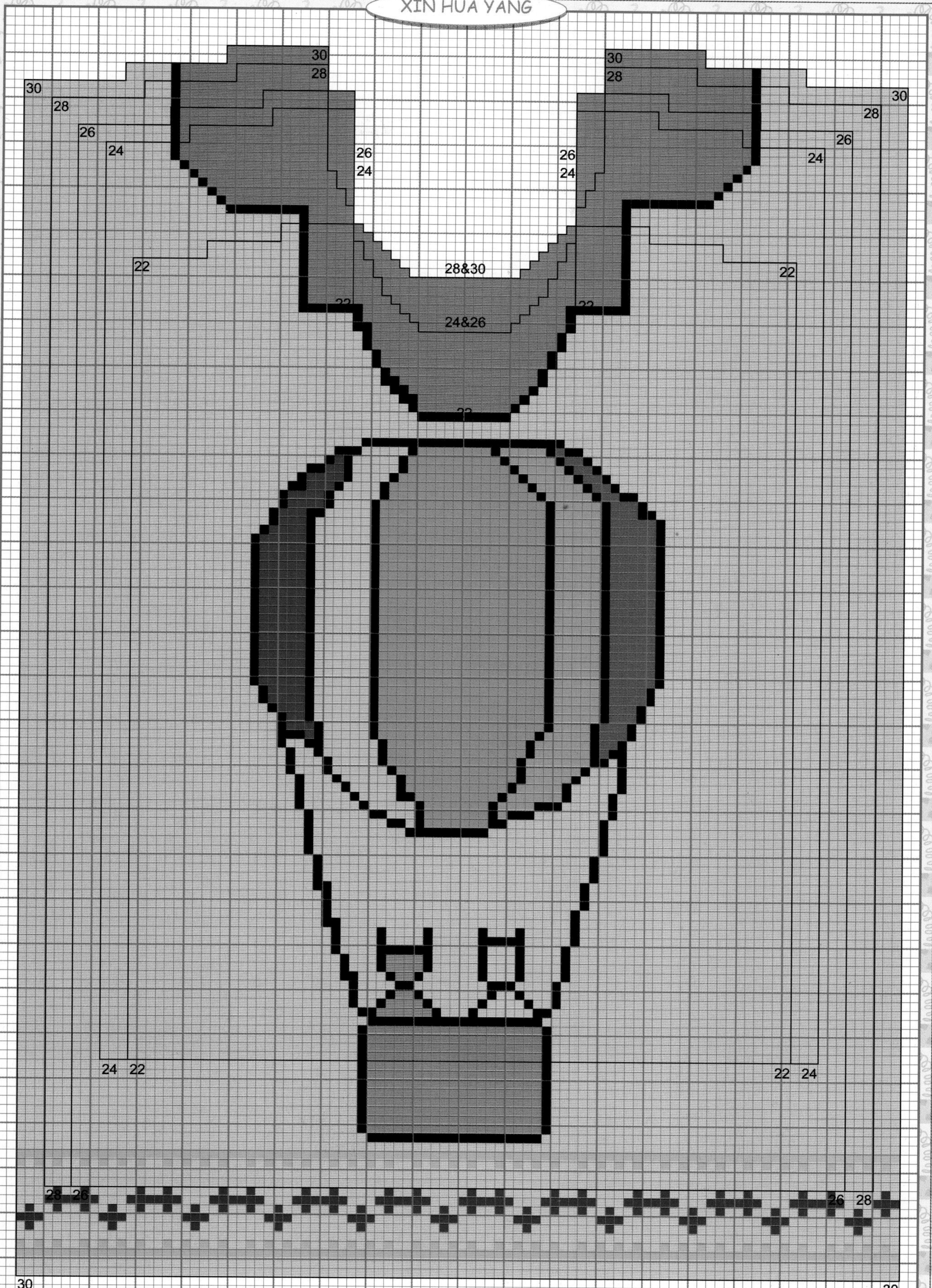
30
28
26
24
22
28&30
24&26
24 22
22 24
28 26
26 28
30
30

30
28
26
24
22
28&30
24&26

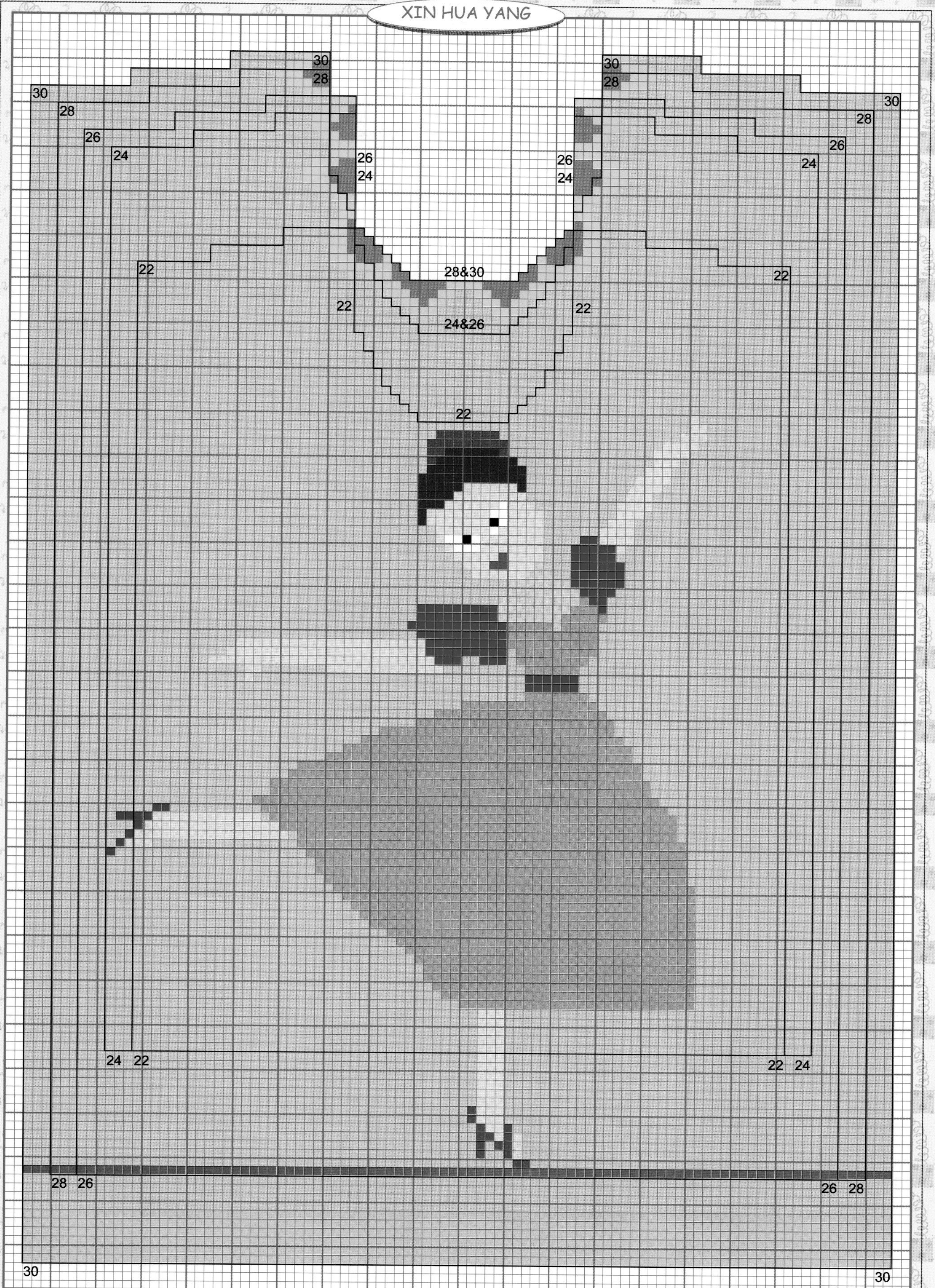
30
28
26
24
22
28&30
24&26
22
24 22
22 24
28 26
26 28
30
30

30
28
30
28
26
24
26
24
26
24
22
28&30
22
24&26
22
22
22
24 22
22 24
28 26
26 28
30
30

30
28
26
24
22
28&30
24&26
HOME
SWEET HOME

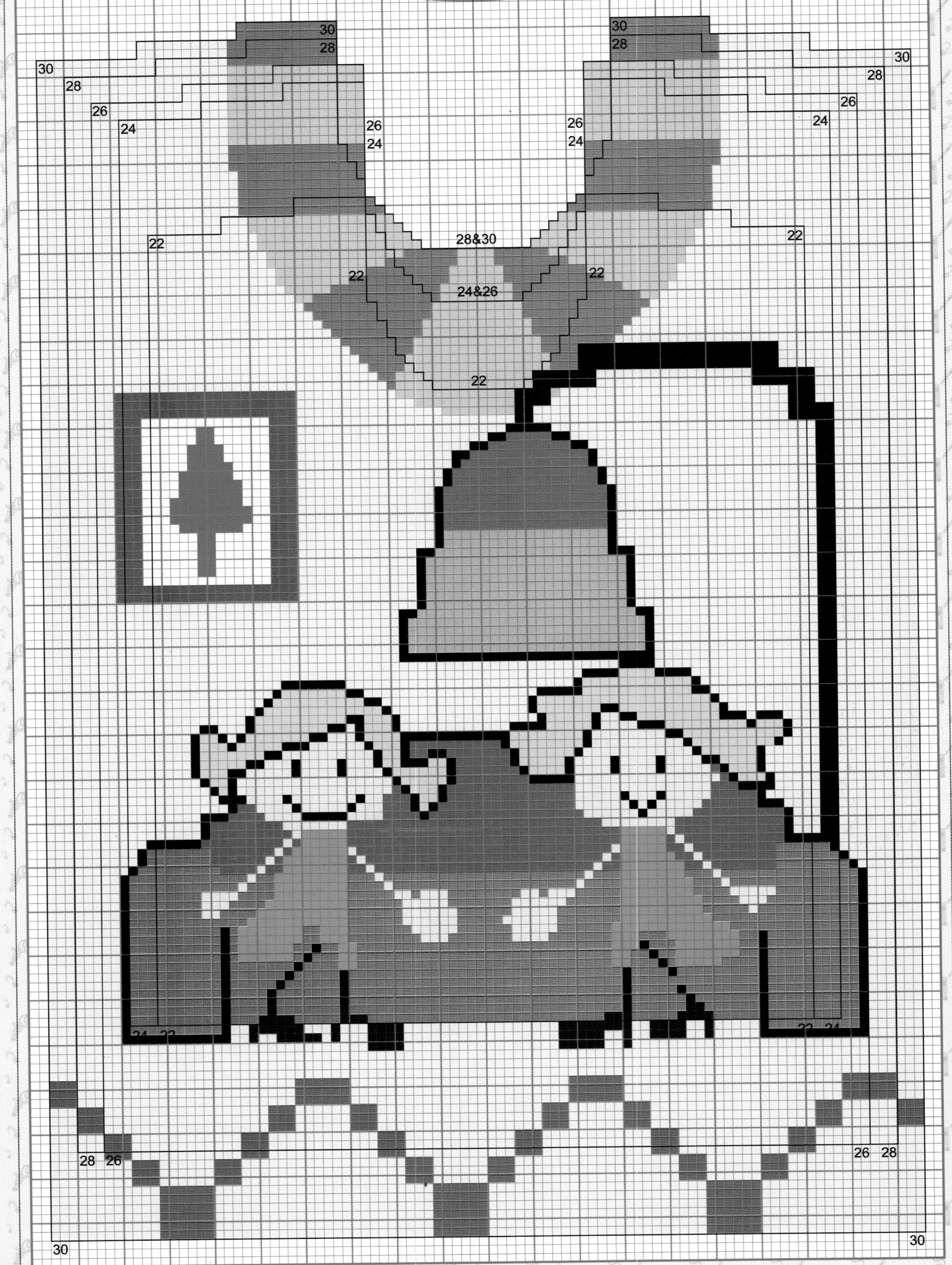
30
28
26
24
22
28&30
24&26

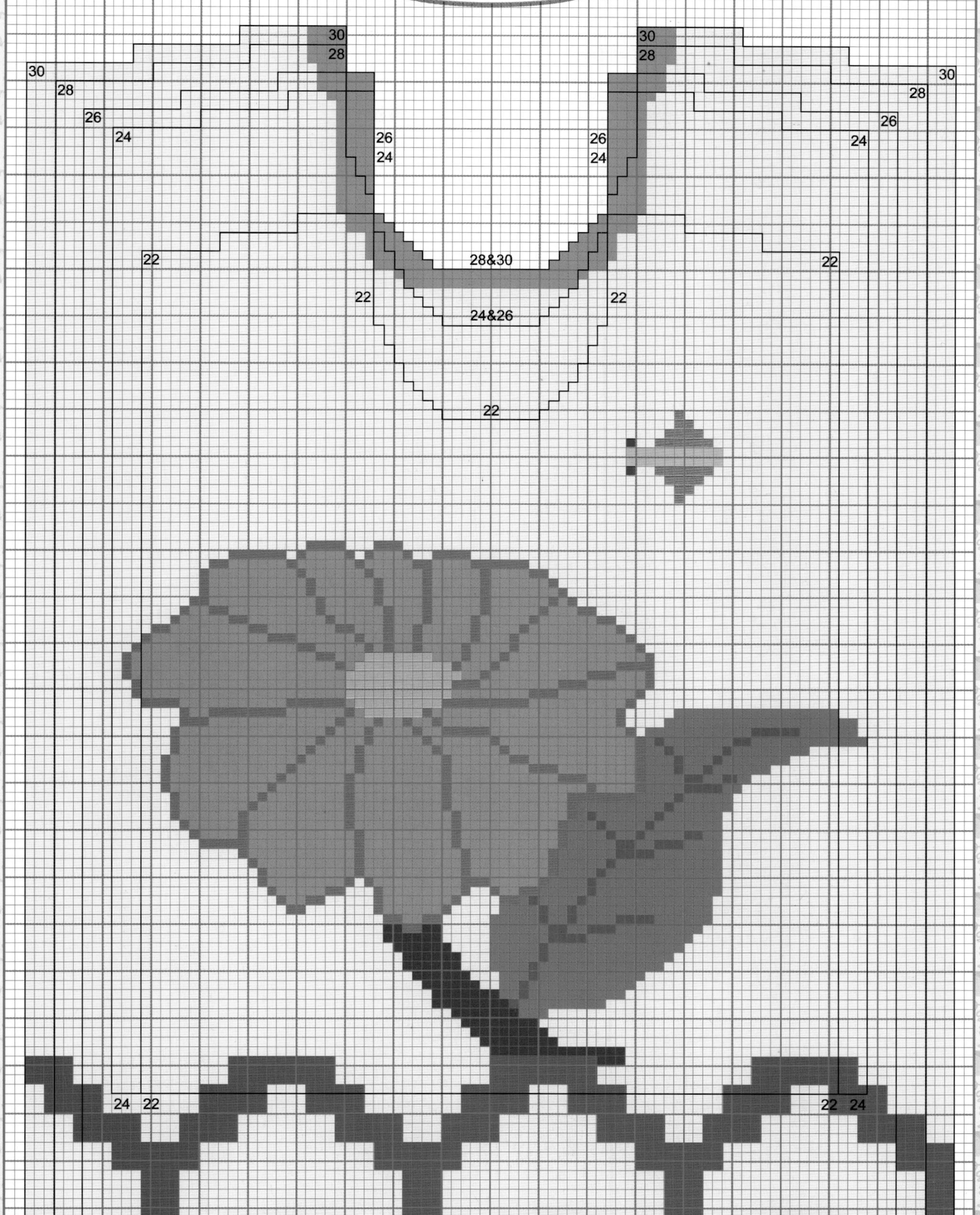
30
28
26
24
28&30
24&26
22
30
28
26
24
22
24 22
22 24
28 26
26 28
30
30

30
28
26
24
30
28
26
24
22
22
28&30
24&26
22
24 22
22 24
28 26
26 28
30
30

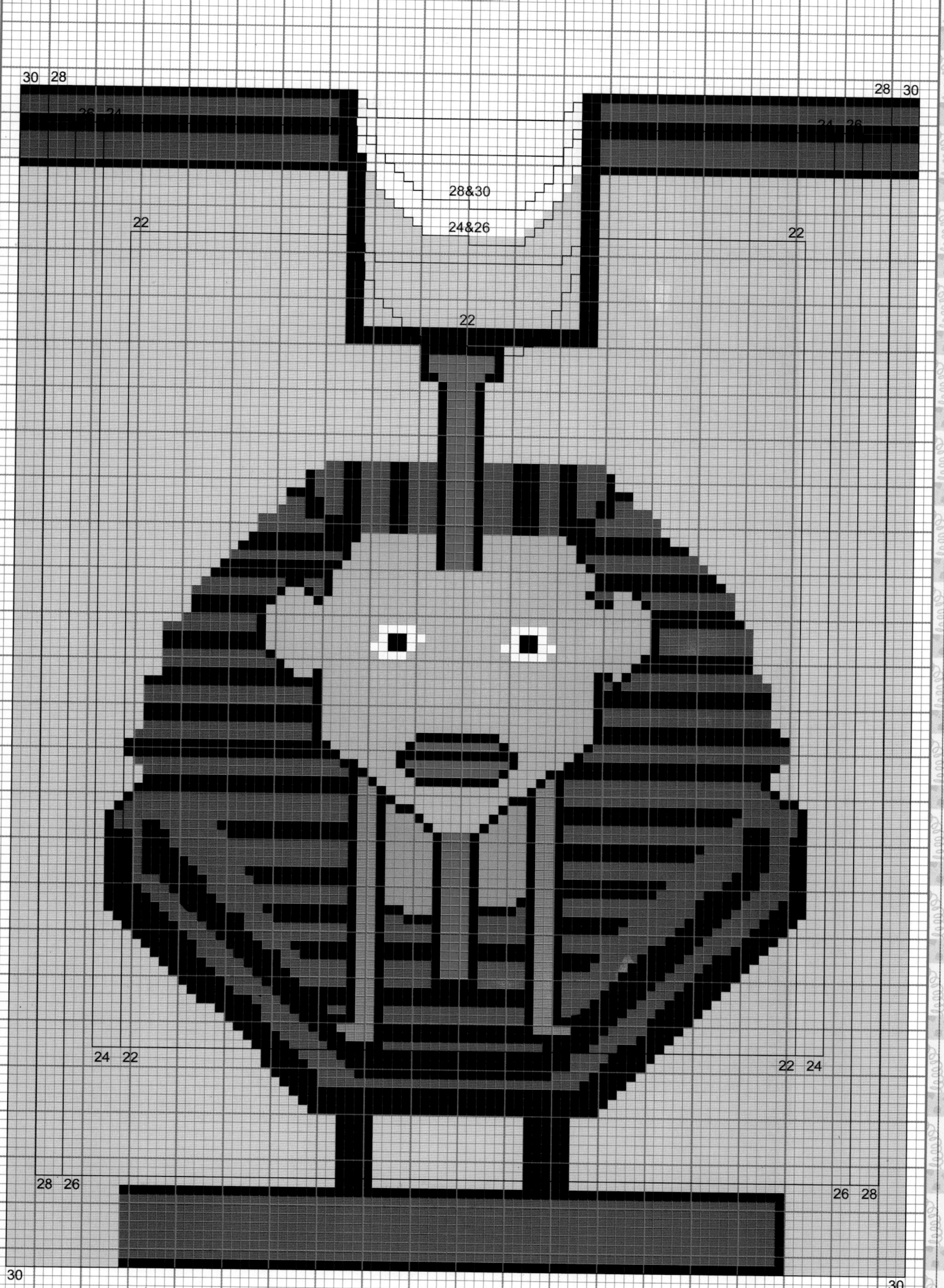
30 28
28 30
26 24
24 26
28&30
24&26
22
22
22
24 22
22 24
28 26
26 28
30
30

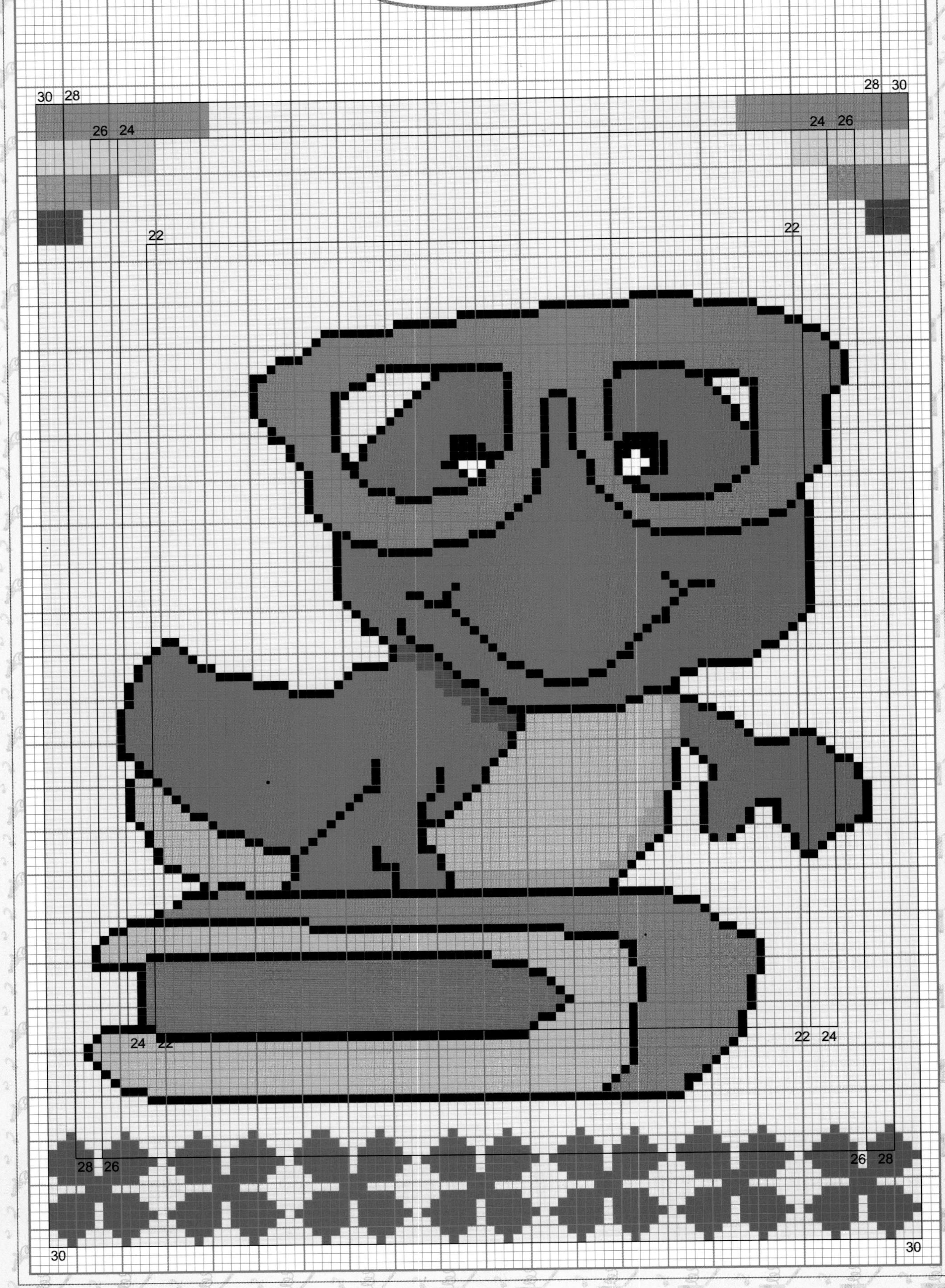
30 28
28 30
26 24
24 26
22
22
24 22
22 24
28 26
26 28
30
30

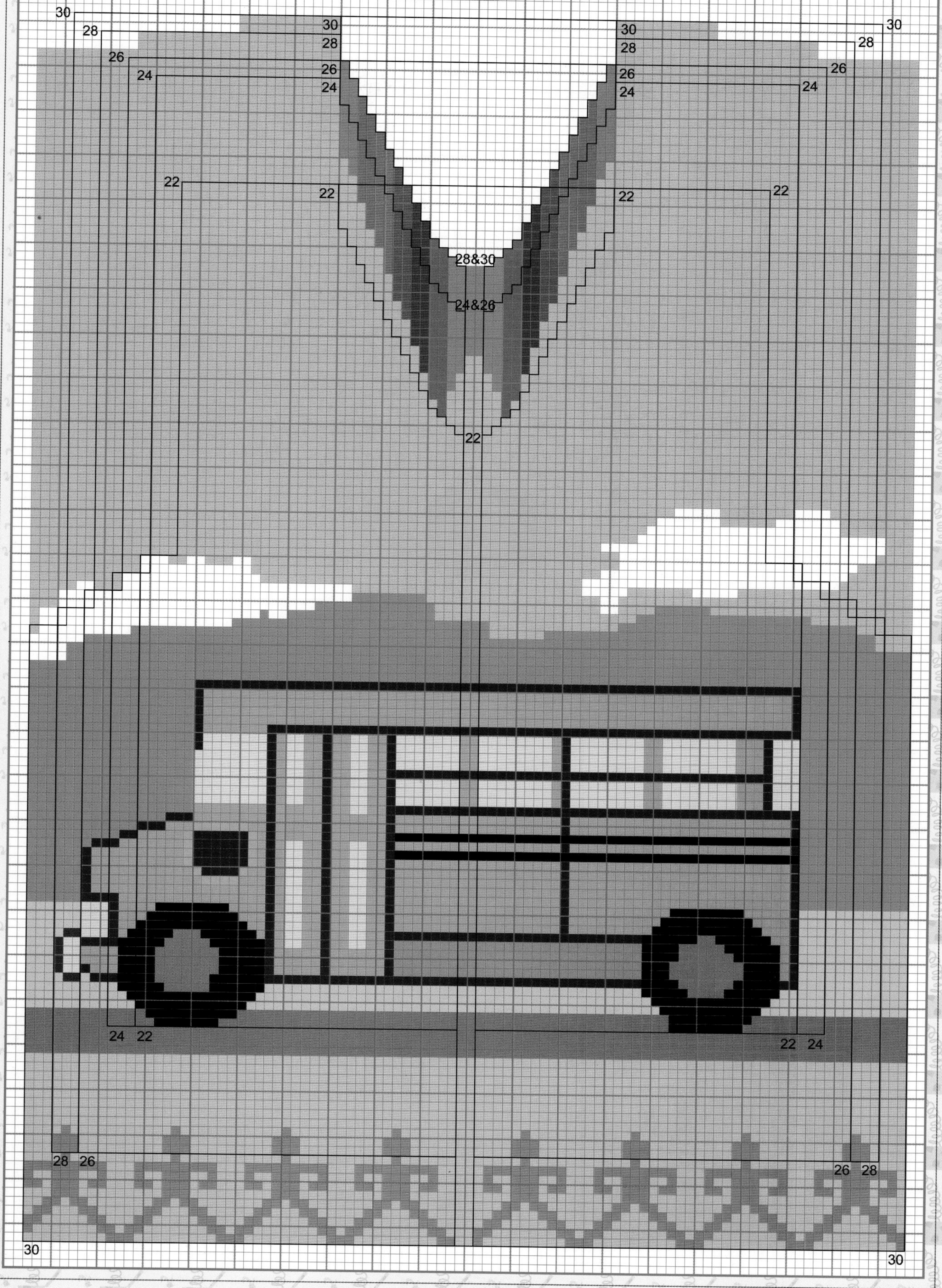
30
28
26
24
22
28&30
24&26
22
24 22
22 24
28 26
26 28
30
30

30
28
26
24
22
28&30
24&26

XIN HUA YANG
30 28
26 24
28&30
24&26
22
28 30
24 26
22
22
24 22
22 24
28 26
26 28
30
30

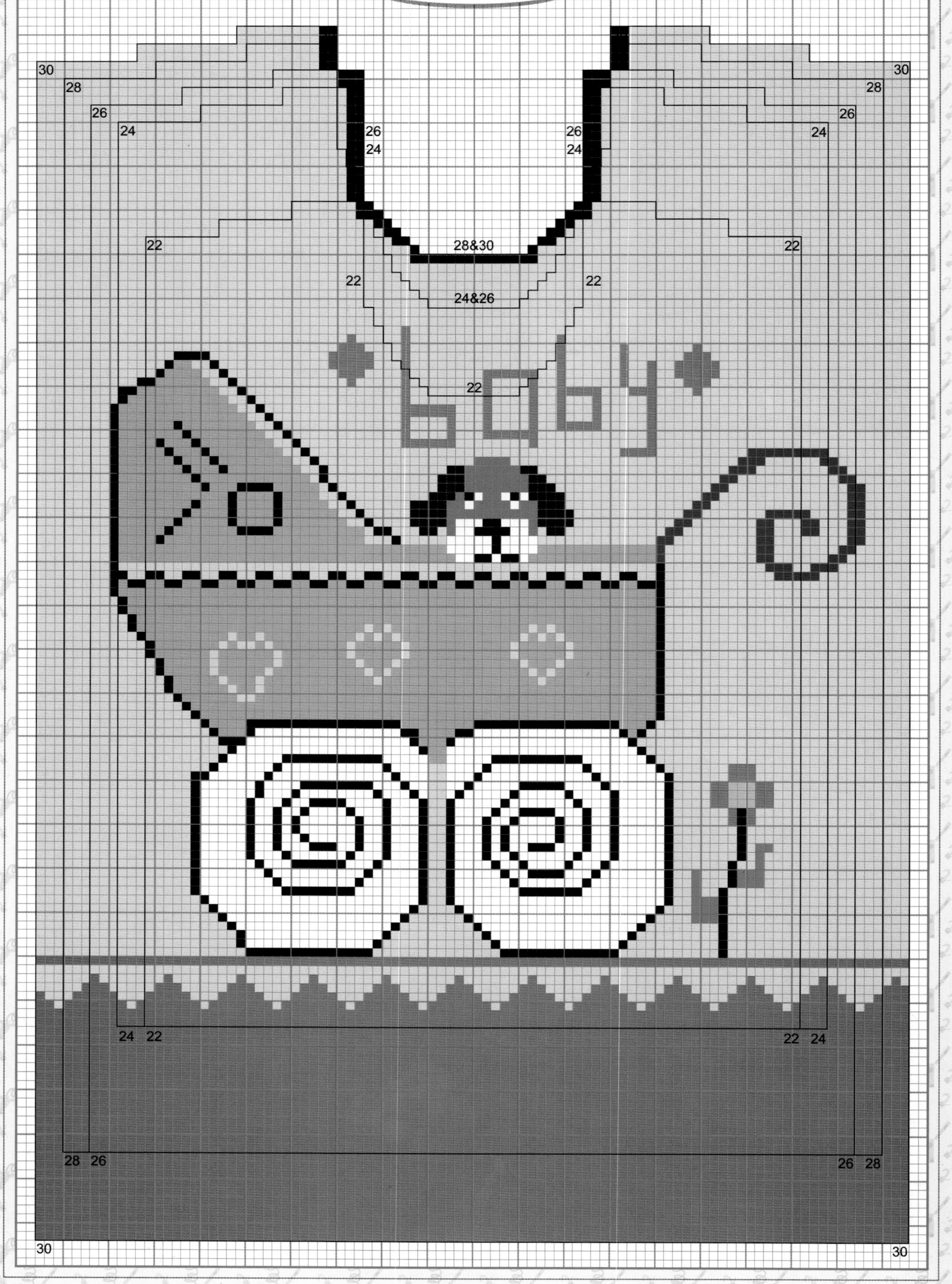
30
28
26
24
26
24
28&30
22
24&26
baby
24 22
28 26
30

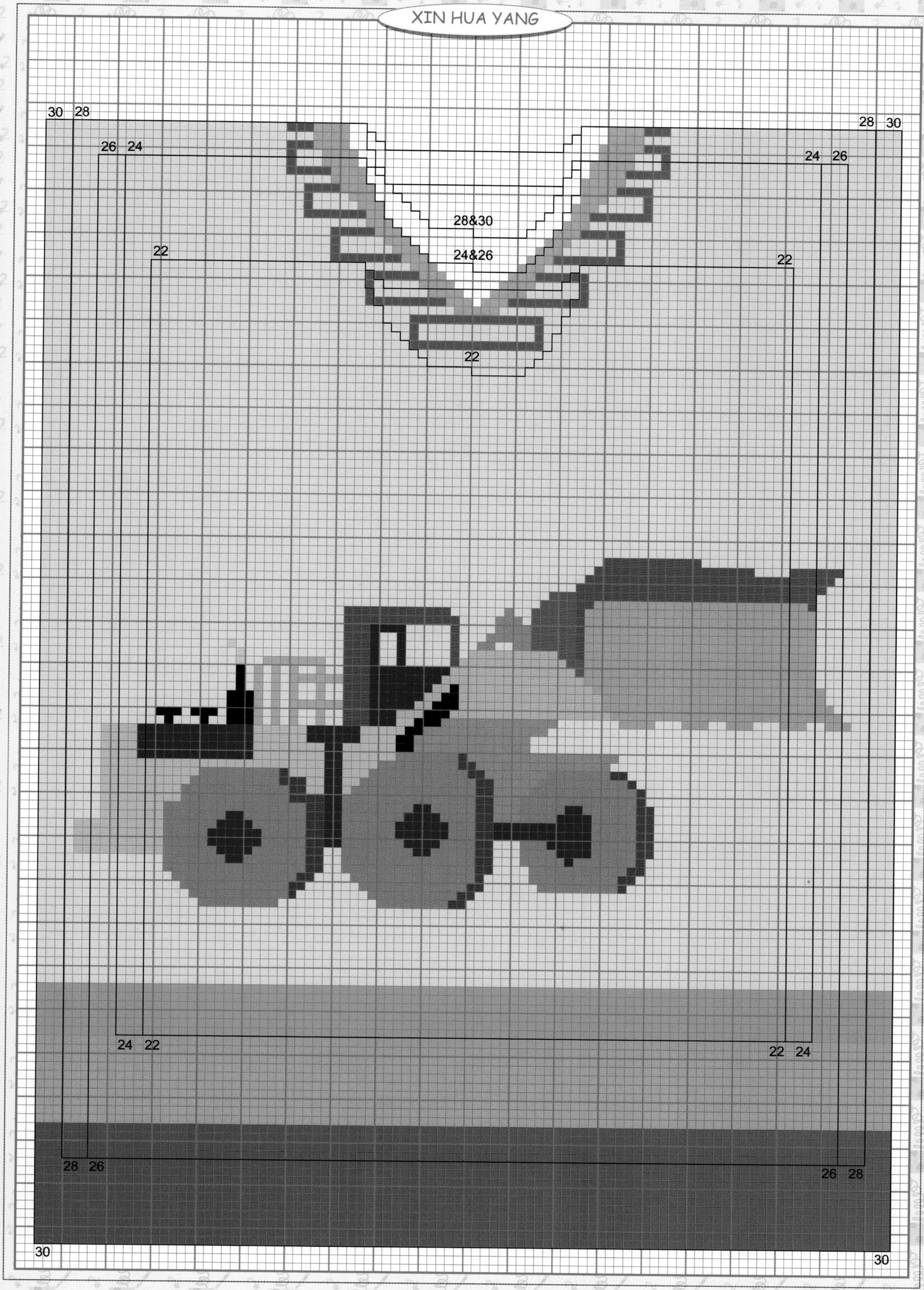
XIN HUA YANG
30 28
26 24
28 30
24 26
28&30
24&26
22
22
22
24 22
22 24
28 26
26 28
30
30

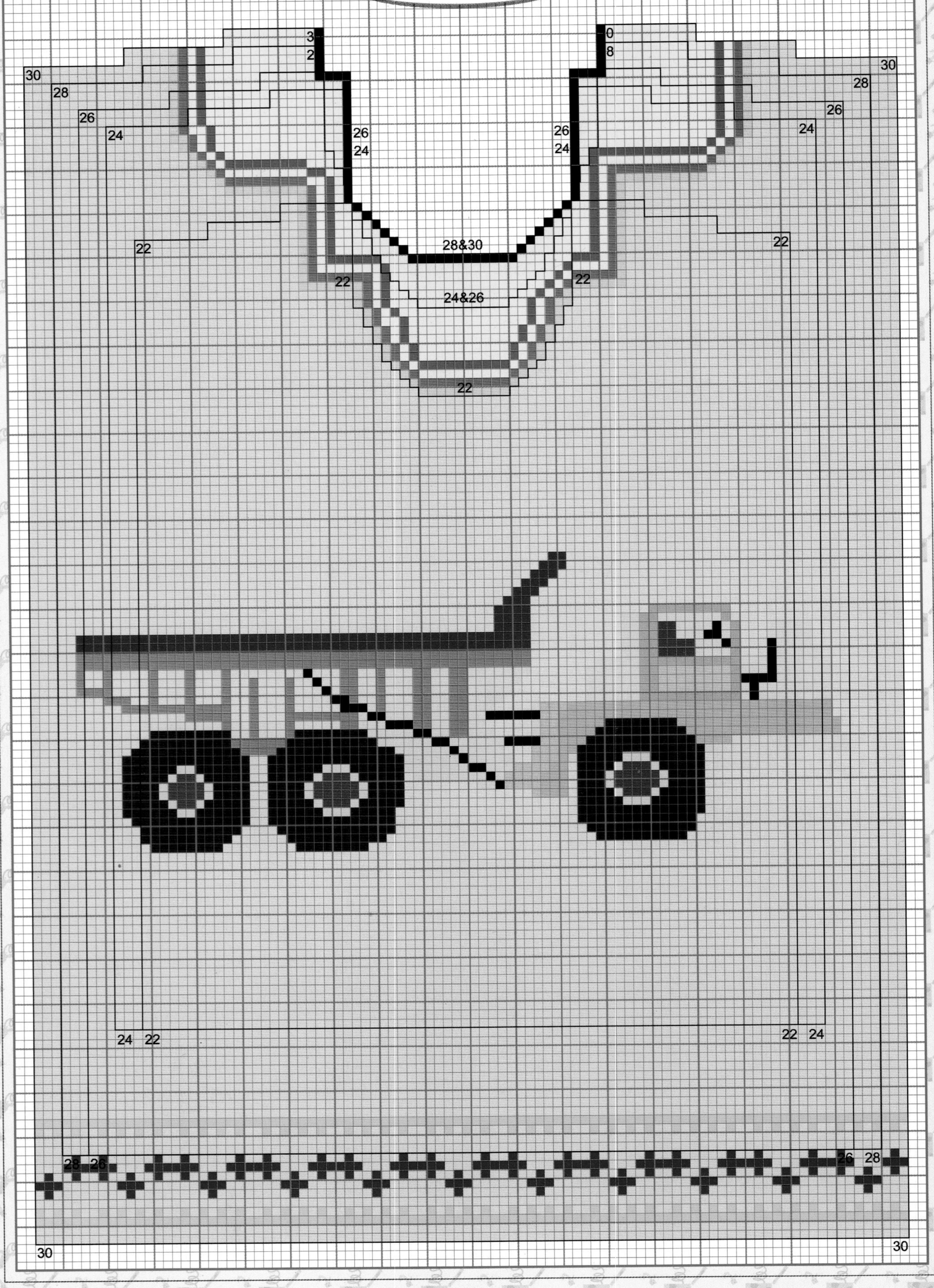
30
28
26
24
26
24
26
24
28
26
24
28&30
22
22
24&26
22
22
22
24
22
22
24
28
26
26
28
30
30

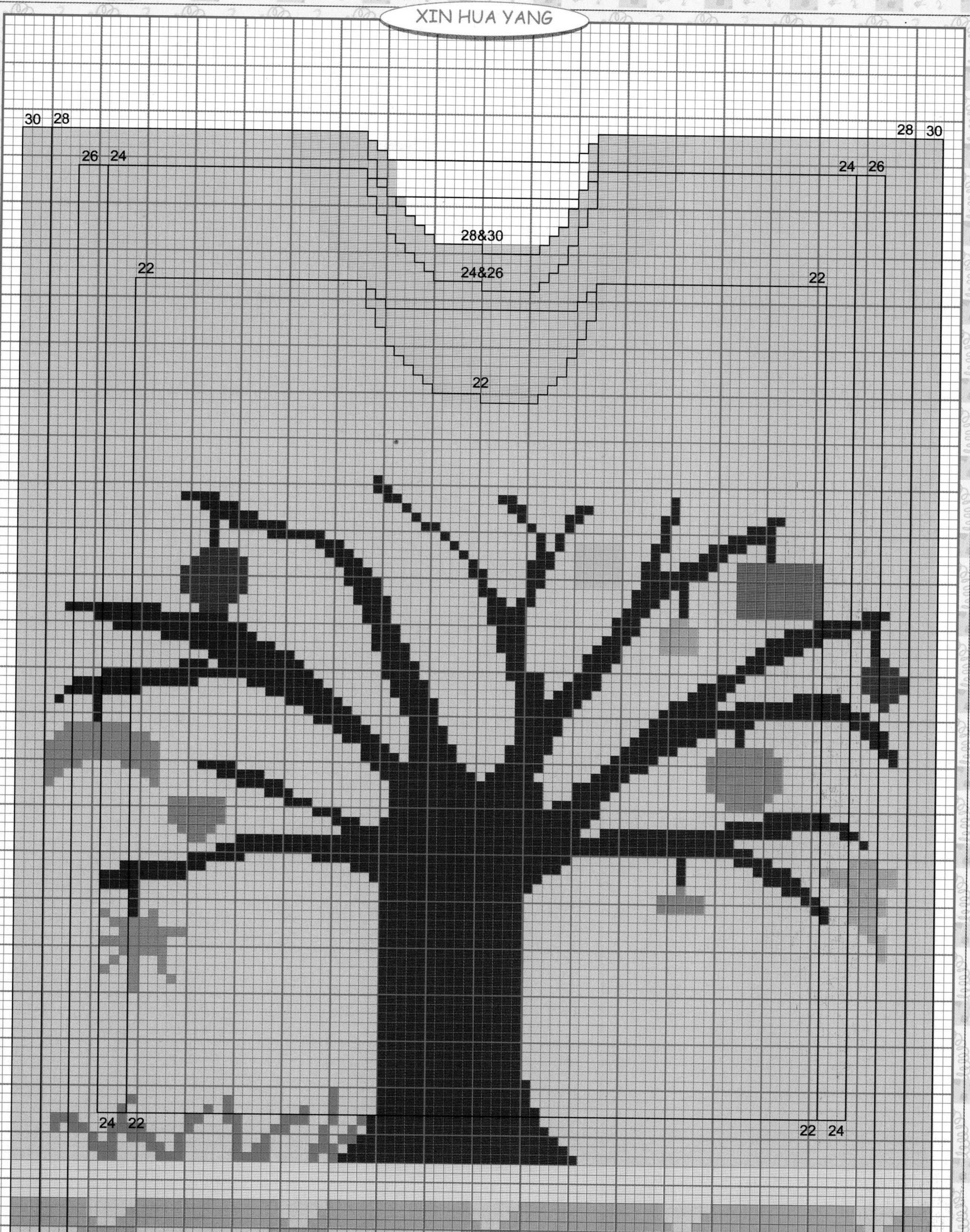
XIN HUA YANG
30 28
28 30
26 24
24 26
28&30
24&26
22
22
22
24 22
22 24
28 26
26 28
30
30

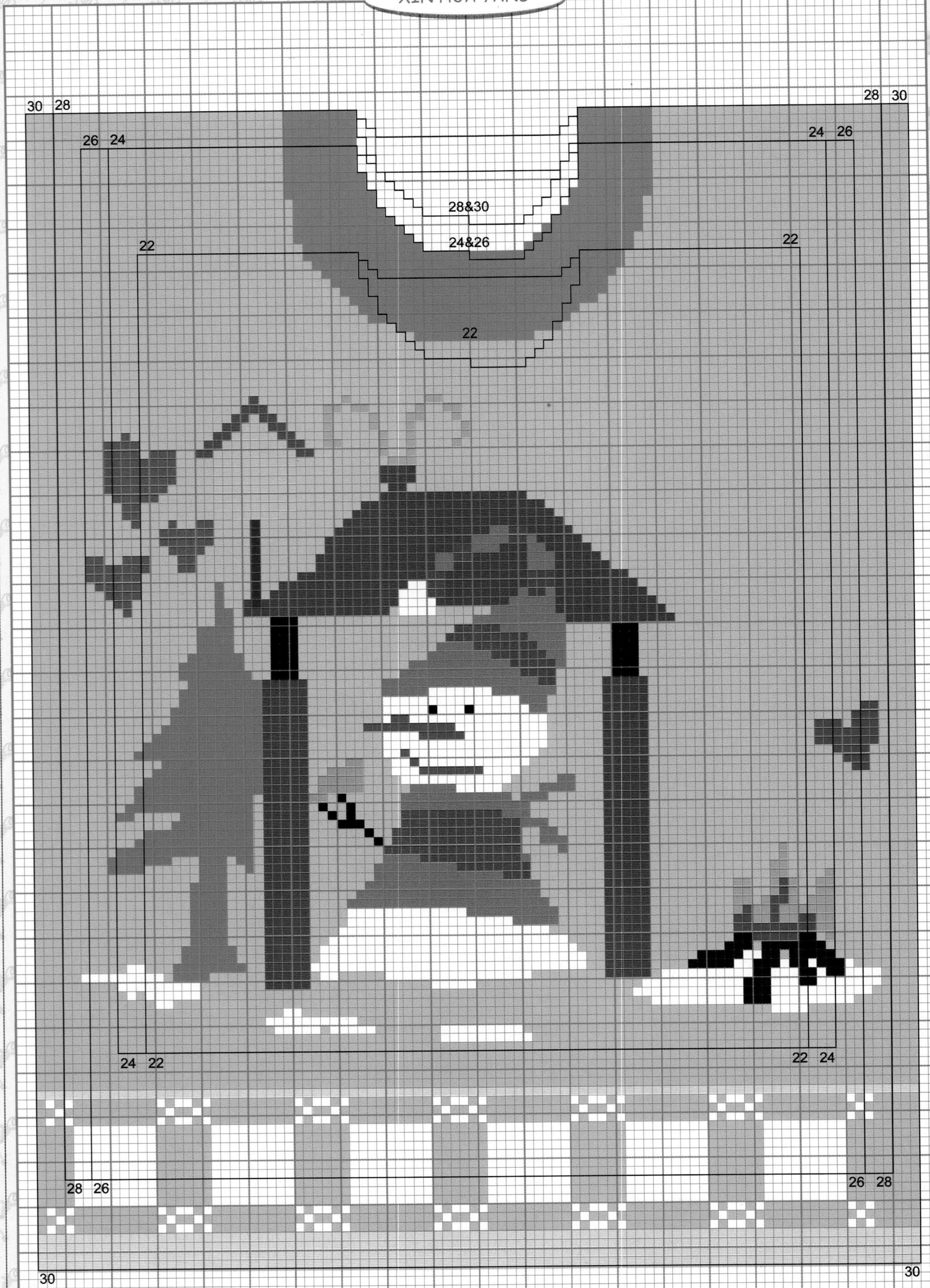
30
28
26
24
28&30
24&26
22
22
22
24
22
22
24
28
26
26
28
30
30

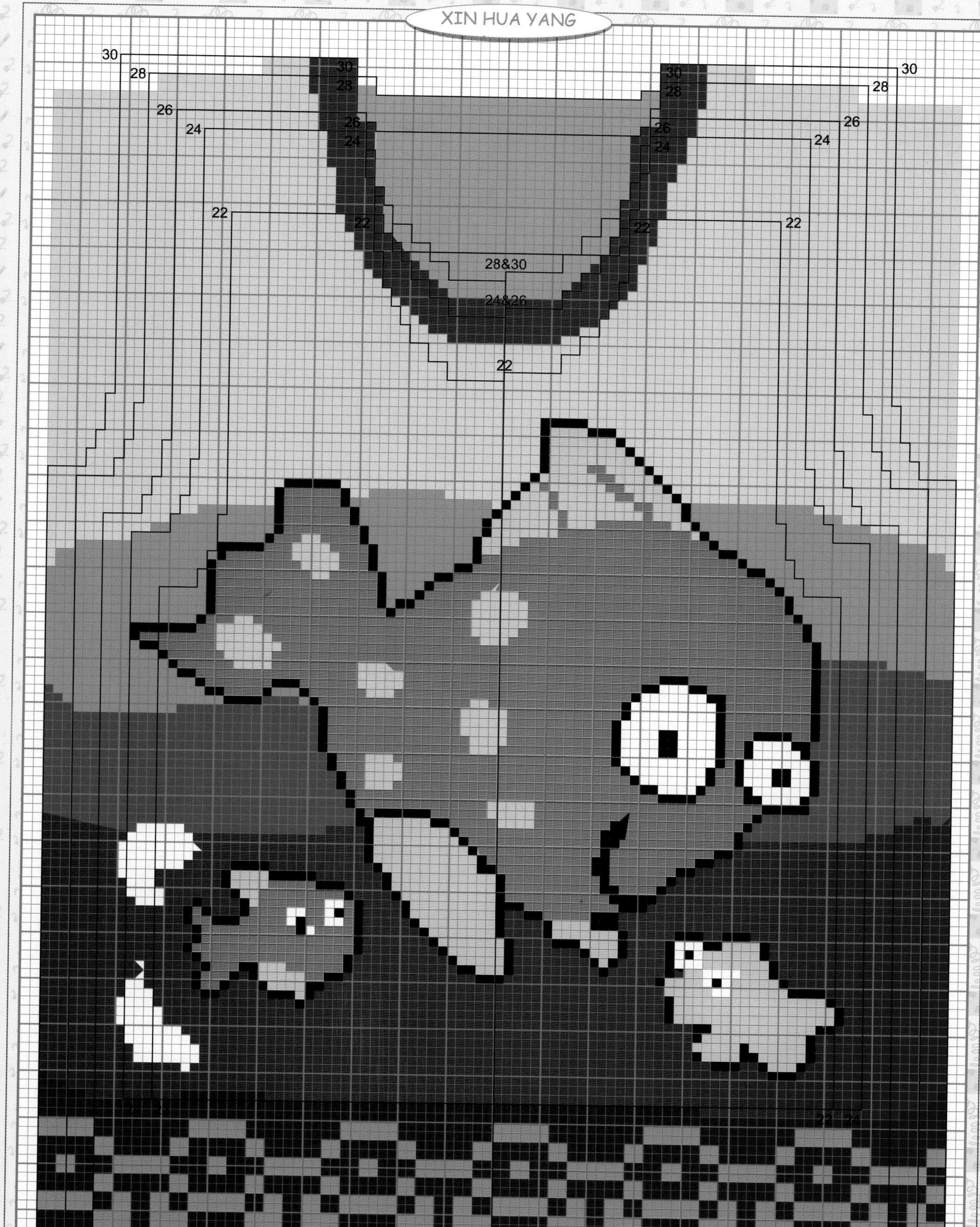
XIN HUA YANG
30
28
26
24
22
28&30
24&26
22
22
24
26
26
28
26
28
30
30

30
28
26
24
22
28&30
24&26
22
24 22
22 24
28 26
26 28
30
30

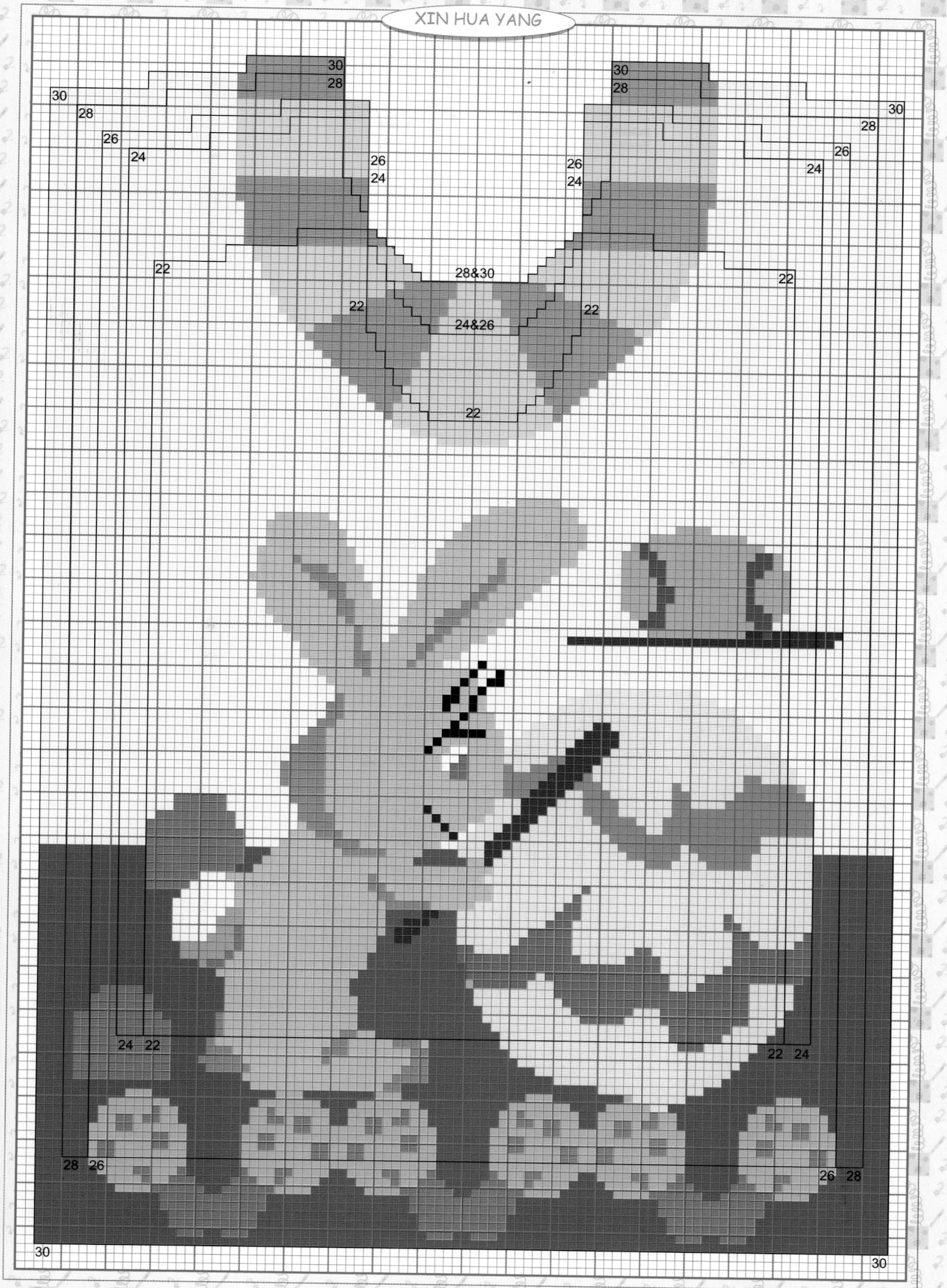
30
28
26
24
22
28&30
24&26

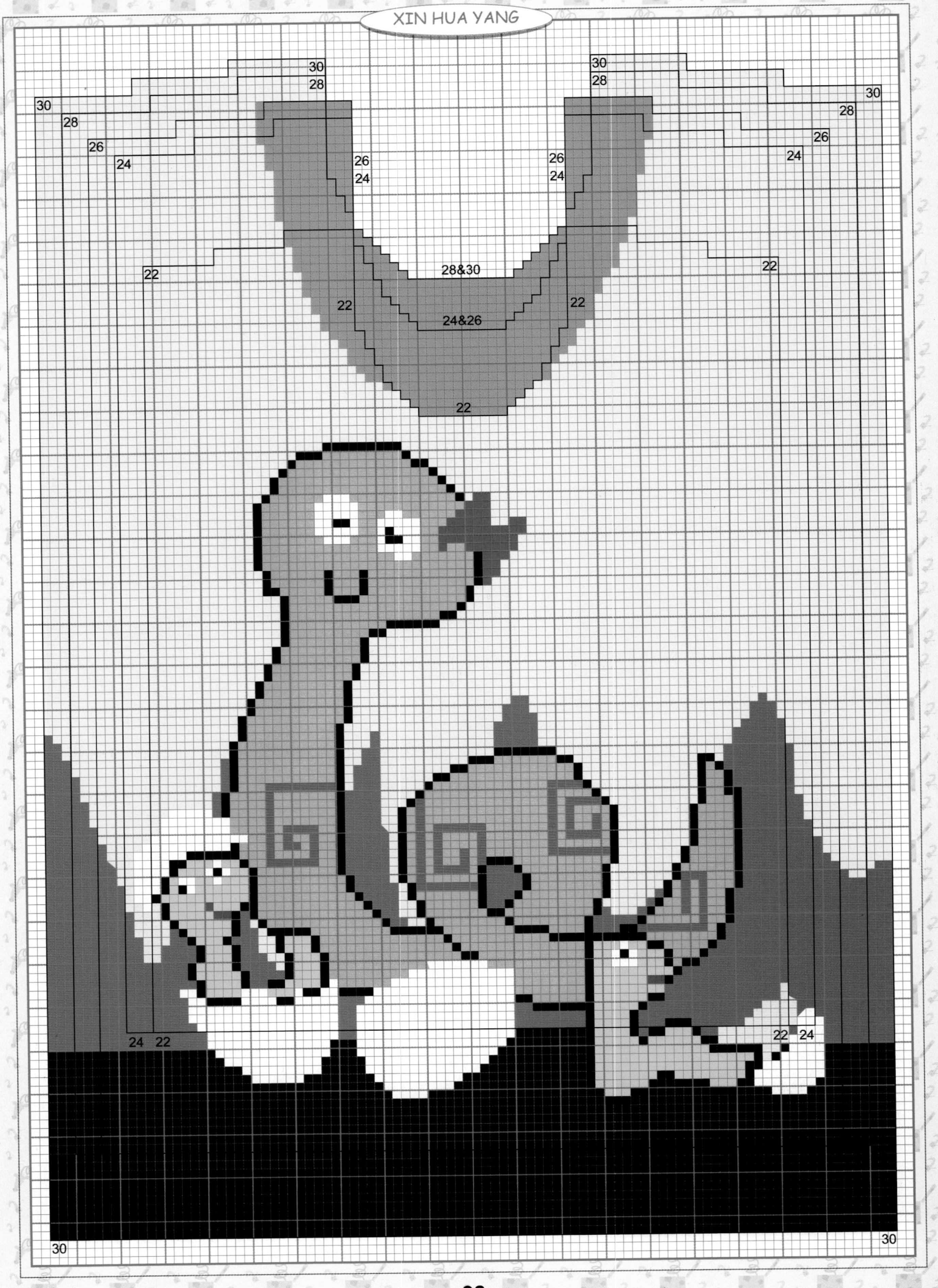
30
28
30
28
30
28
26
24
26
24
26
24
26
24
22
28&30
22
24&26
22
22
22
24 22
22 24
30
30

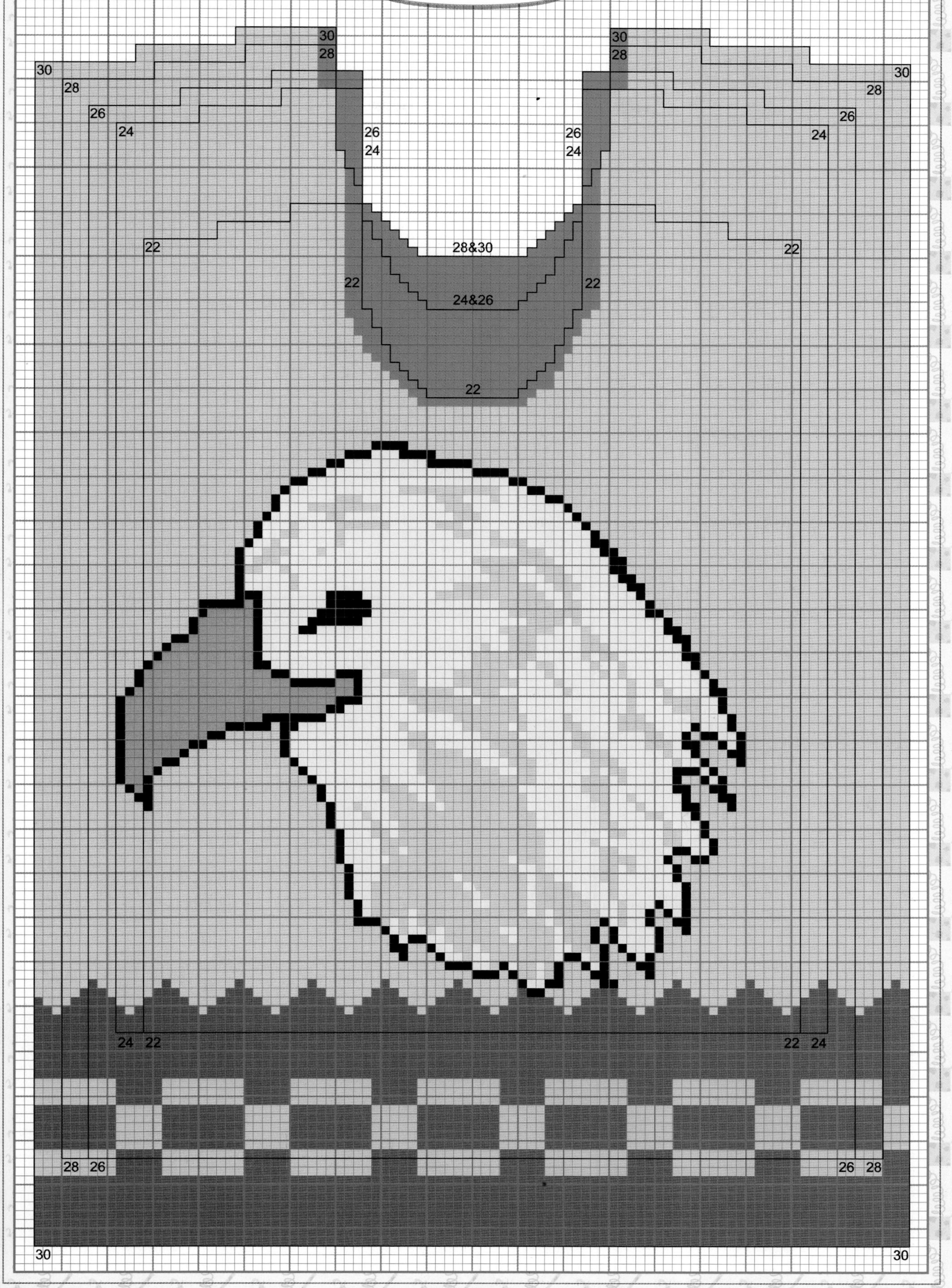
30
28
30
28
30
28
26
24
26
24
26
24
26
24
28&30
22
22
22
22
24&26
22
24
22
22
24
28
26
26
28
30
30

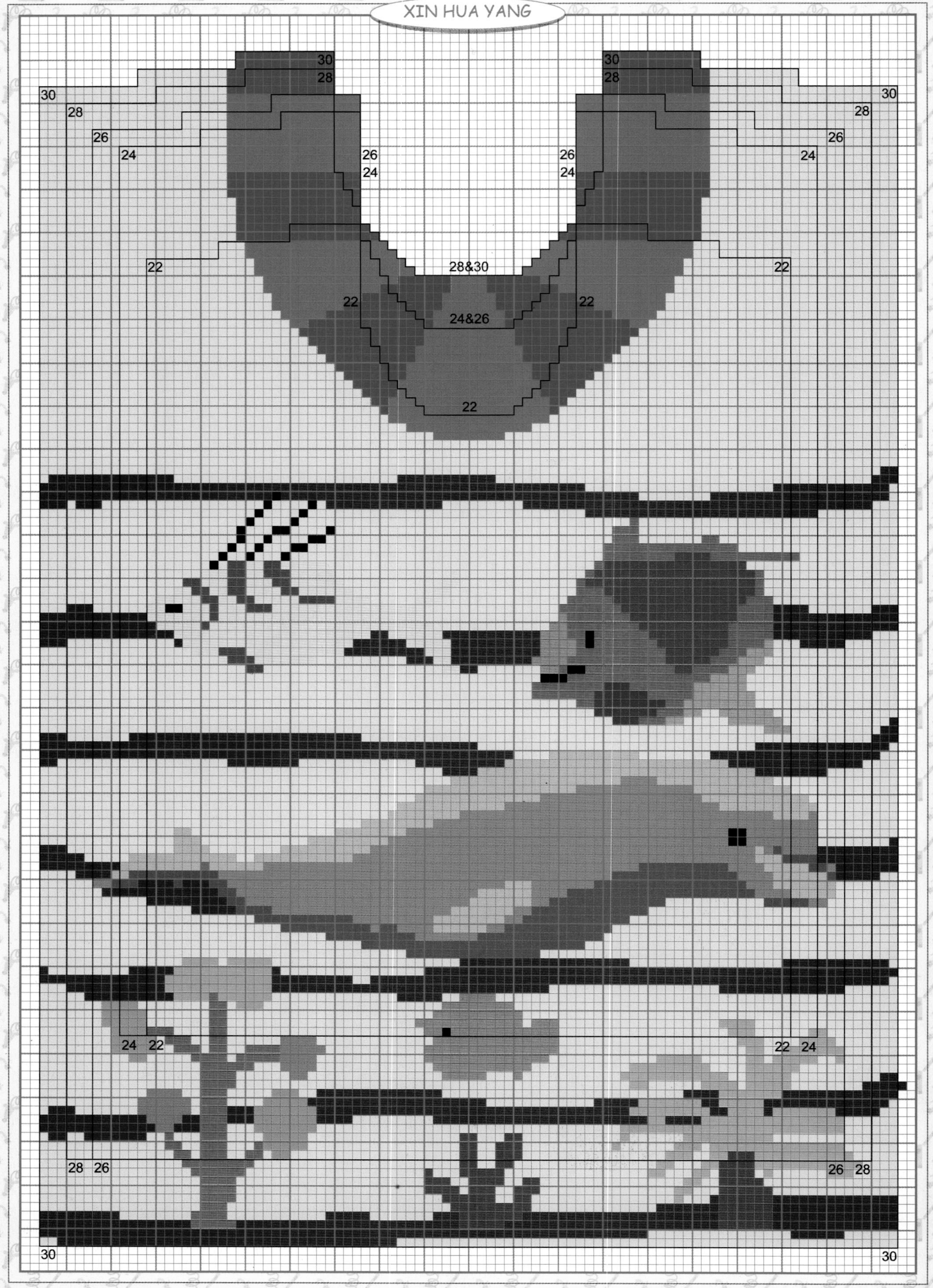
30
28
26
24
28&30
24&26
22

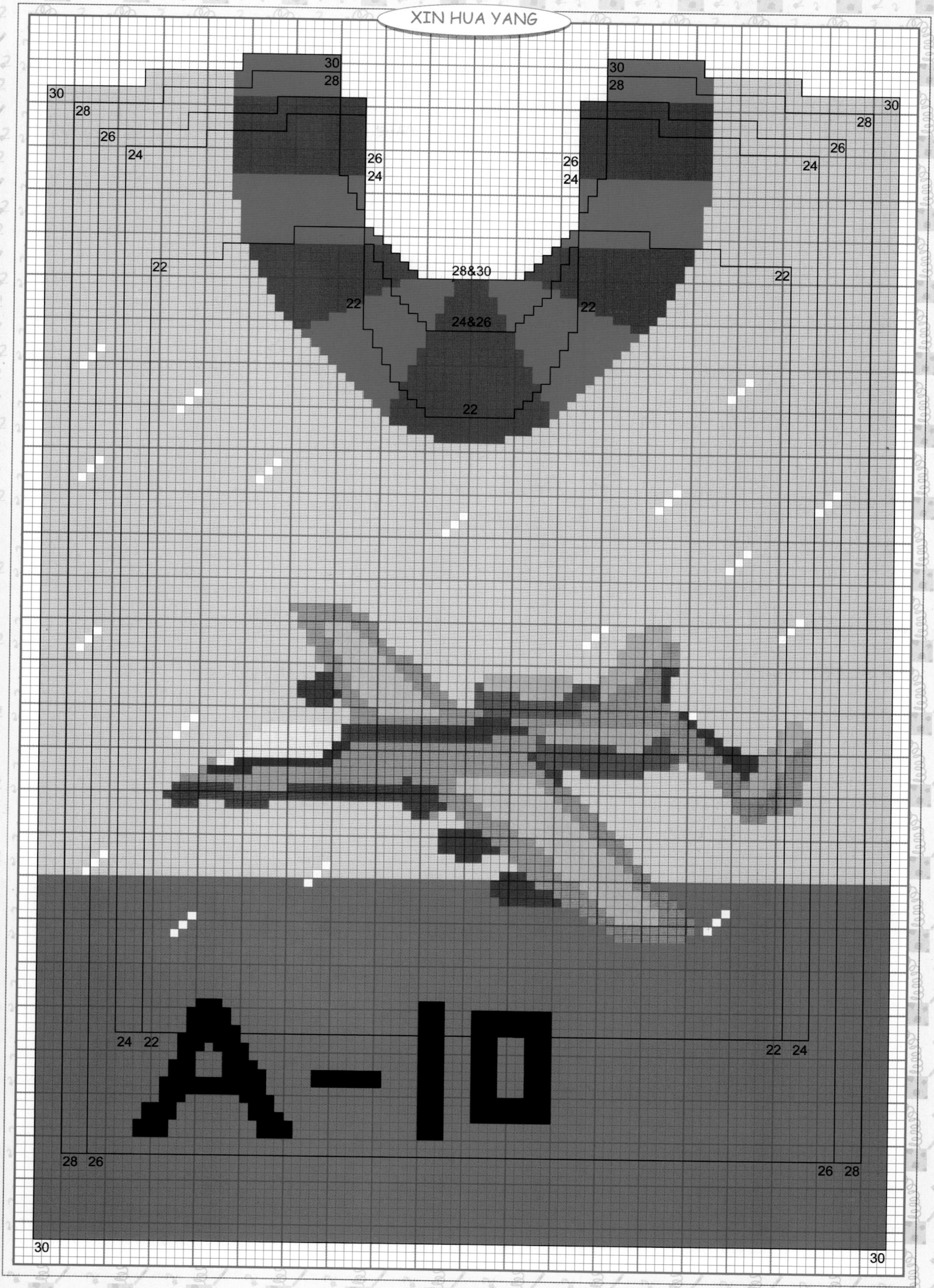
XIN HUA YANG
30
28
26
24
22
28&30
24&26
A-10

30 28
28 30
26 24
24 26
28&30
24&26
22
22
22
LIFE
24 22
22 24
28 26
26 28
30
30

30
28
26
24
22
28&30
24&26
22
24 22
22 24
28 26
26 28
30
30

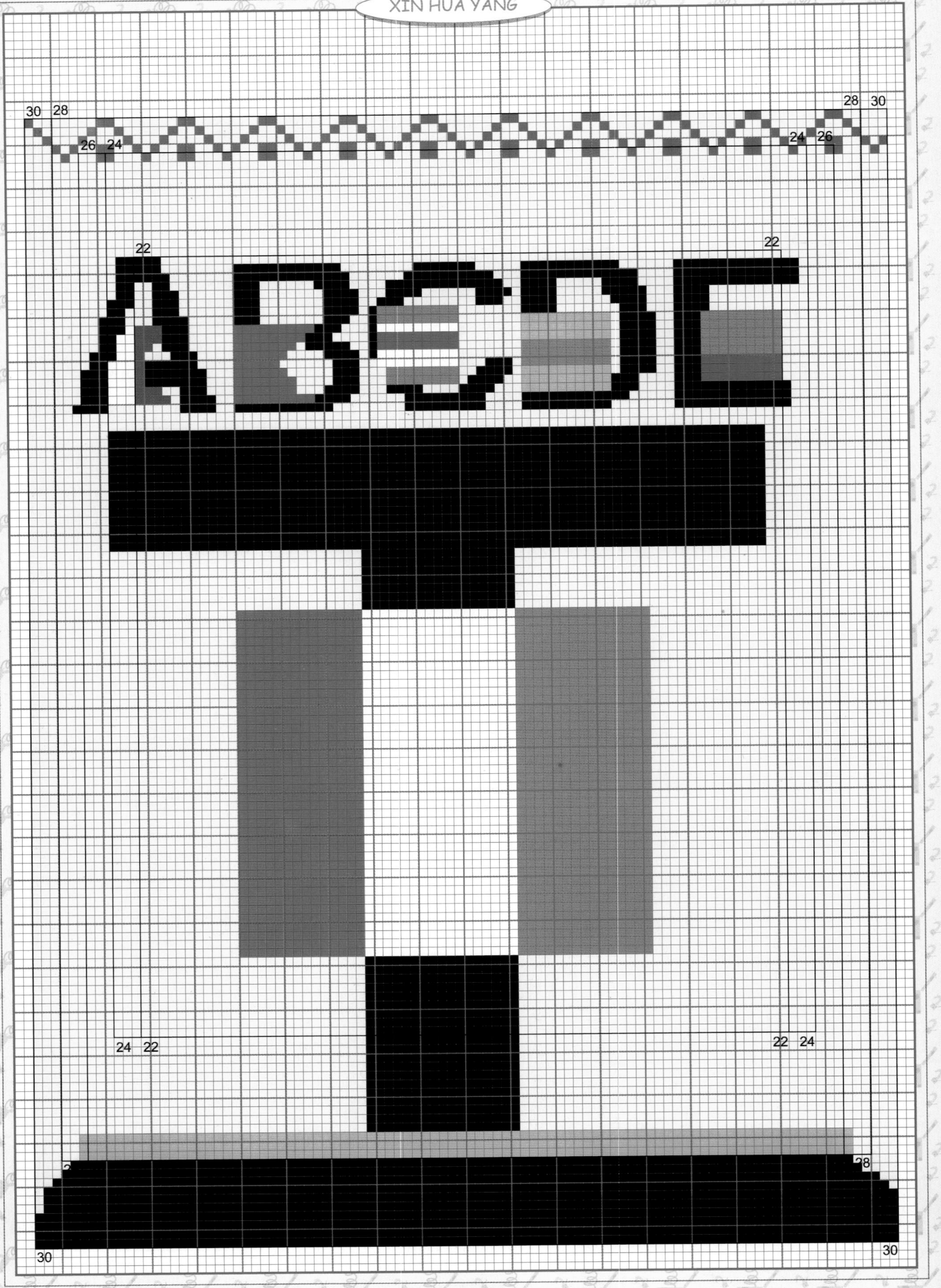
30 28
28 30
26 24
24 26
22
22
24 22
22 24
28
30
30

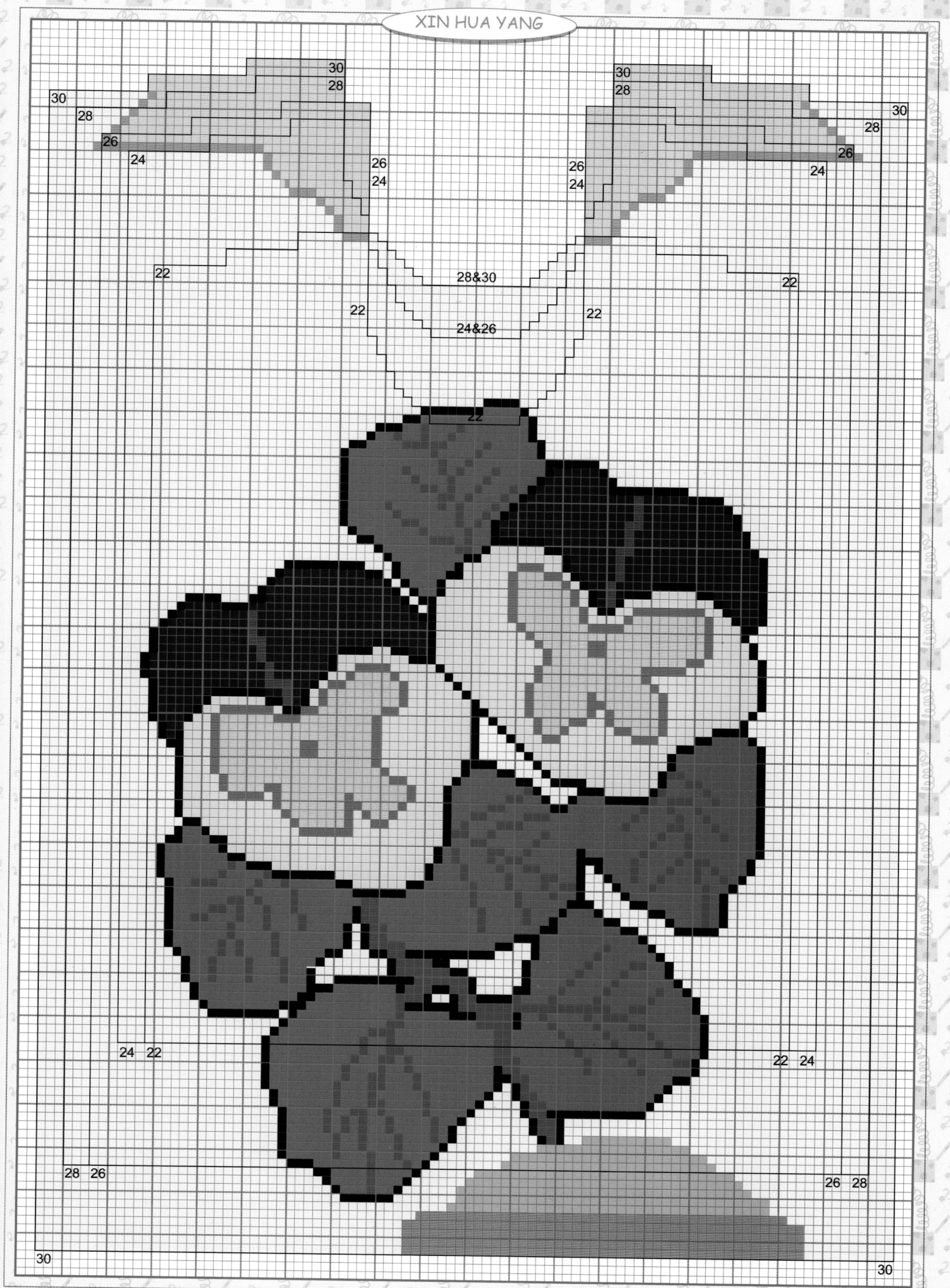
30
28
30
28
26
24
26
24
30
28
26
24
26
24
22
28&30
22
22
24&26
22
22
24 22
22 24
28 26
26 28
30
30

30 28
28 30
26 24
24 26
28&30
24&26
22
22
22
24 22
22 24
28 26
26 28
30
30

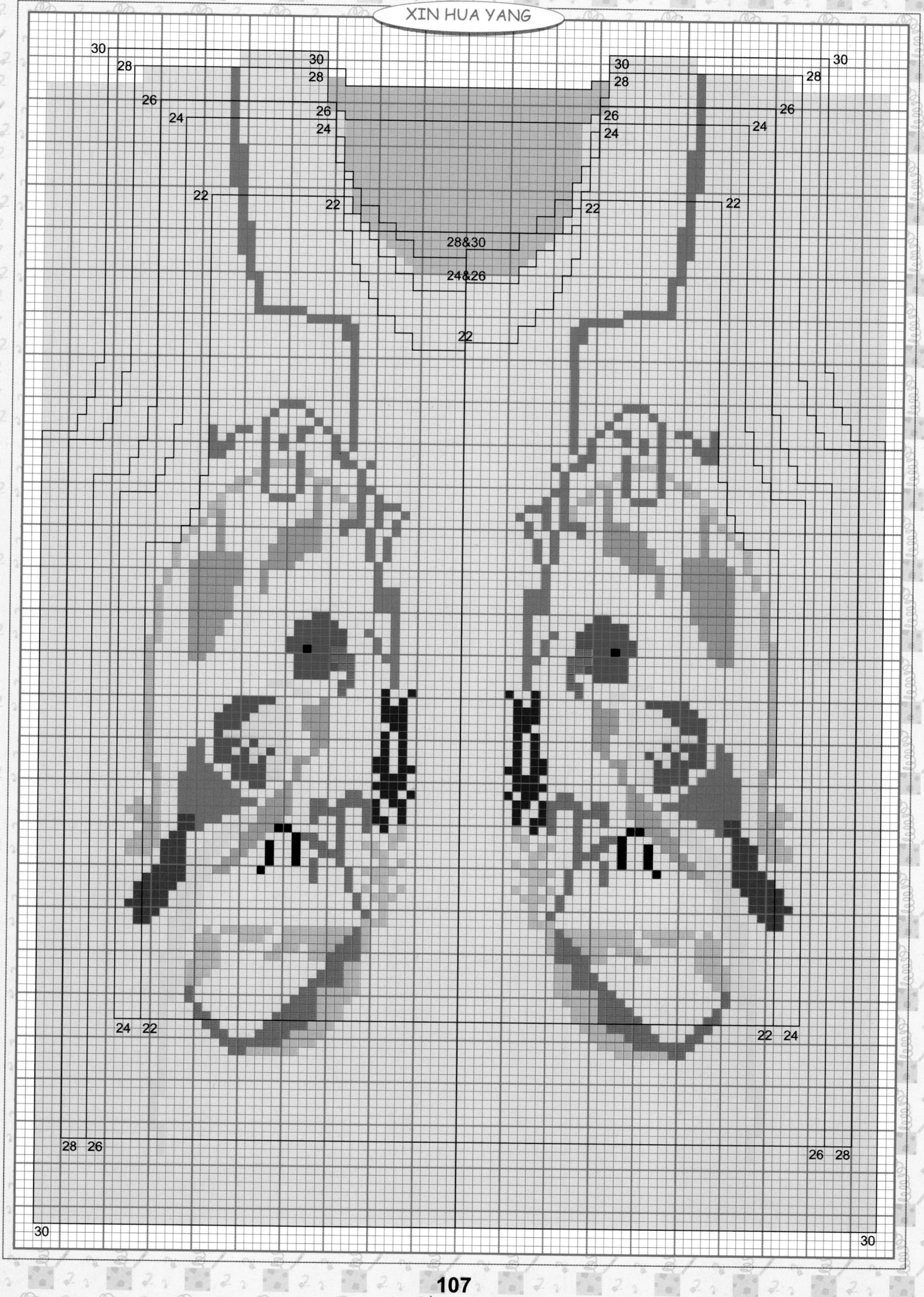
30
28
26
24
22
28&30
24&26
22
24 22
22 24
28 26
26 28
30
30

30 28
28 30
26 24
24 26
28&30
24&26
22
22
22
24 22
22 24
28 26
26 28
30
30

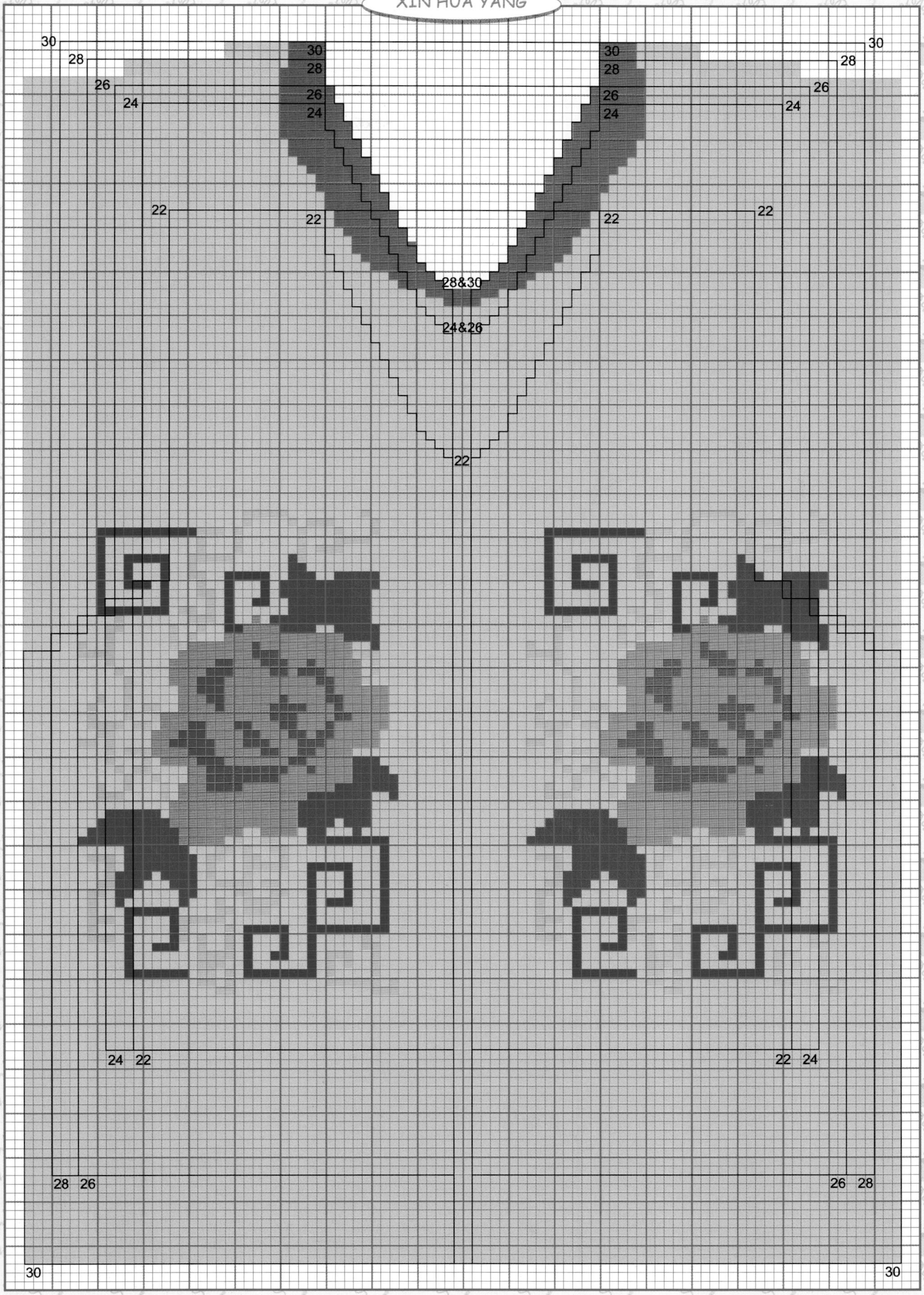
30
28
26
24
22
28&30
24&26
22
24 22
22 24
28 26
26 28
30
30

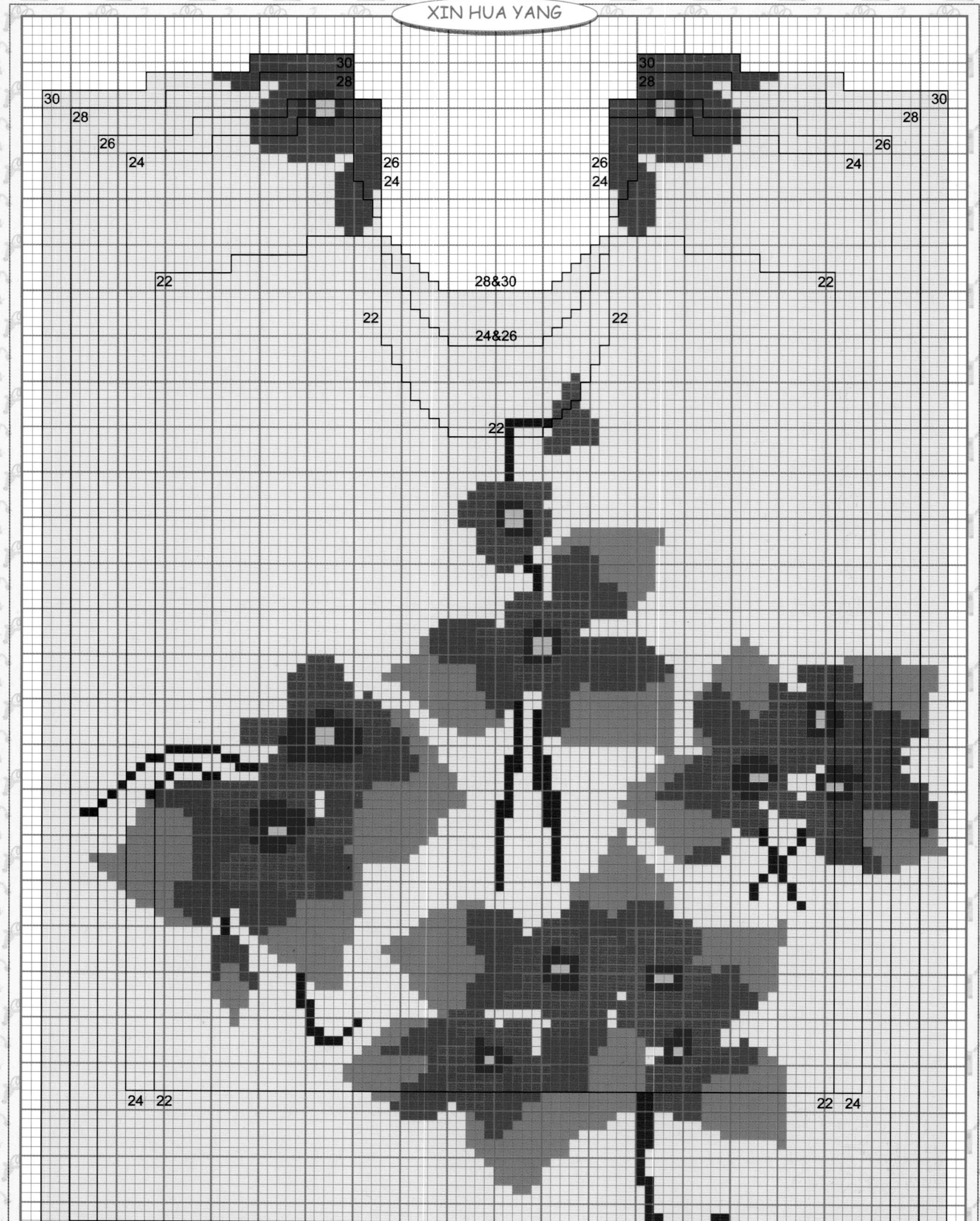
30
28
26
24
22
28&30
24&26
22 24
28 26
26 28

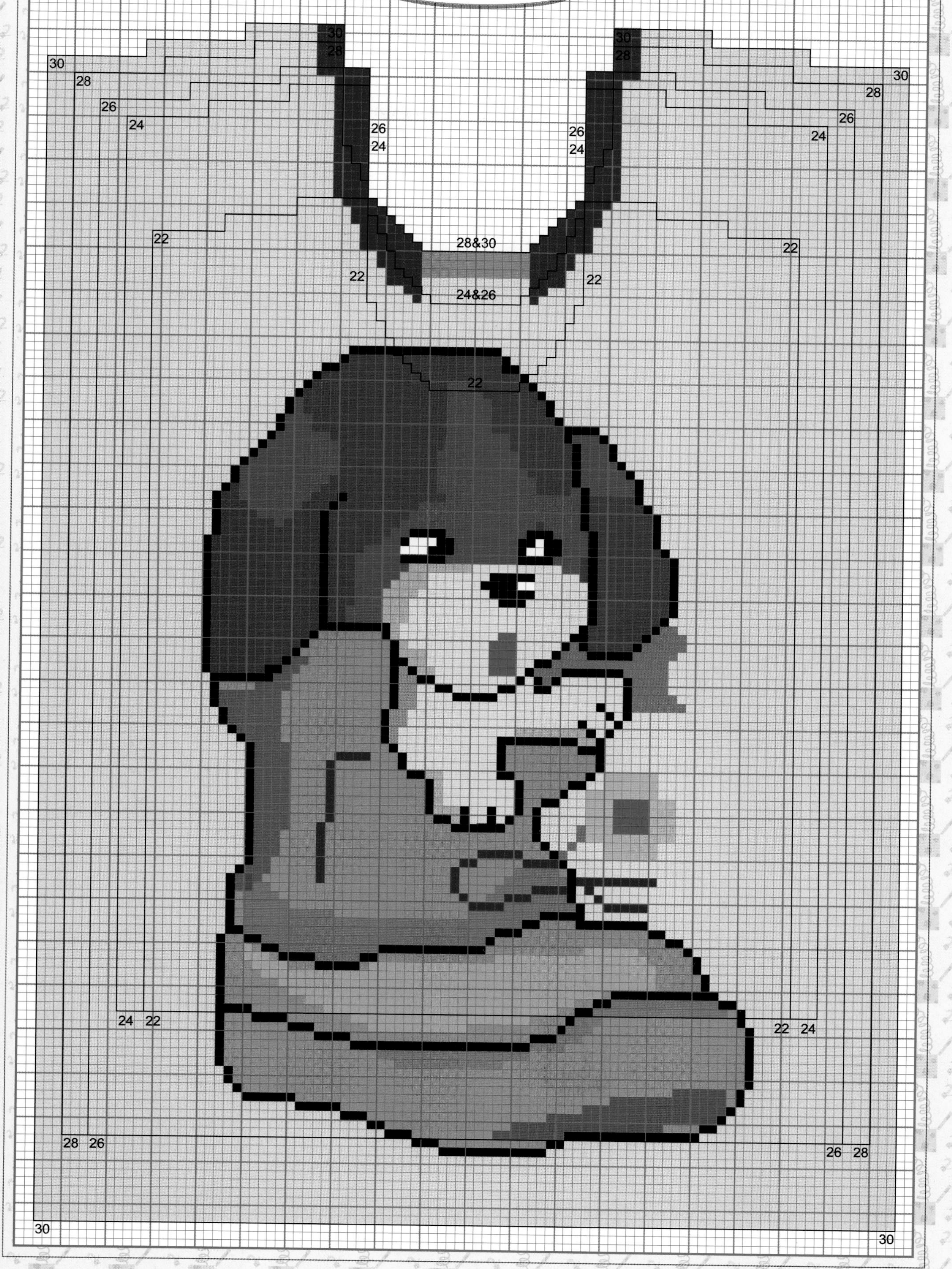
30
28
26
24
26
24
28&30
24&26
22
22
22
22
24 22
22 24
28 26
26 28
30
30

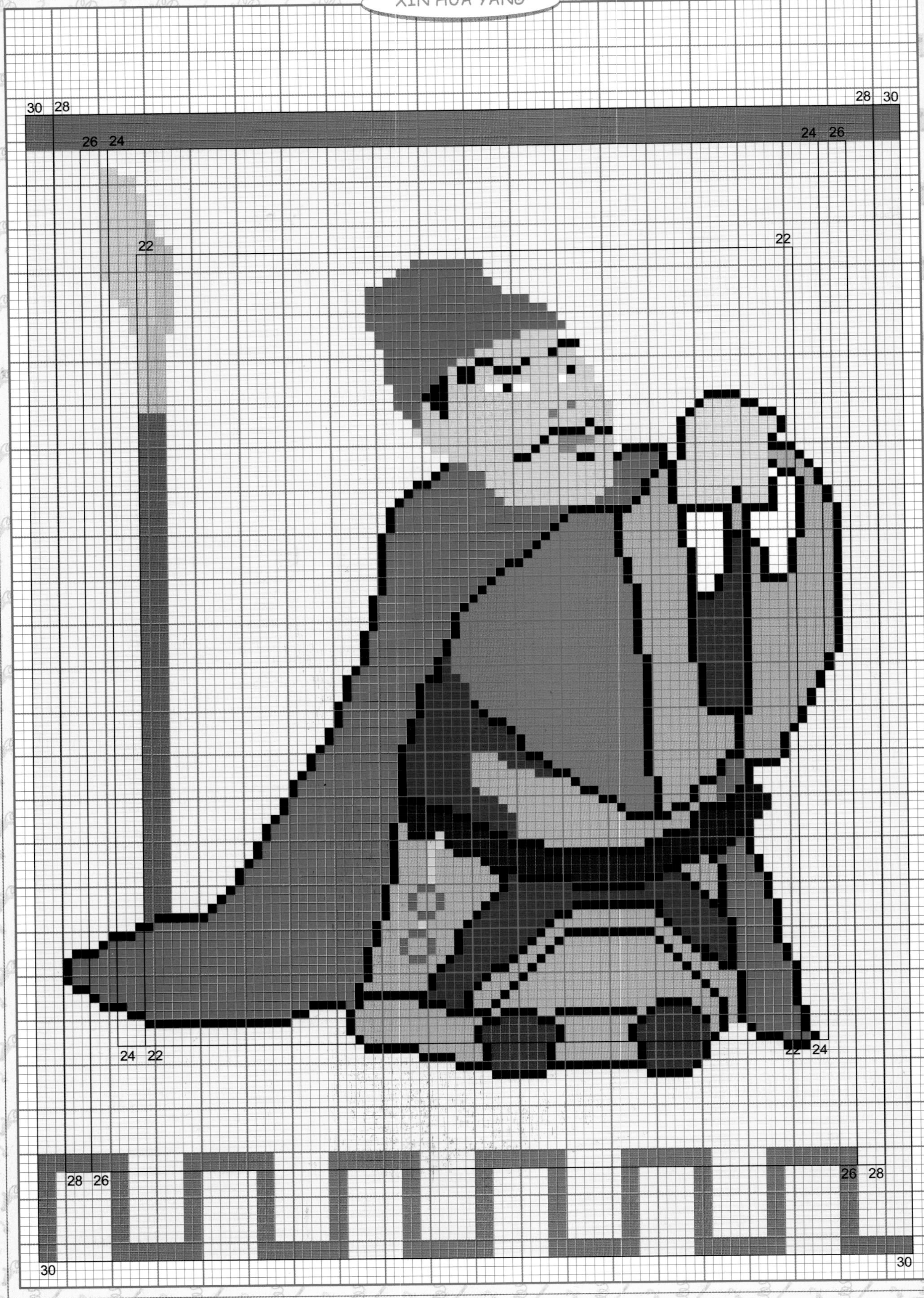
30
28
28
30
26
24
24
26
22
22
24
22
22
24
28
26
26
28
30
30

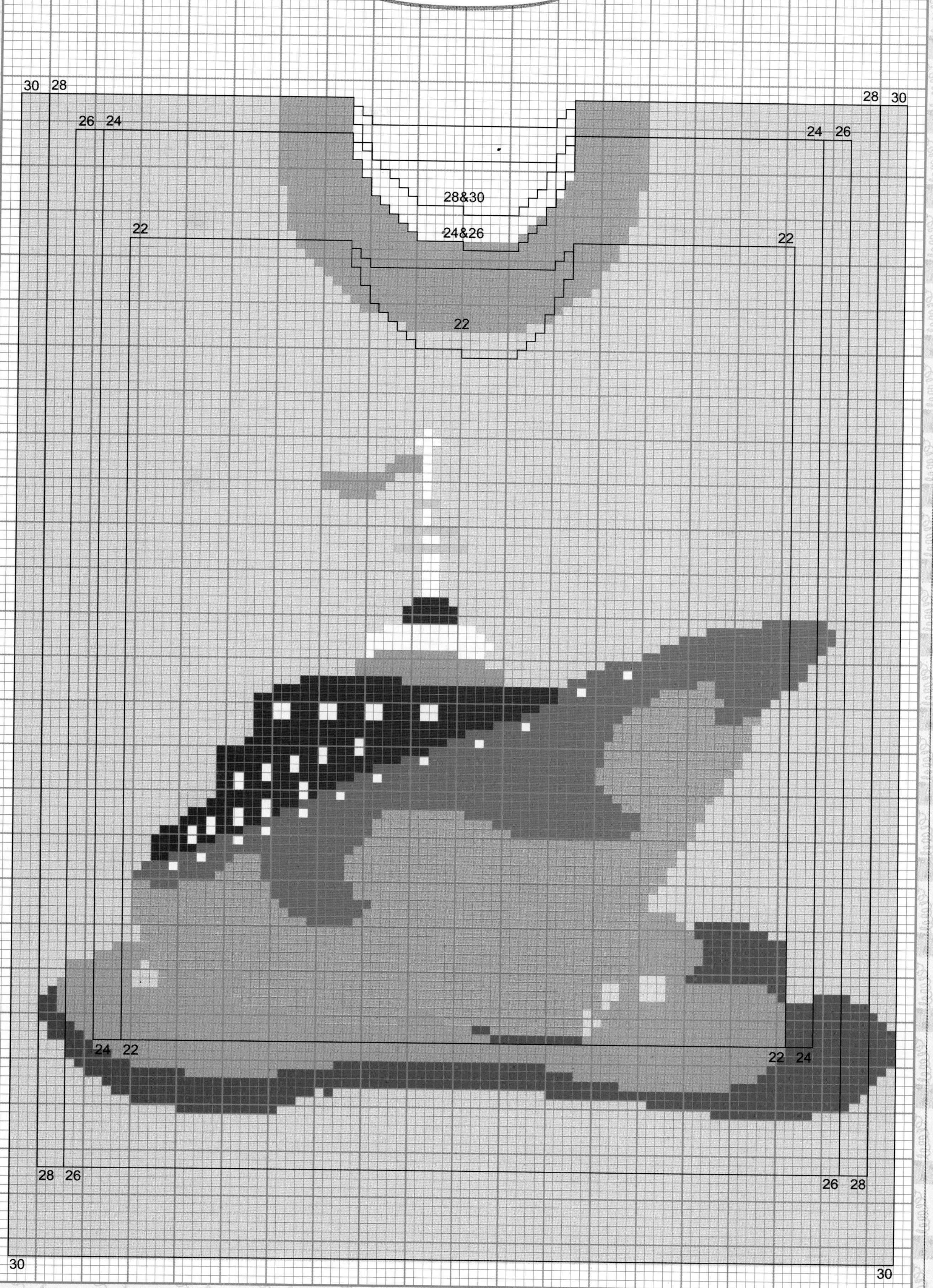
30 28
28 30
26 24
24 26
28&30
24&26
22
22
22
24 22
22 24
28 26
26 28
30
30

30
28
26
24
28&30
24&26
22
22
22
24
22
22
24
28
26
26
28
30
30

30
28
26
24
28&30
24&26
22
22
22
24
30

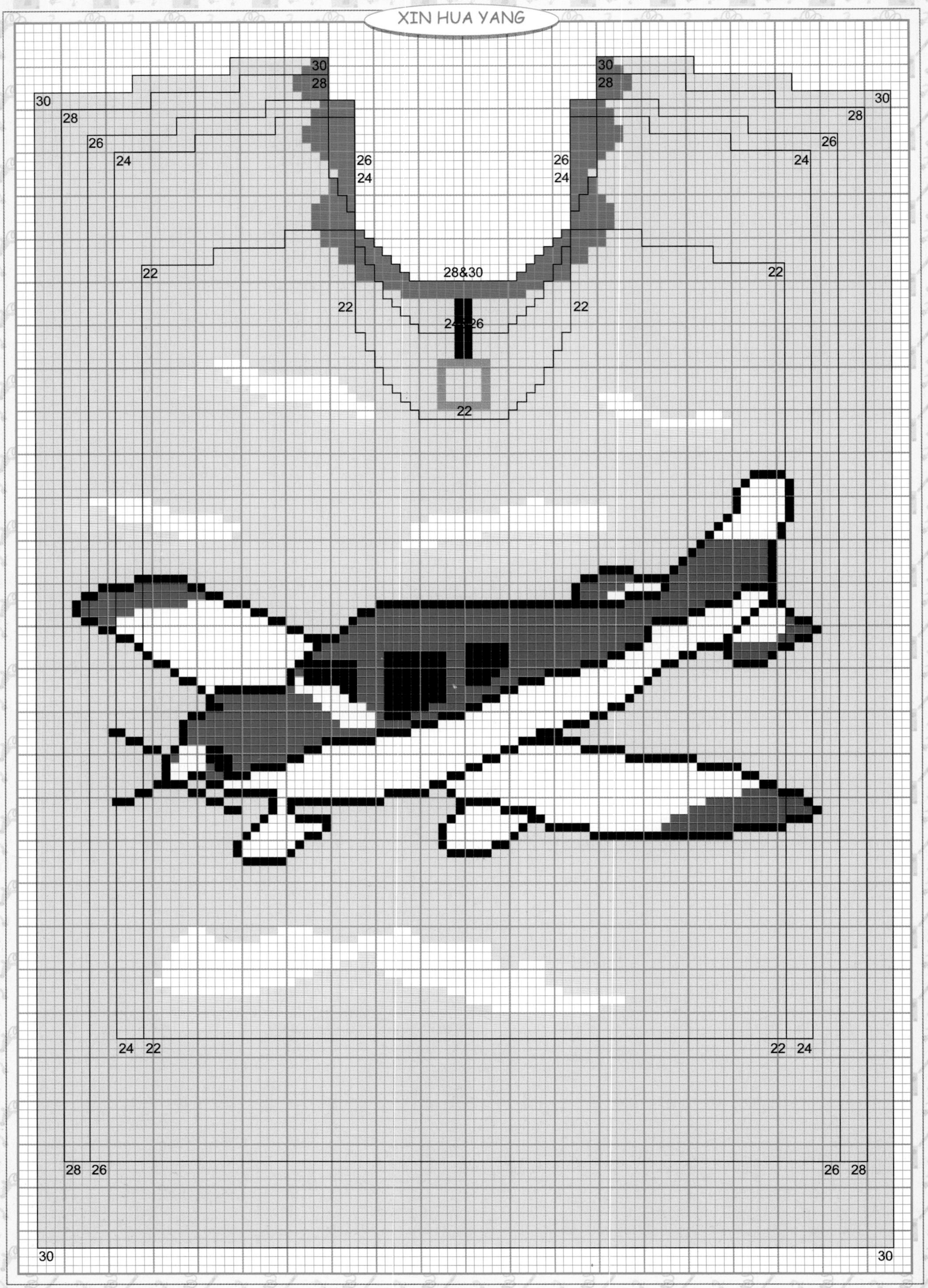
30
28
26
24
22
28&30
24&26

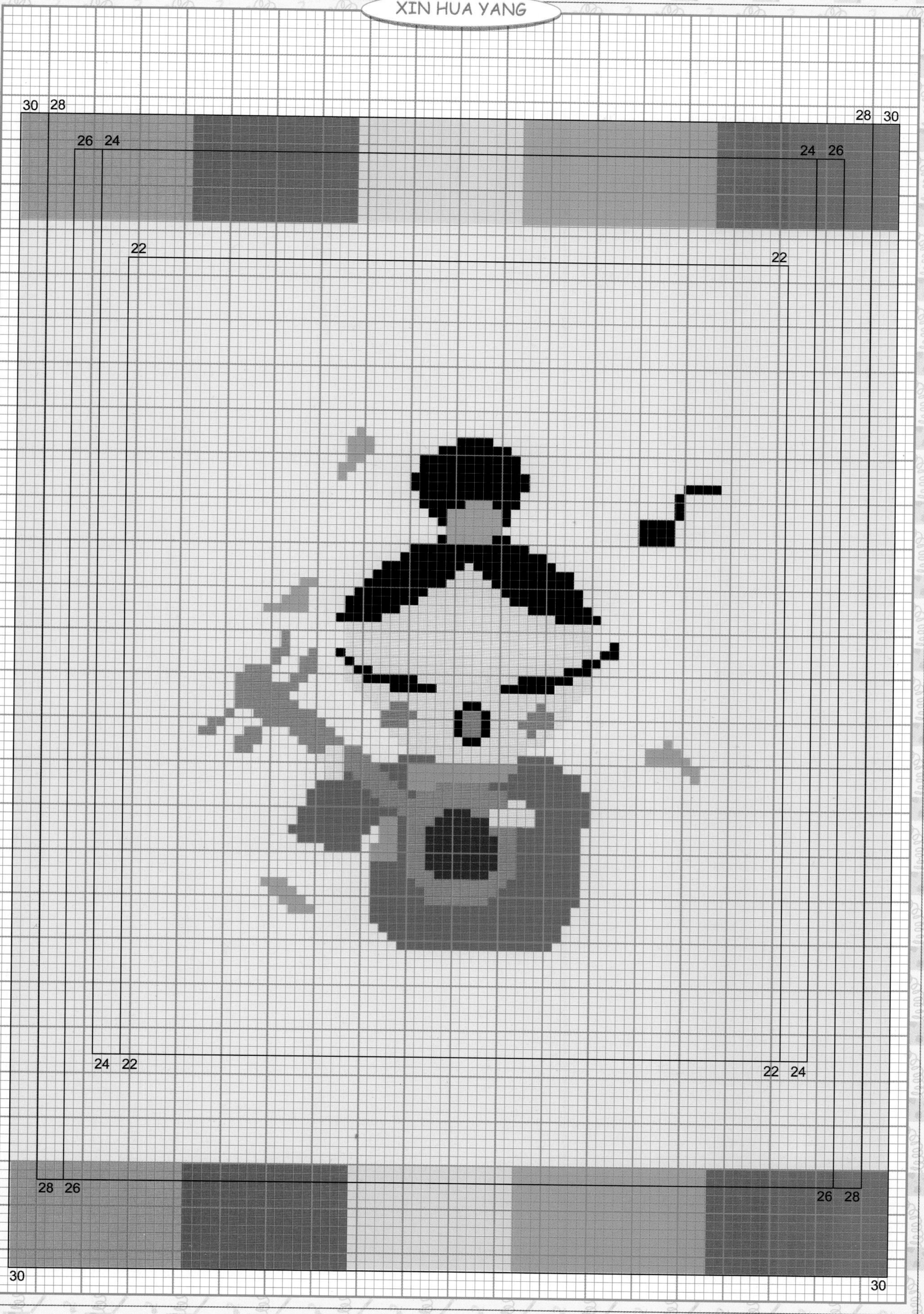
30 28
26 24
28 30
24 26
22
22
24 22
22 24
28 26
26 28
30
30

30
28
26
24
28&30
24&26
22
22
22
24
22
22
24
28
26
26
28
30
30

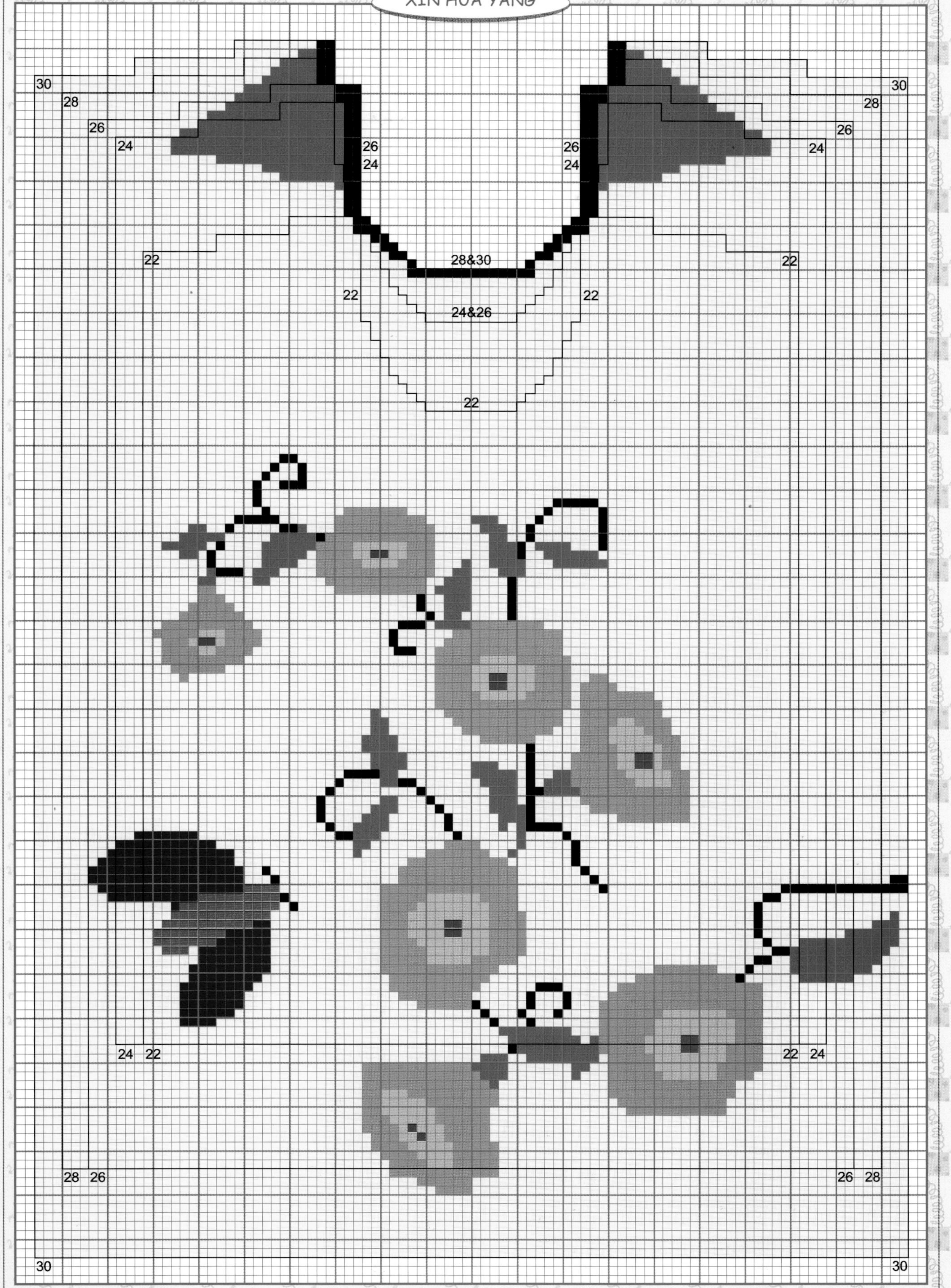
30
28
26
24
26
24
26
24
30
28
26
24
22
28&30
22
22
22
24&26
22
22
24 22
22 24
28 26
26 28
30
30

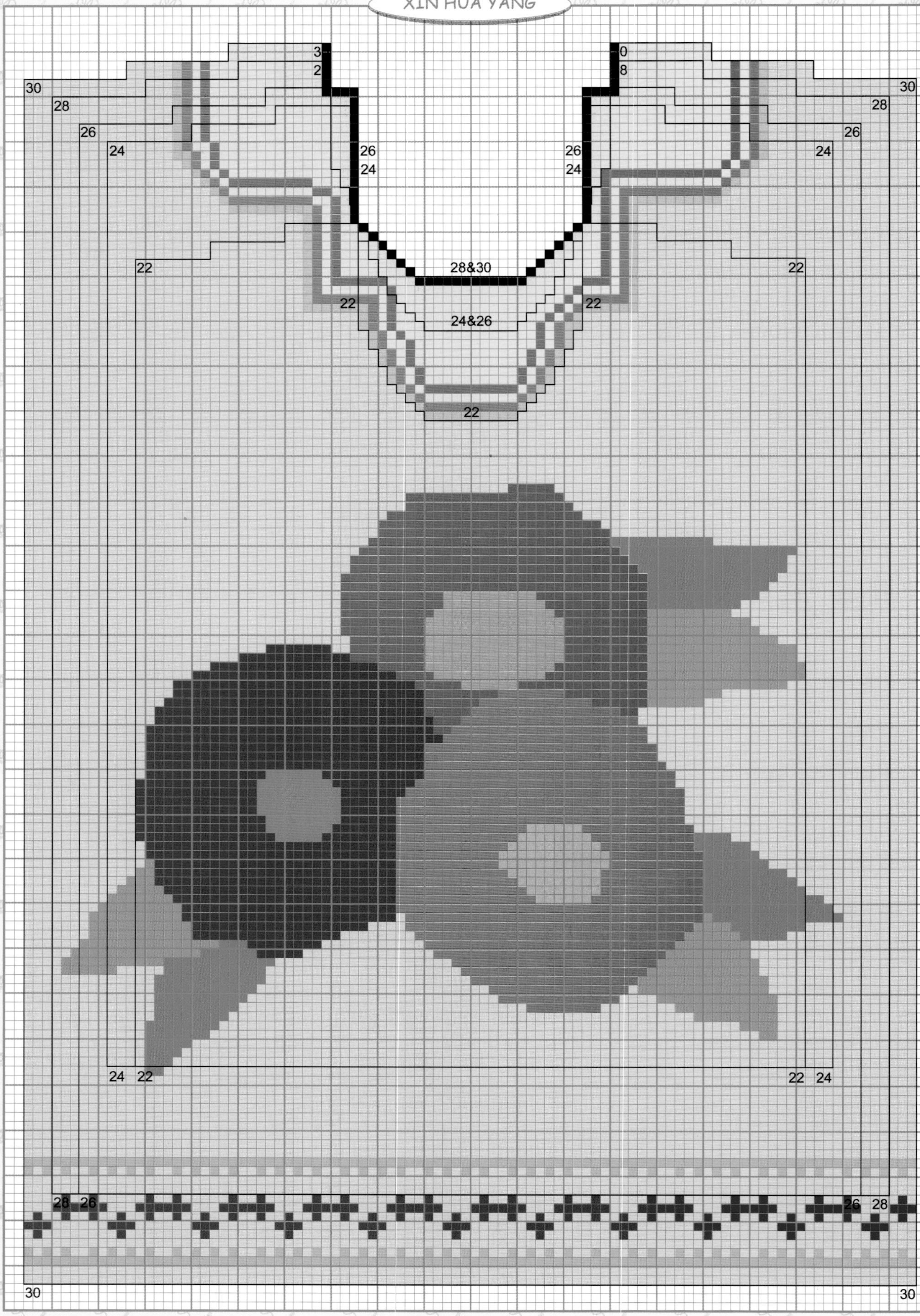
30
28
26
24
26
24
28&30
22
24&26
22
22
22
24 22
22 24
28 26
26 28
30
30

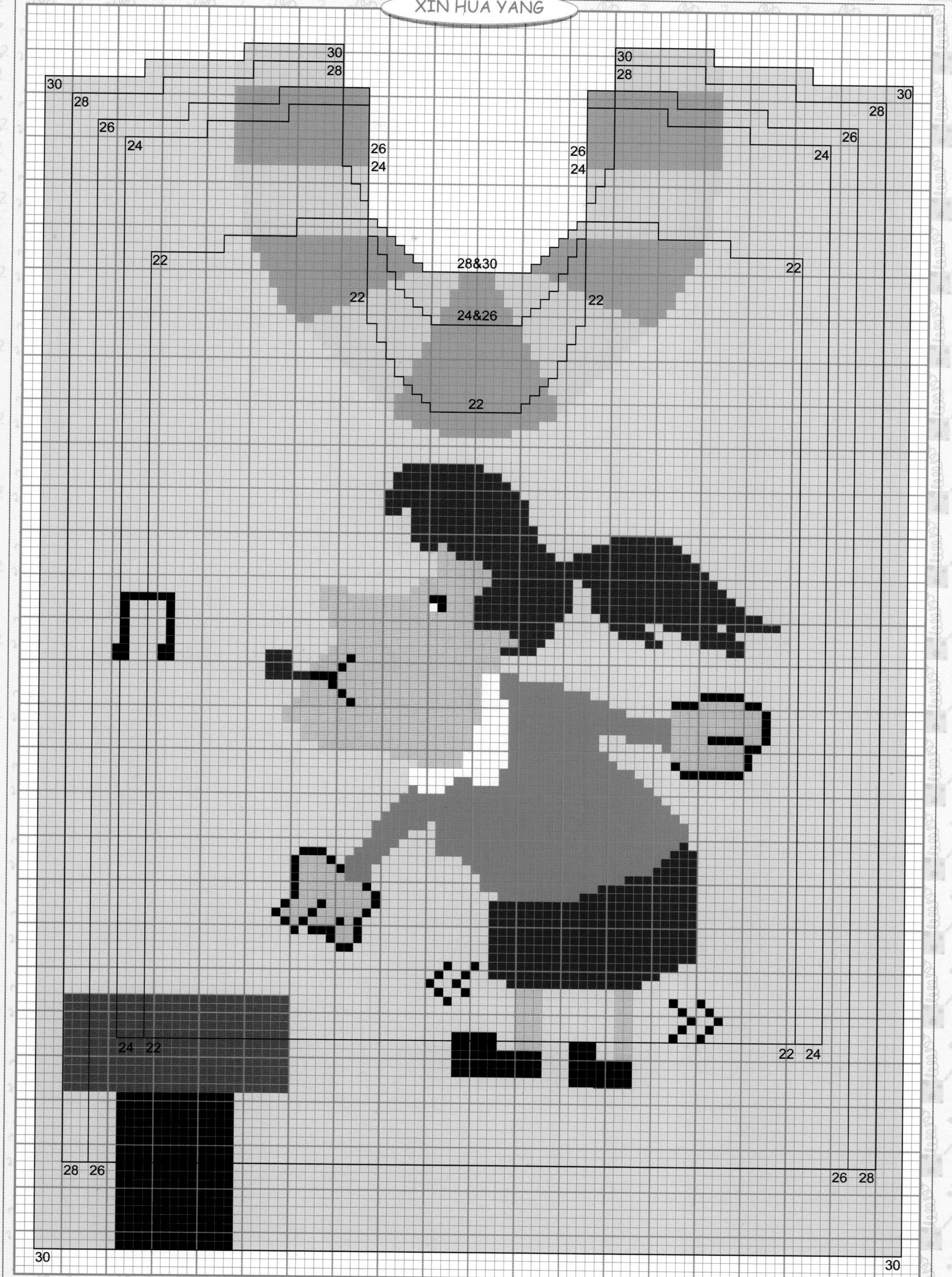
30
28
26
24
22
28&30
24&26
22
22 24
26 28
30

30
28
28
30
26
24
24
26
28&30
24&26
22
22
22
24
22
22
24
28
26
26
28
30
30

30
28
26
24
22
28&30
24&26
26 28

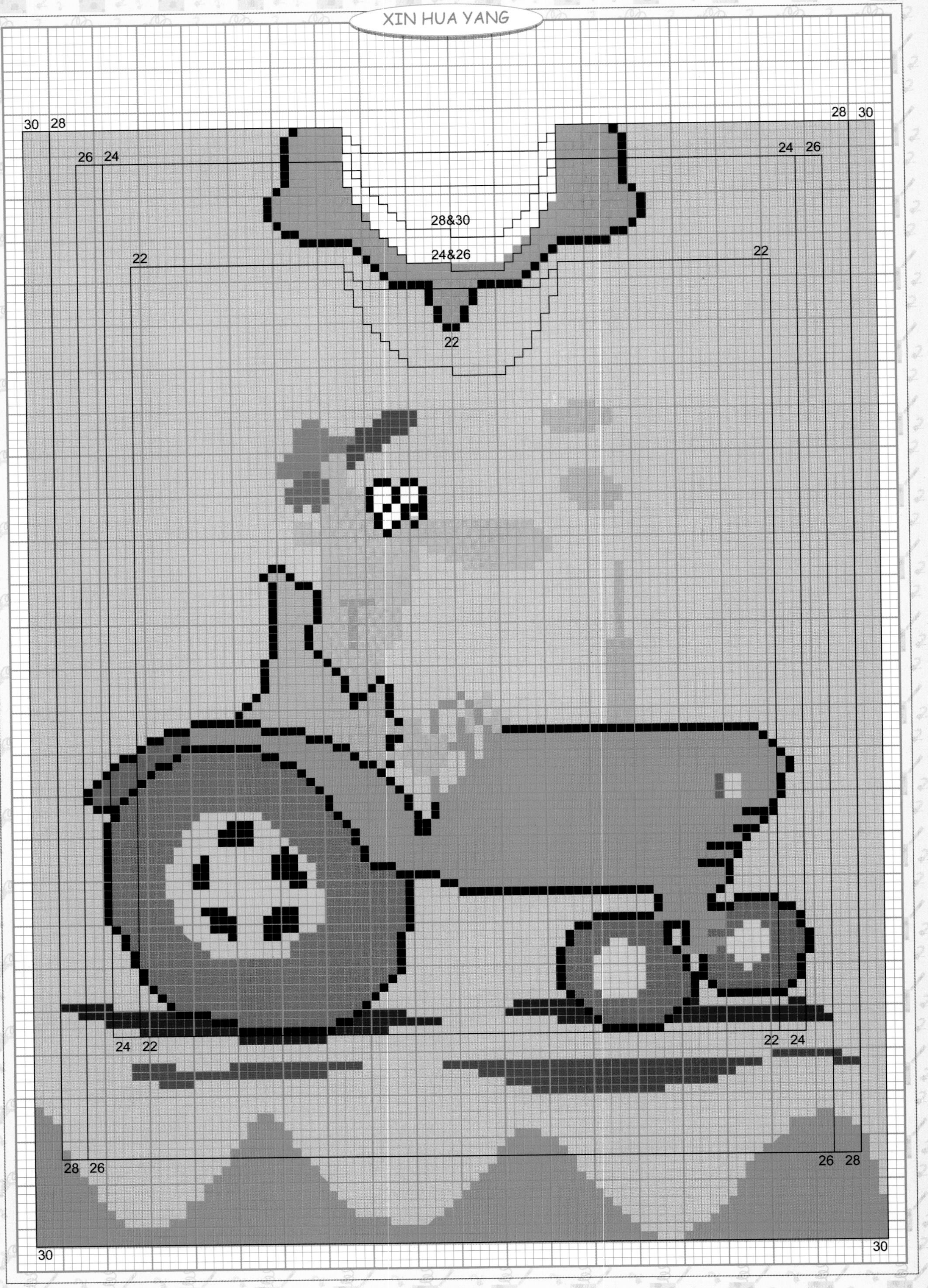
30 28
28 30
26 24
24 26
28&30
24&26
22
22
22
24 22
22 24
28 26
26 28
30
30

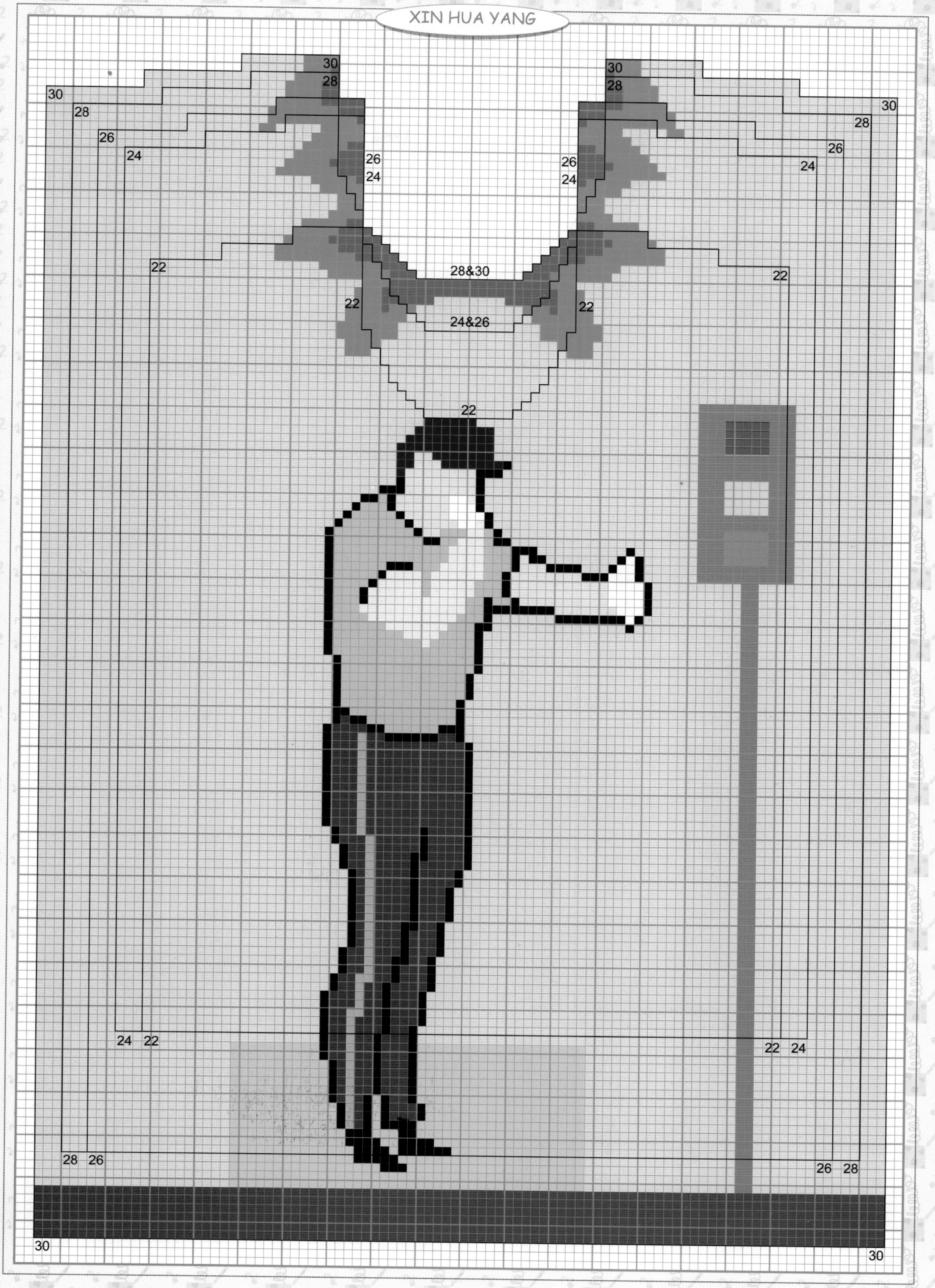
30
28
26
24
22
28&30
24&26
22
24 22
22 24
28 26
26 28
30
30

30
28
26
24
22
28&30
24&26
22
28
30
24
26
22
24
22
22
24
28
26
28
30
30

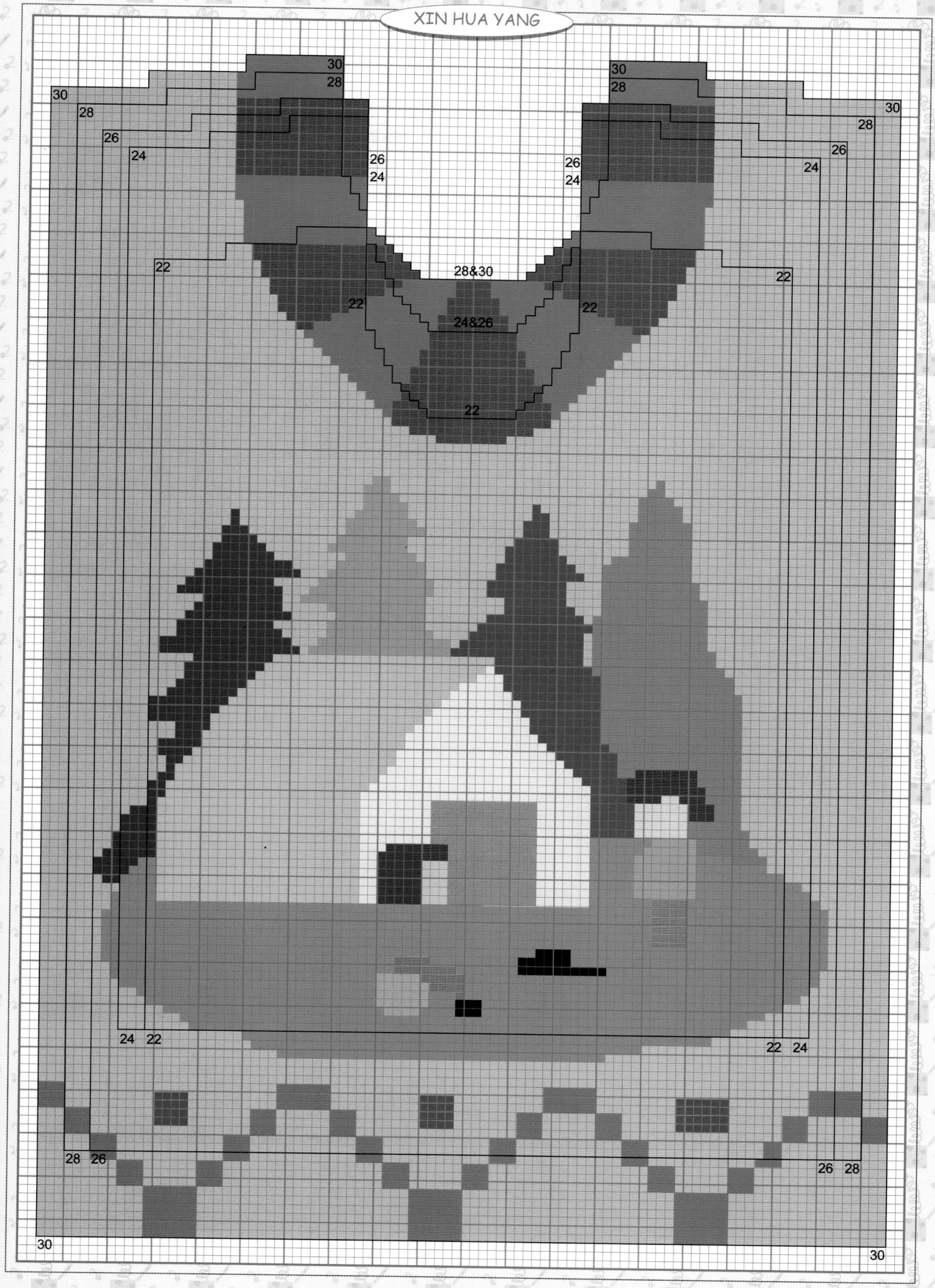
30
28
26
24
22
28&30
24&26
22
24 22
22 24
28 26
26 28
30
30

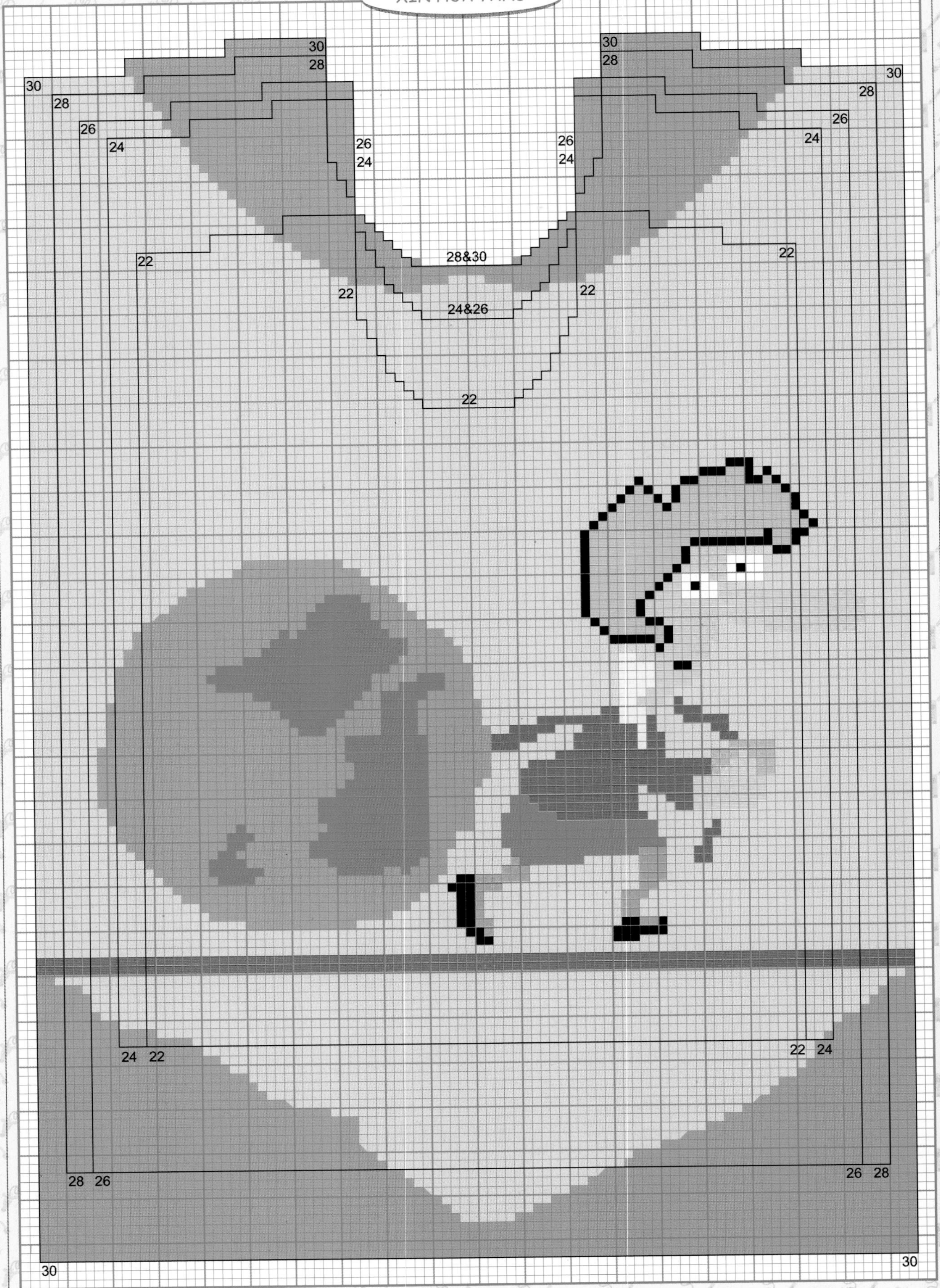
30
28
26
24
22
28&30
24&26
22
30
30

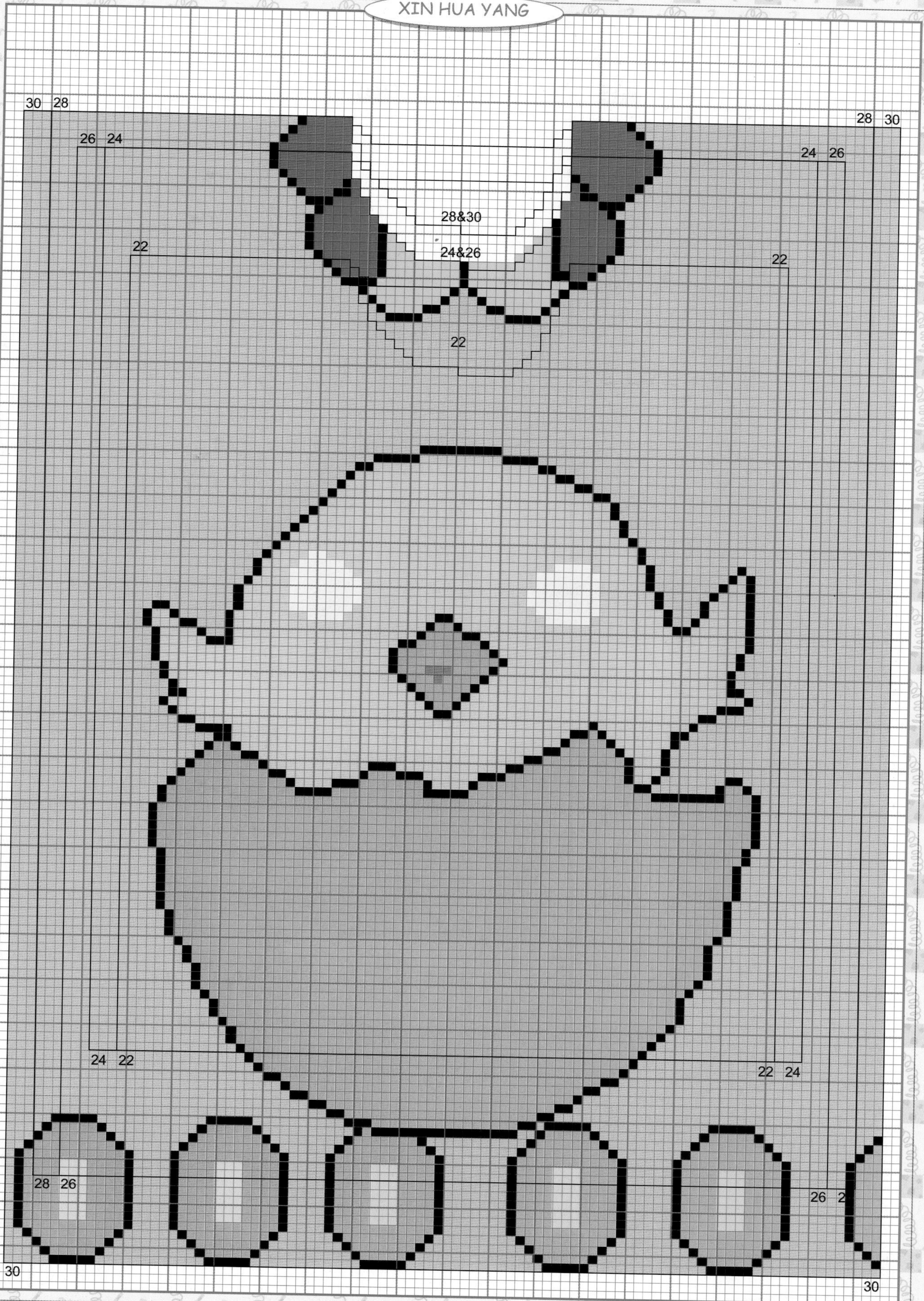
30 28
28 30
26 24
24 26
28&30
24&26
22
22
22
24 22
22 24
28 26
26 2
30
30

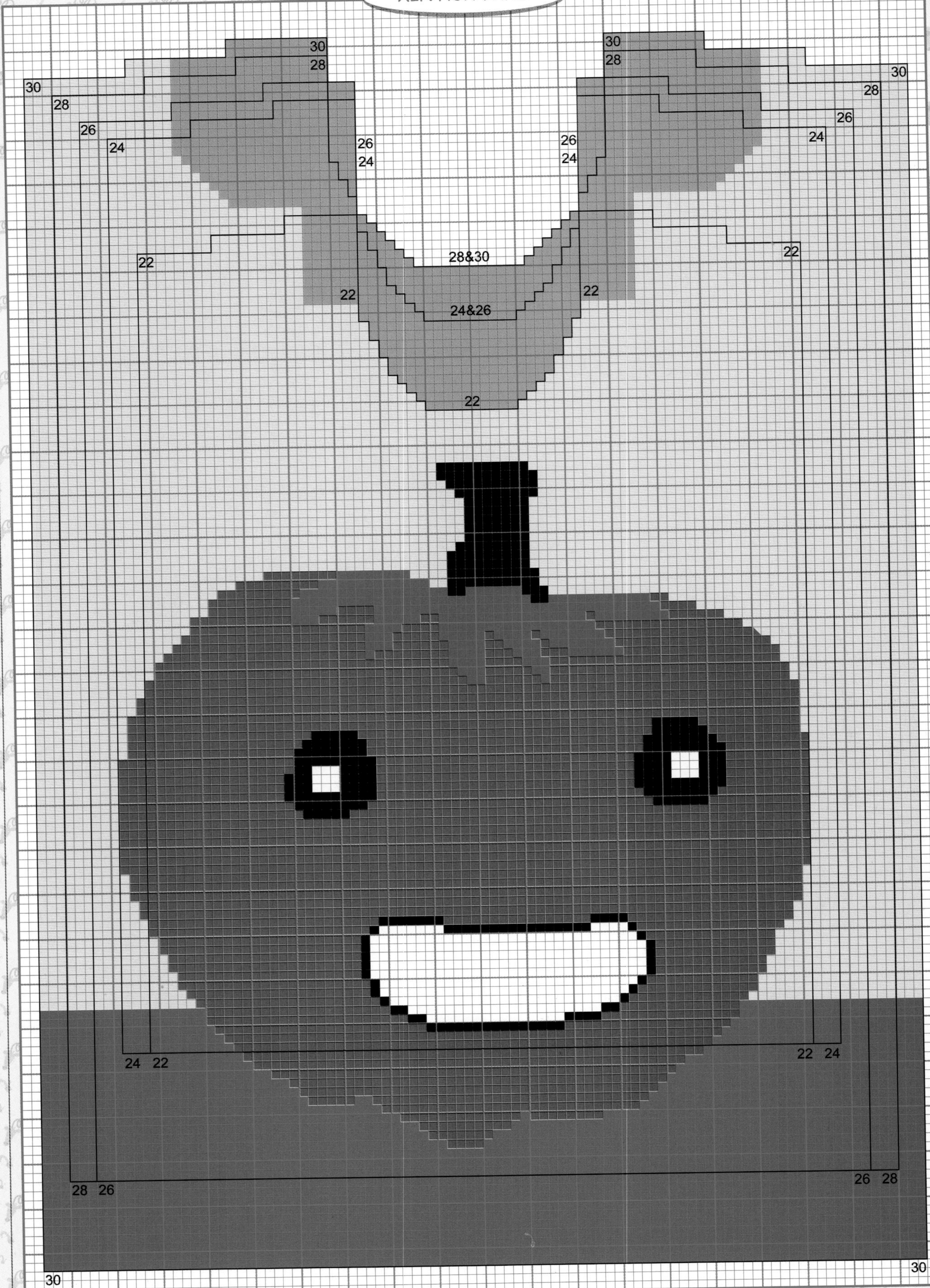
30
28
26
24
30
28
26
24
30
28
26
24
30
28
26
24
28&30
22
22
24&26
22
22
24 22
22 24
28 26
26 28
30
30

30
28
26
24
22
28&30
24&26
28
30
24
26
22
24
22
22
24
28
26
26
28
30
30

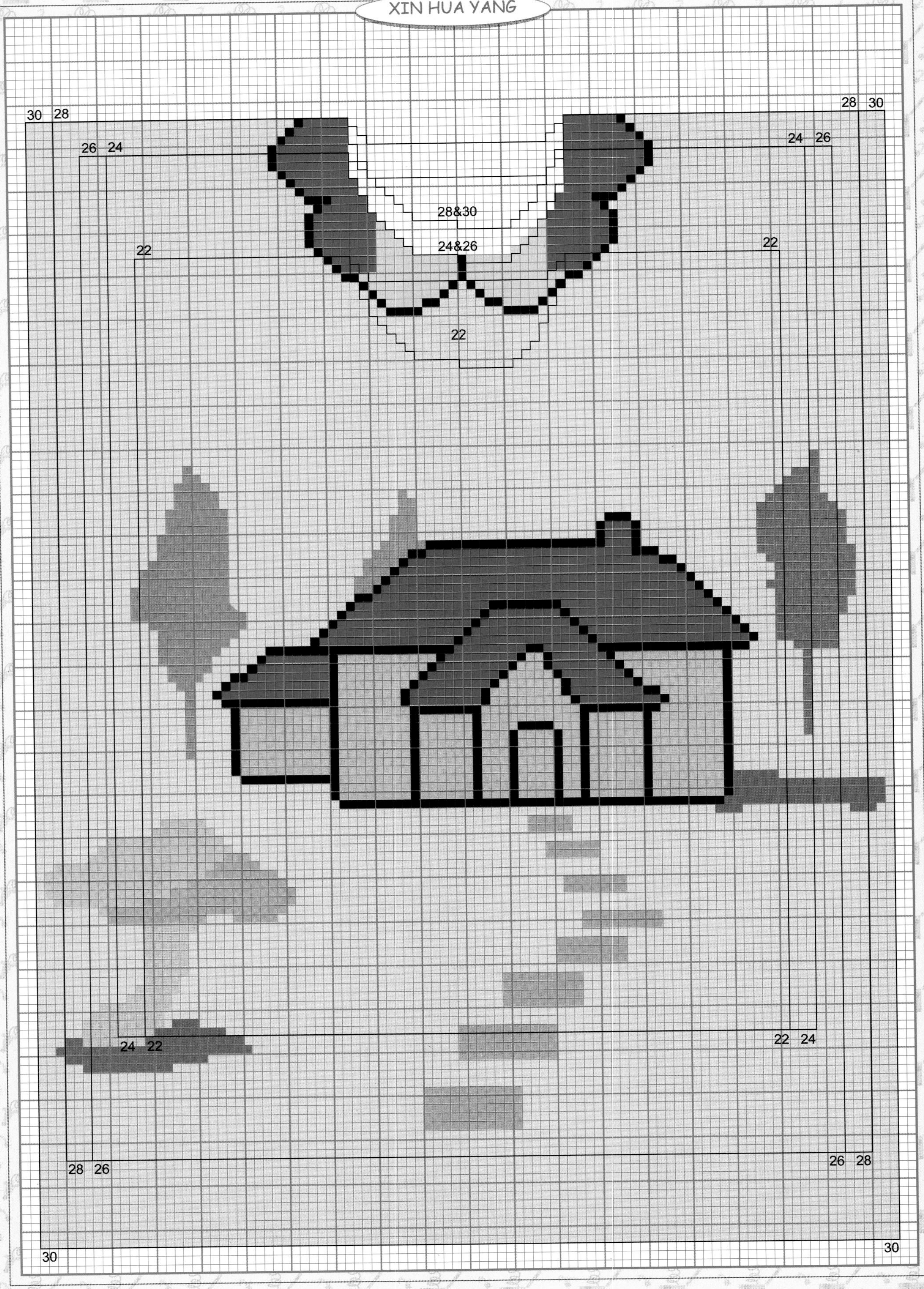
30
28
28
30
26
24
24
26
28&30
24&26
22
22
22
24
22
22
24
28
26
26
28
30
30

30 28
28 30
26 24
24 26
28&30
24&26
22
22
22
24 22
22 24
28 26
26 28
30
30

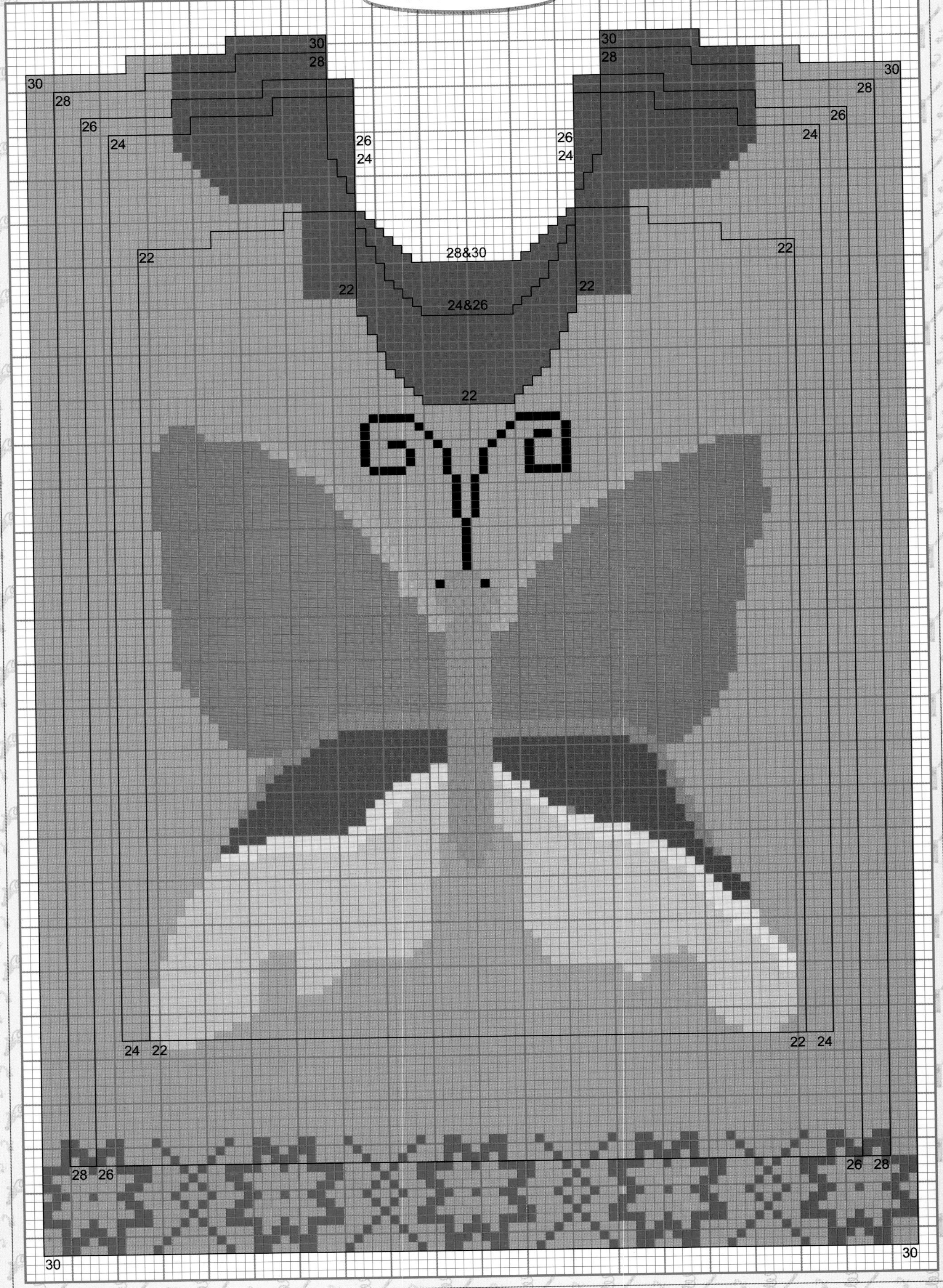
30
28
26
24
22
28&30
24&26
22
24 22
22 24
28 26
26 28
30
30

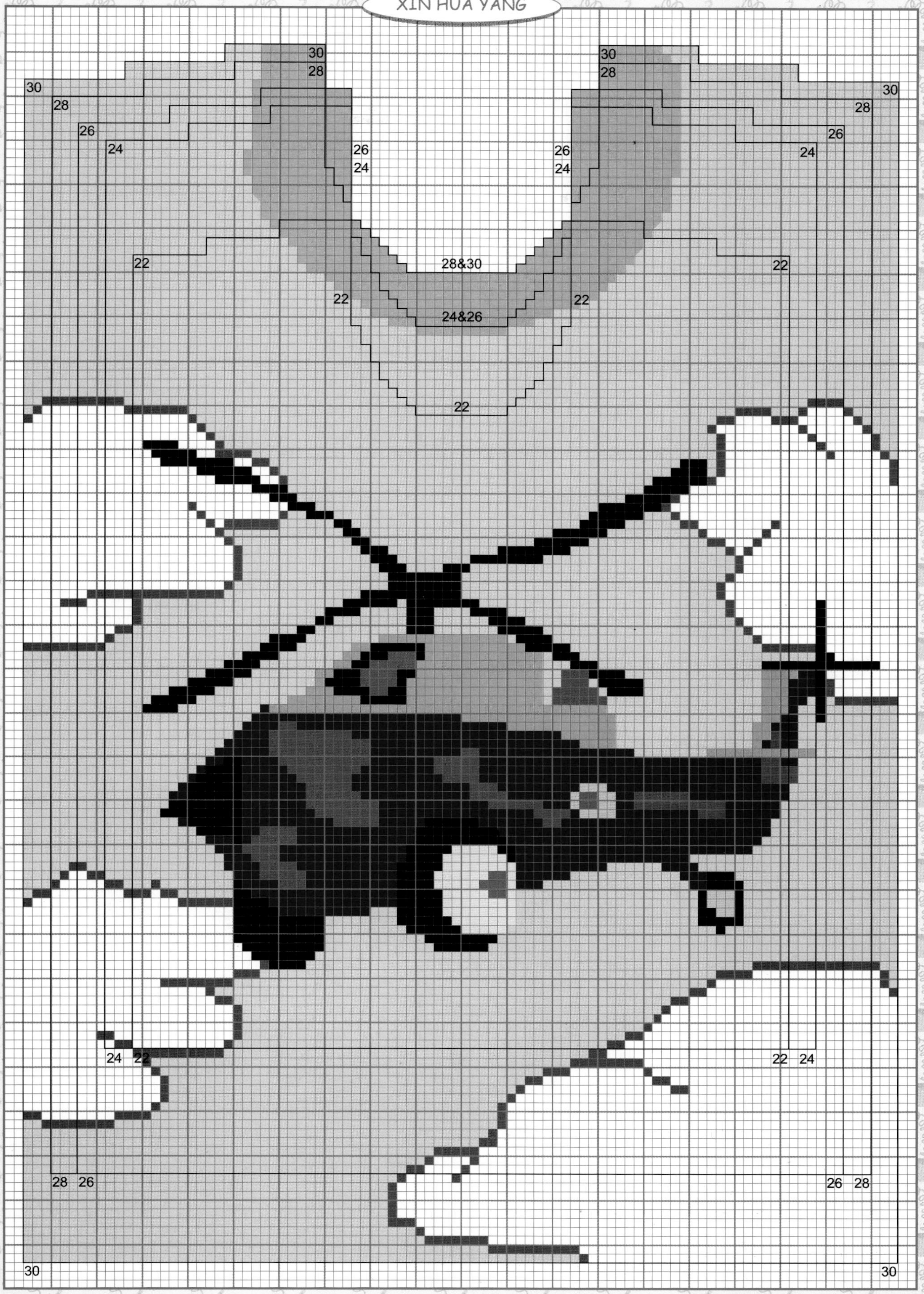
30
28
26
24
22
28&30
24&26
22
24 22
22 24
28 26
26 28
30
30

30
28
26
24
28&30
24&26
22

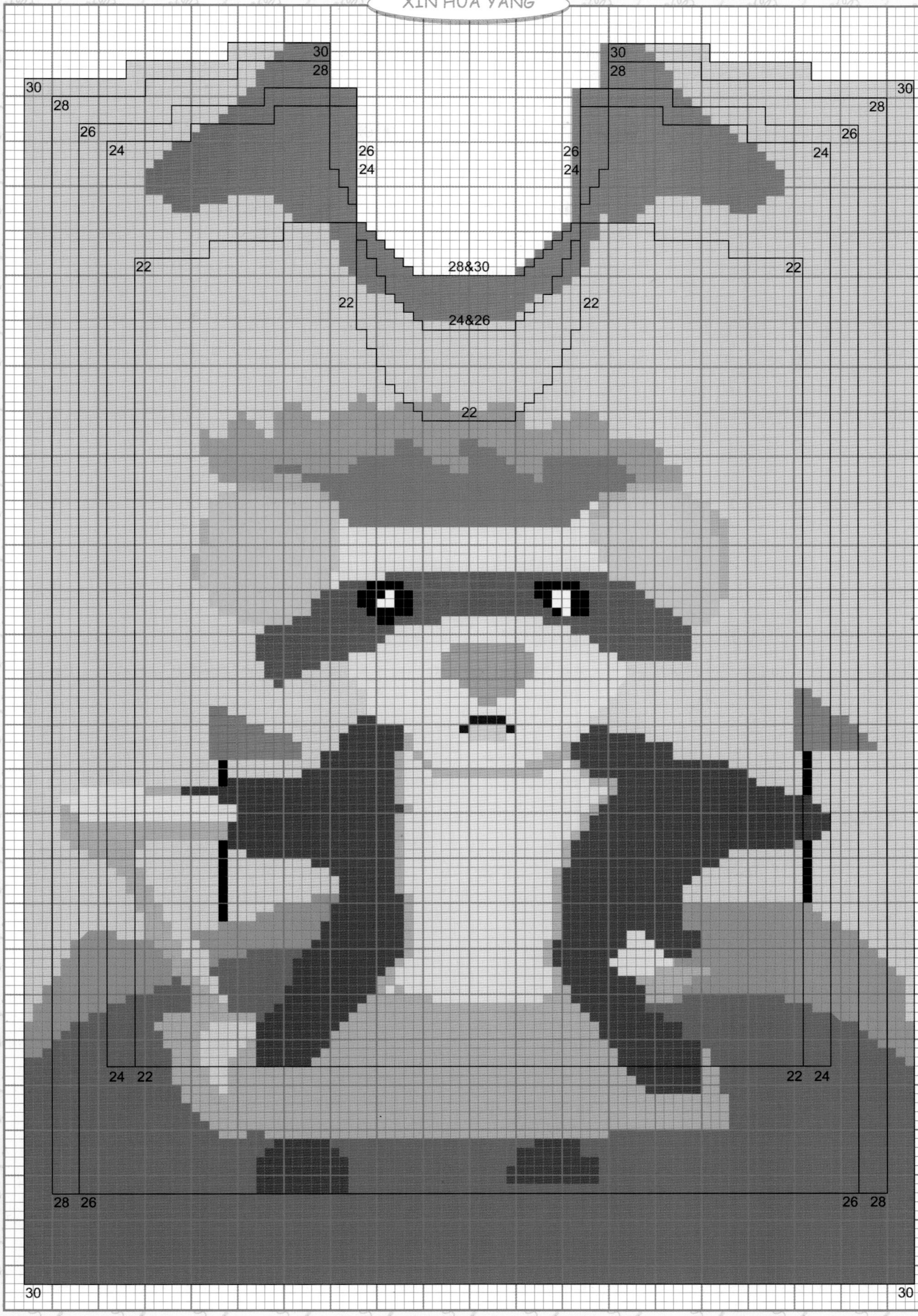
30
28
26
24
22
28&30
24&26

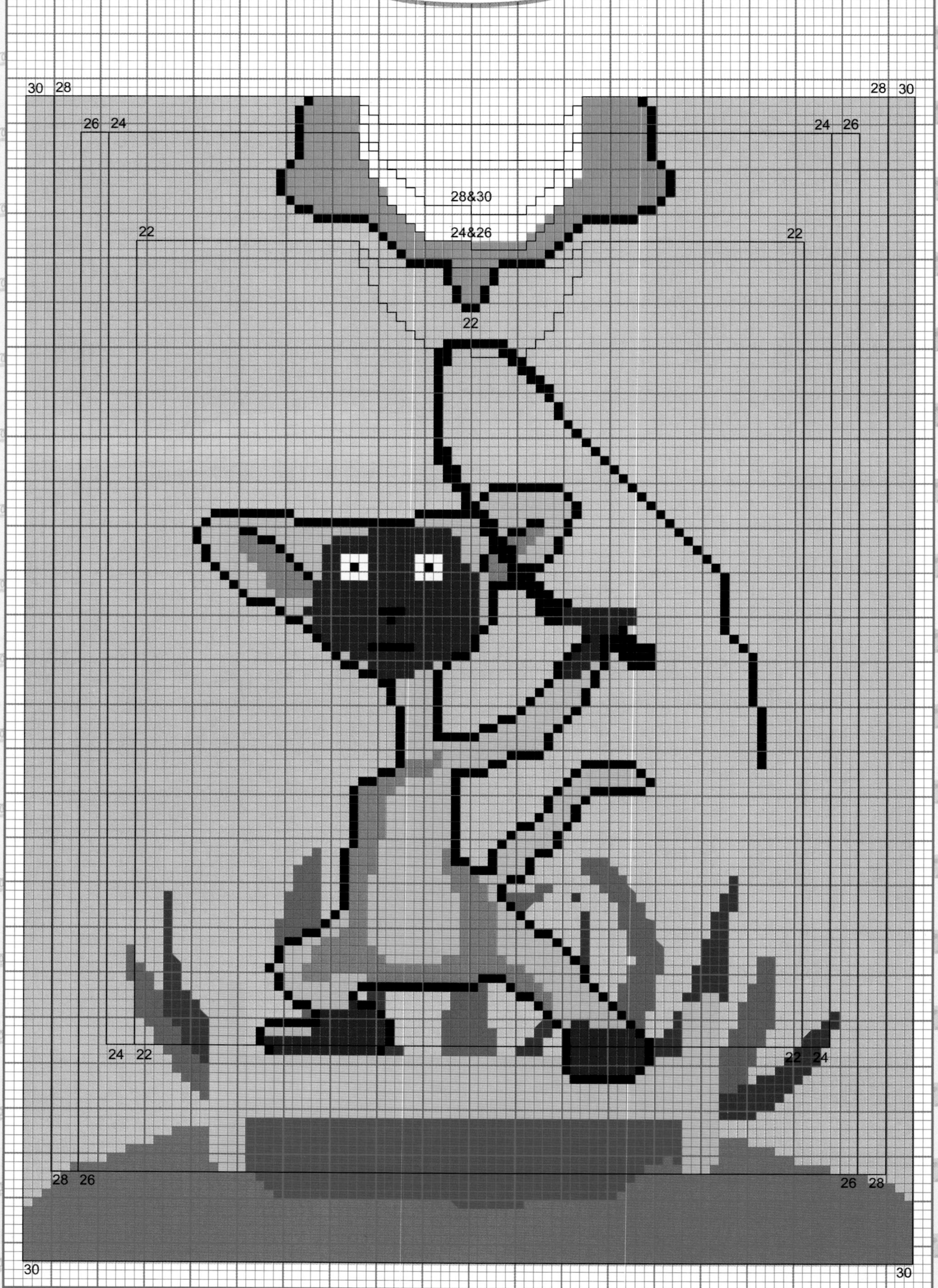
30 28
28 30
26 24
24 26
28&30
24&26
22
22
22
24 22
22 24
28 26
26 28
30
30

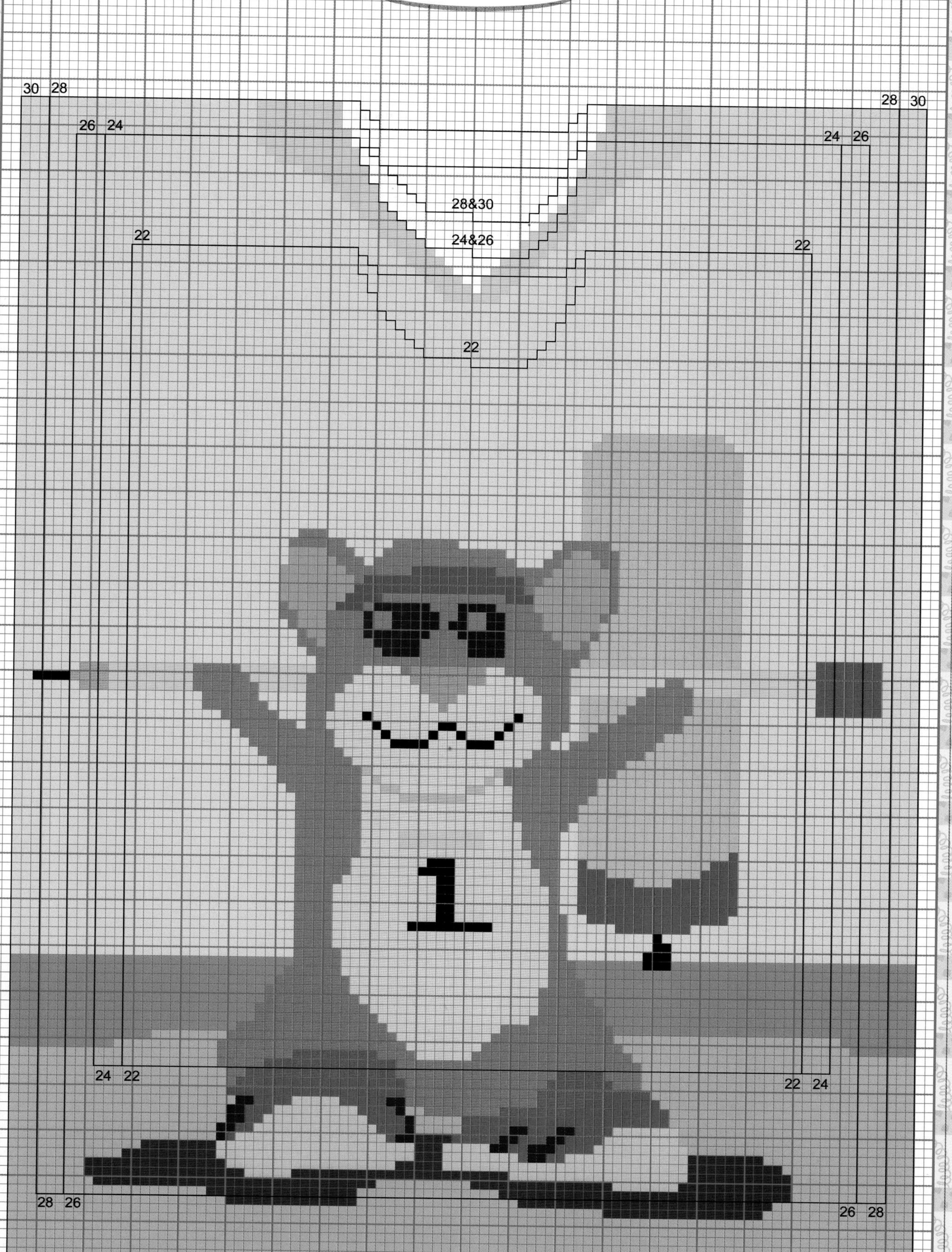
30 28
26 24
28&30
24&26
22
22
22
28 30
24 26
24 22
22 24
28 26
26 28
30
30

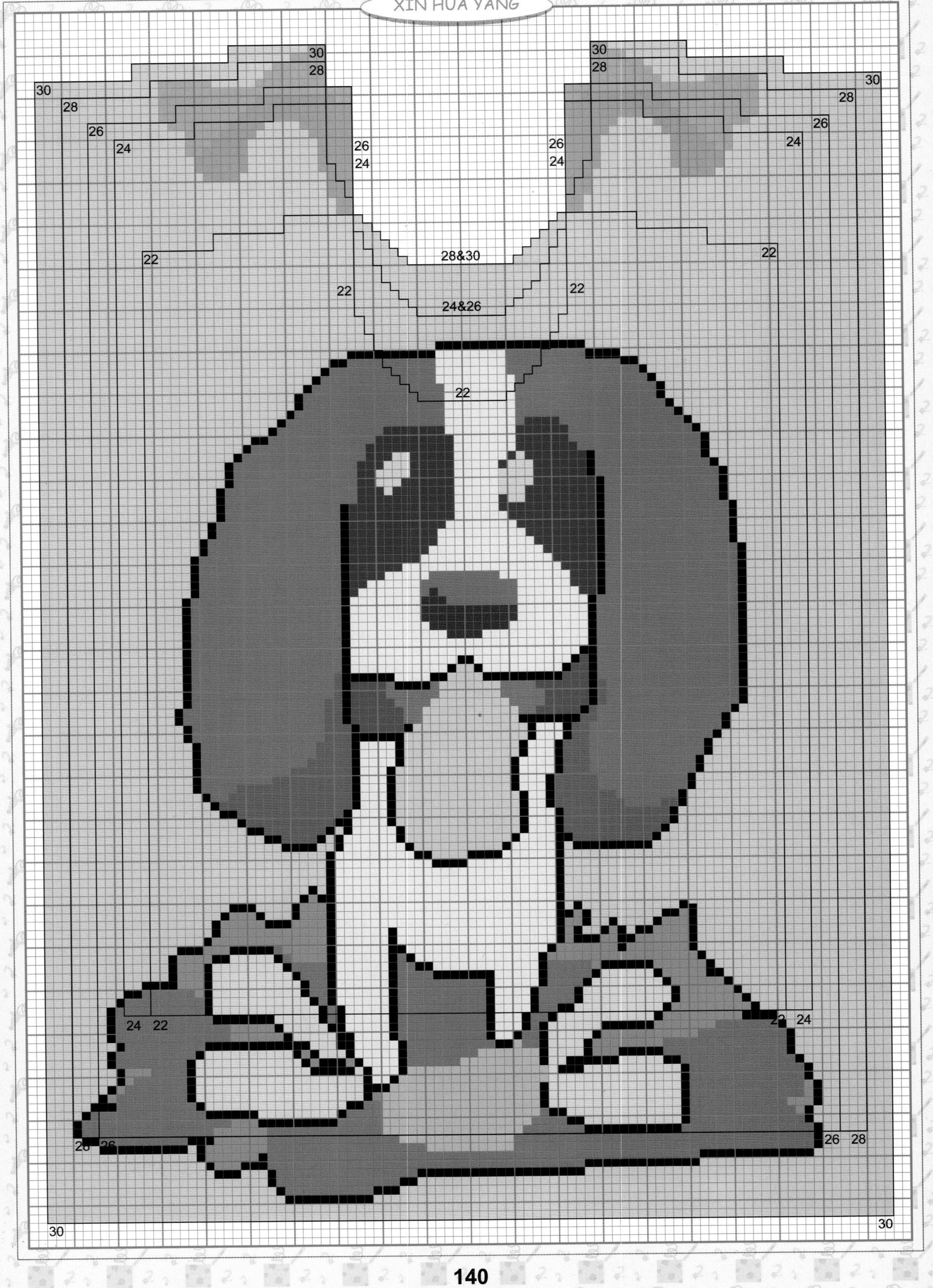
30
28
30
28
30
28
26
24
26
24
26
24
26
24
28&30
22
22
22
22
24&26
22
24
22
22
24
26
26
26
28
30
30

XIN HUA YANG
30
28
26
24
22
28&30
24&26
22
30
30

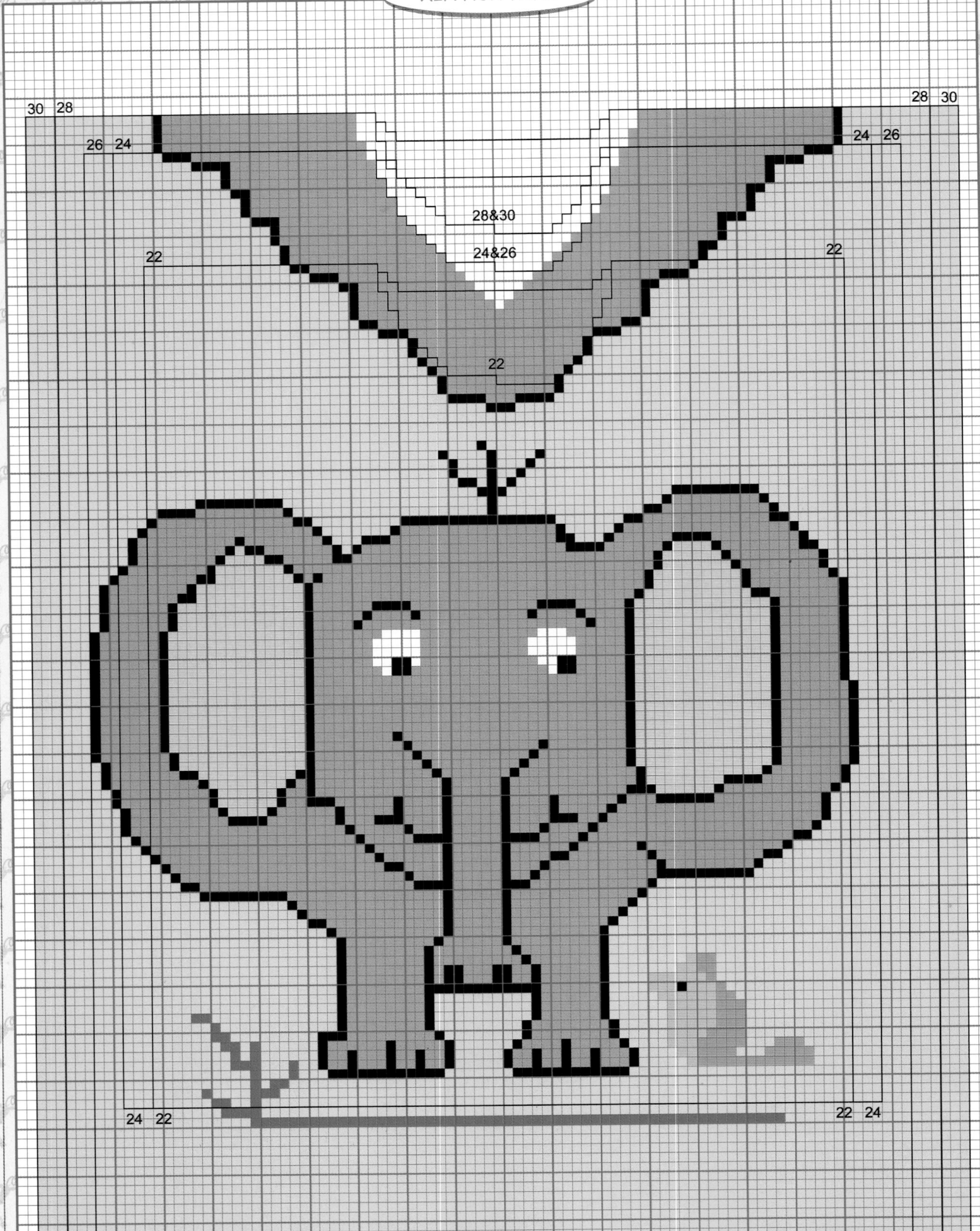
30 28
28 30
26 24
24 26
28&30
24&26
22
22
22
24 22
22 24
28 26
26 28
30
30

30 28
28 30
26 24
24 26
28&30
24&26
22
22
22
CAT
24 22
22 24
28 26
26 28
30
30

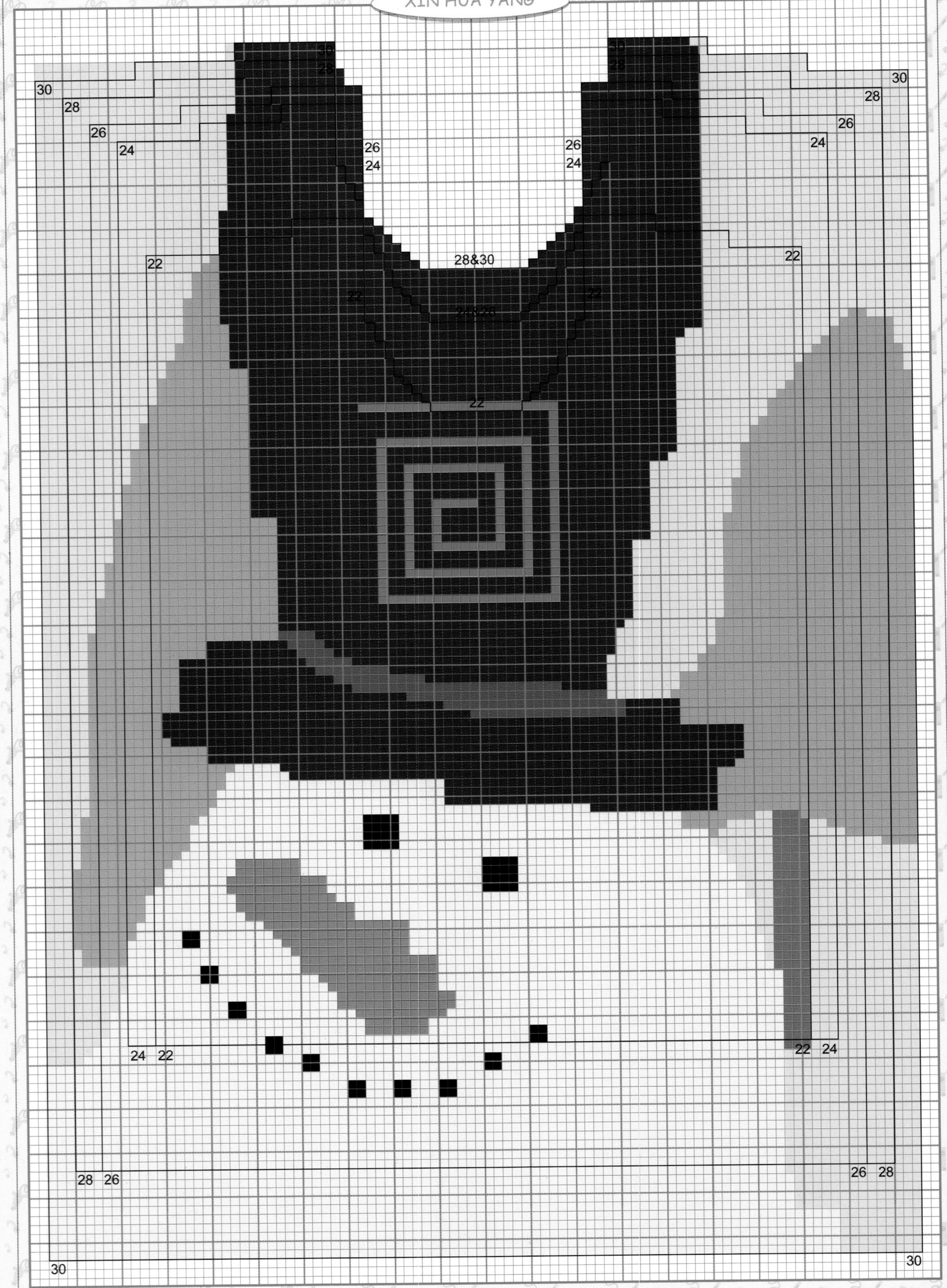
30
28
26
24
22
28&30
30 28 26 24 22

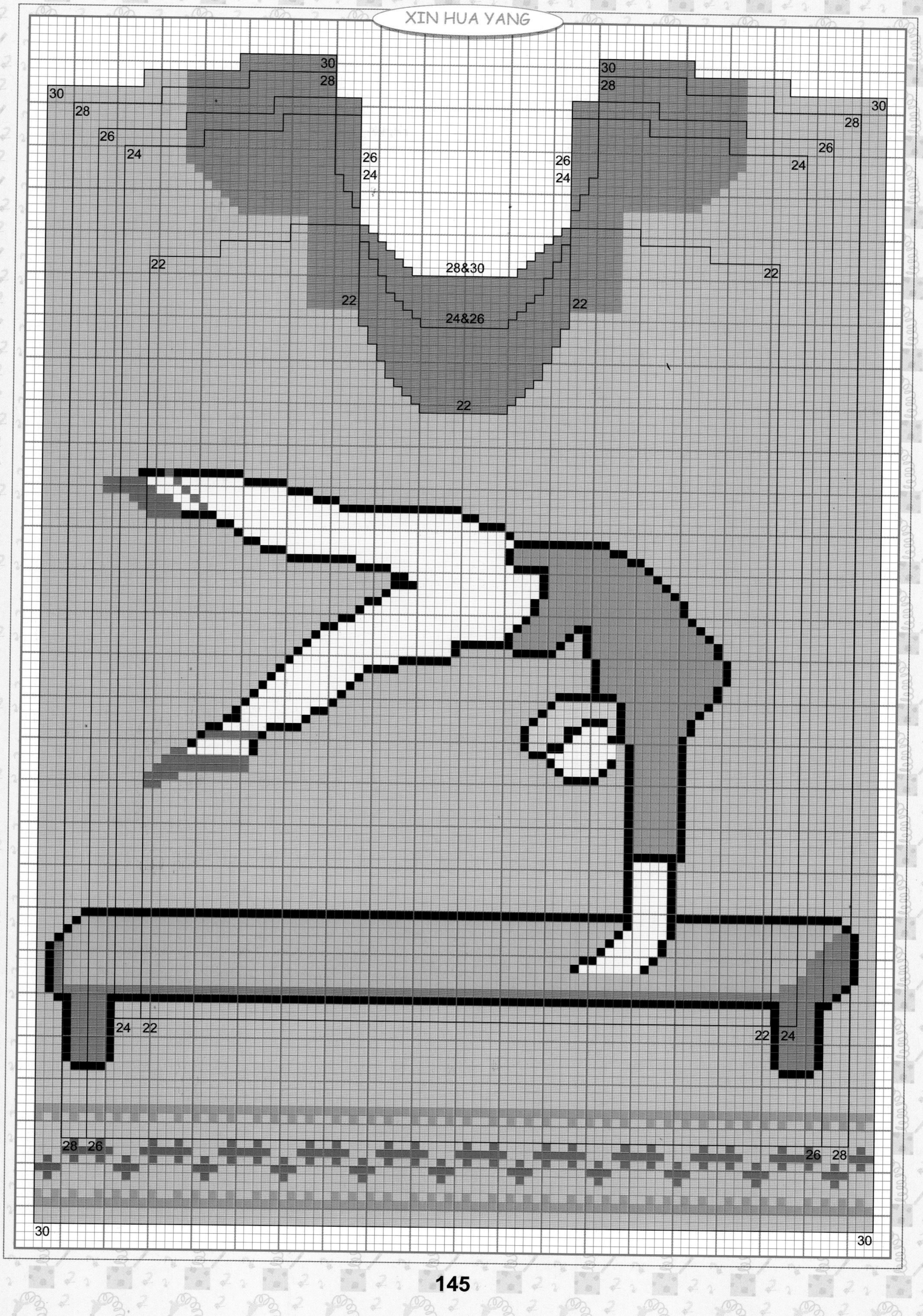
30
28
26
24
22
28&30
24&26
22
22
24 22
22 24
28 26
26 28
30
30

30
28
26
24
22
28&30
24&26
22
28
30
24
26
22
24
22
22
24
28
26
26
28
30
30

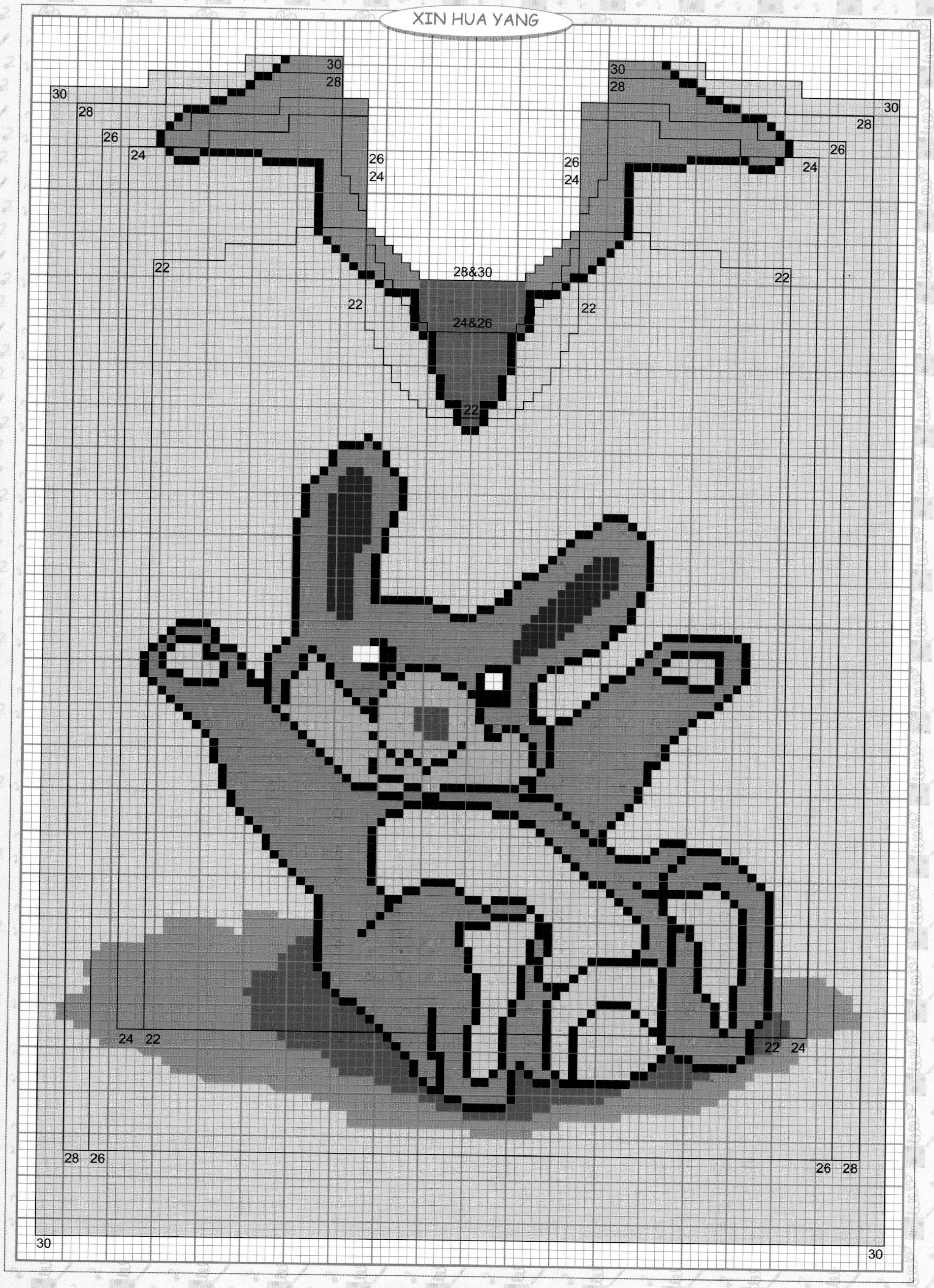
30
28
26
24
22
28&30
24&26
22
24 22
22 24
28 26
26 28
30
30

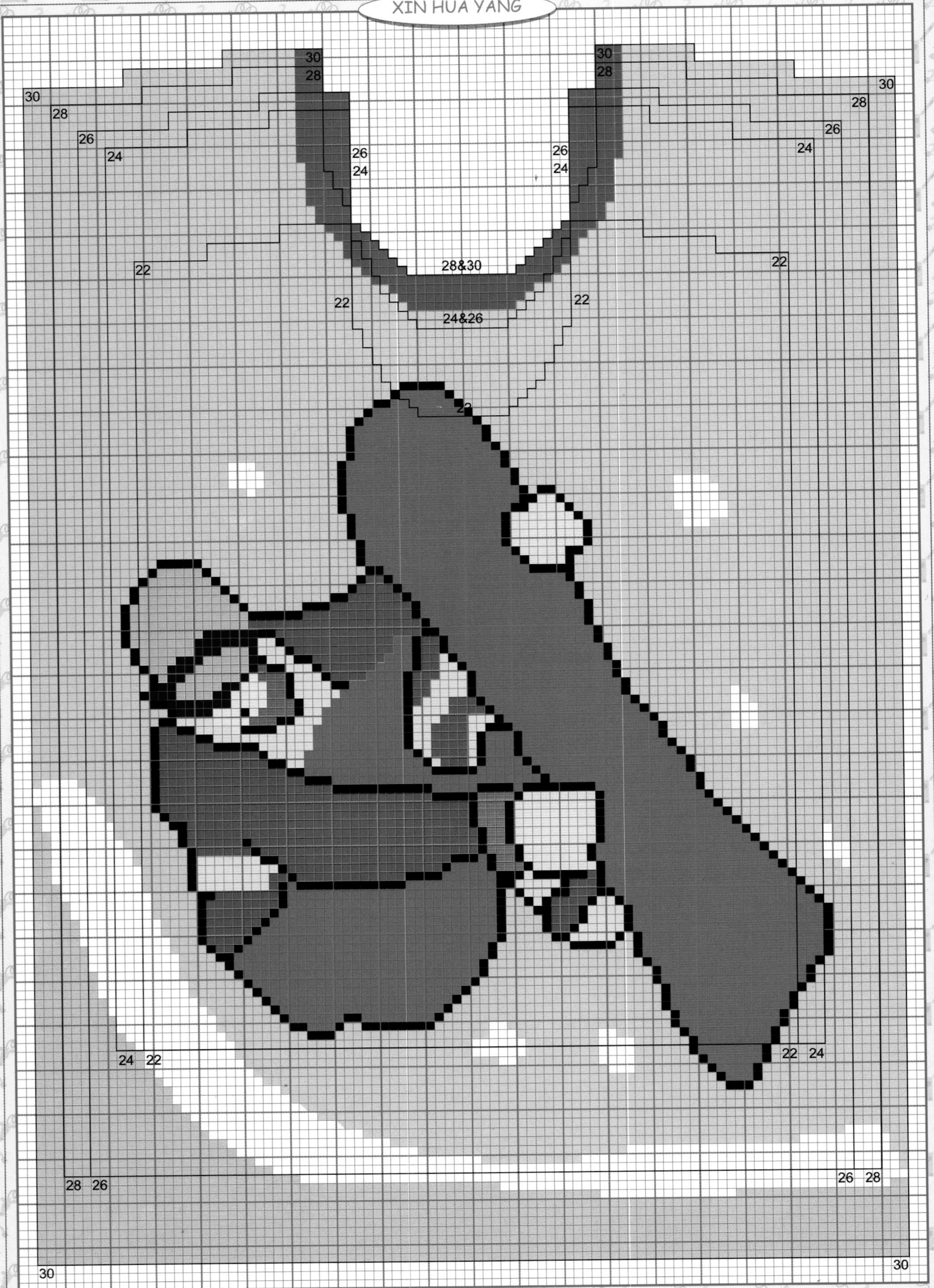
30
28
26
24
26
24
28&30
24&26
22
22
22
22
22
24 22
22 24
28 26
26 28
30
30

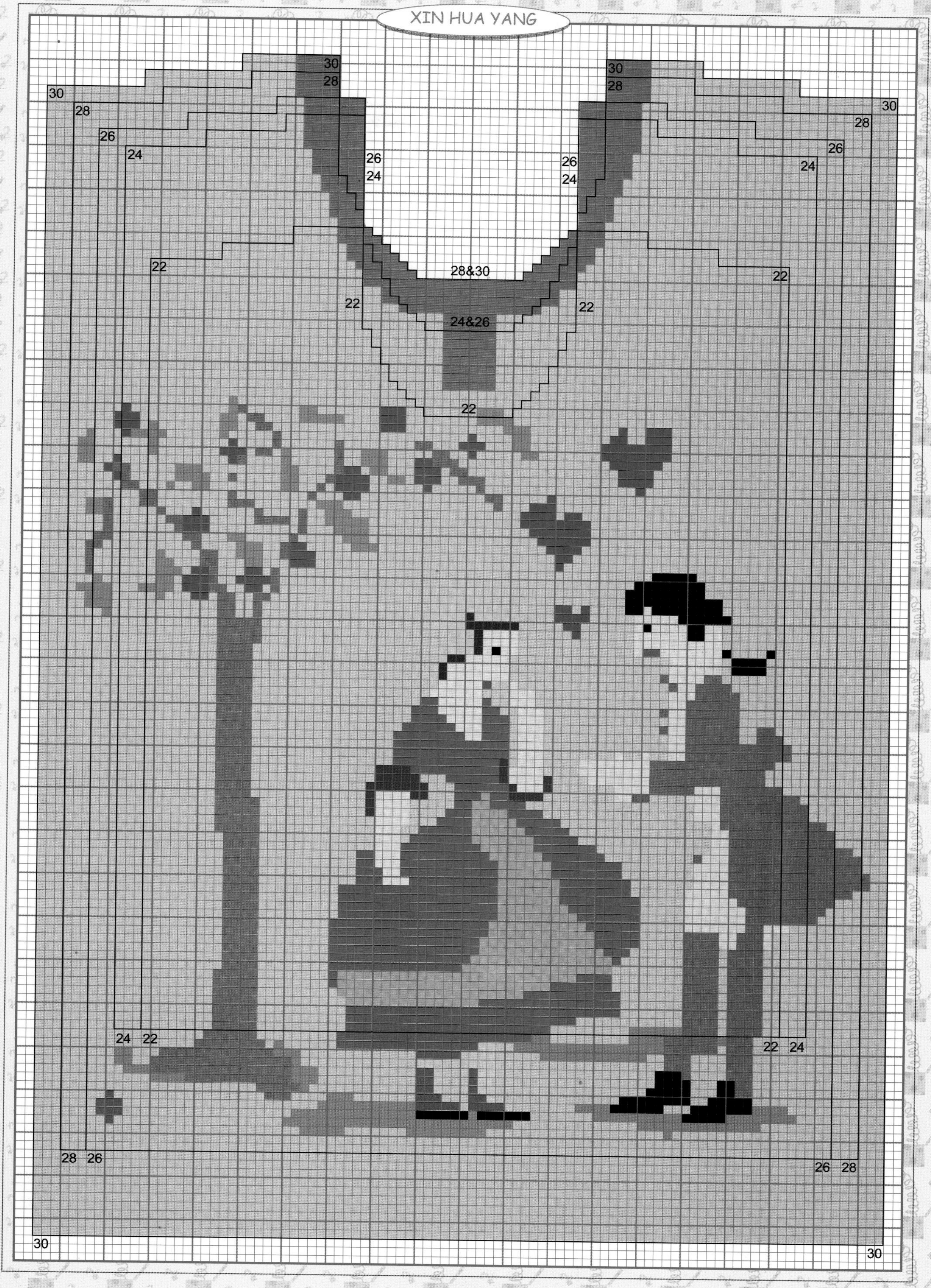
30
28
26
24
22
28&30
24&26

30
28
26
24
22
28&30
24&26

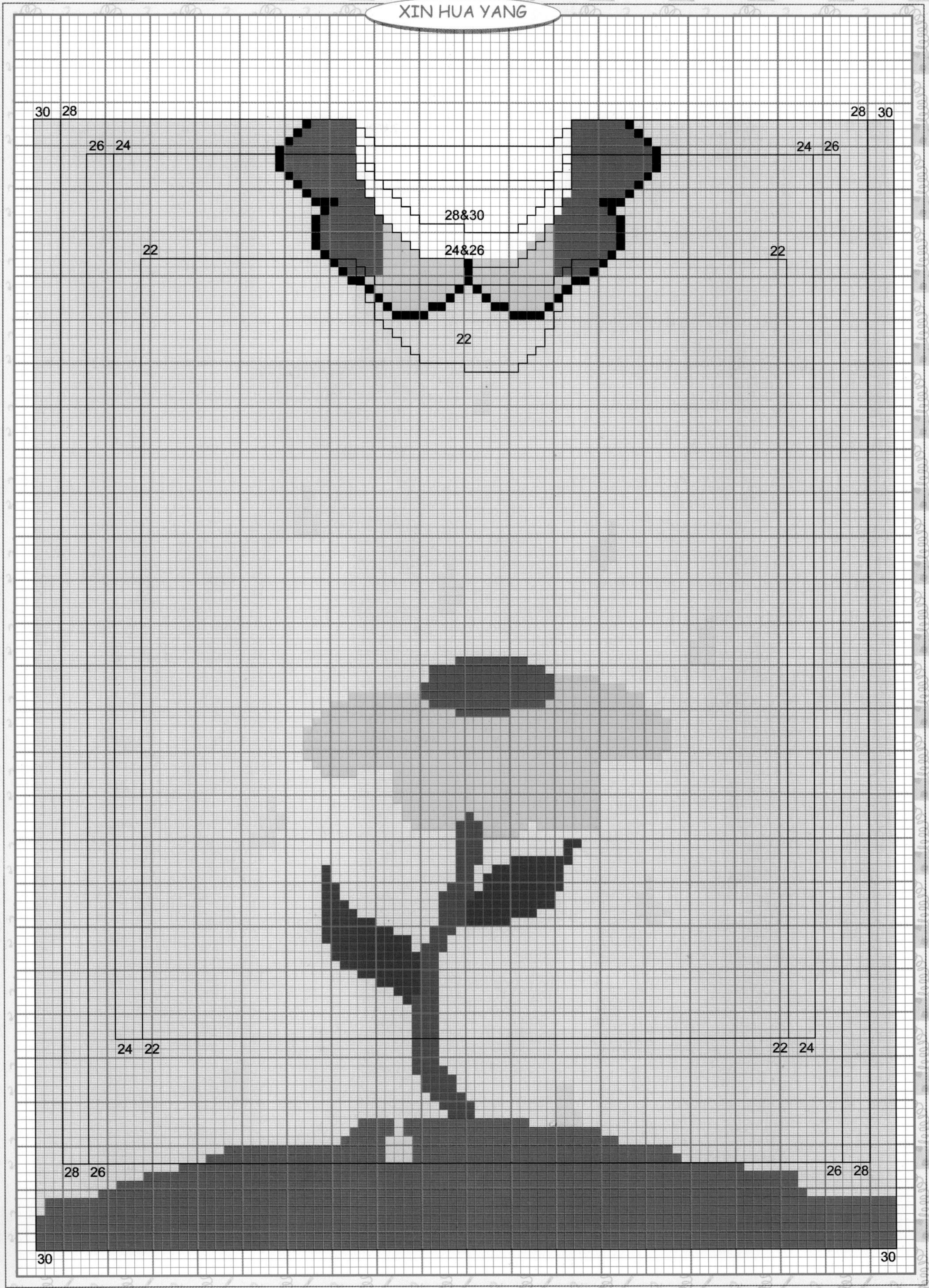
30
28
26
24
28&30
24&26
22

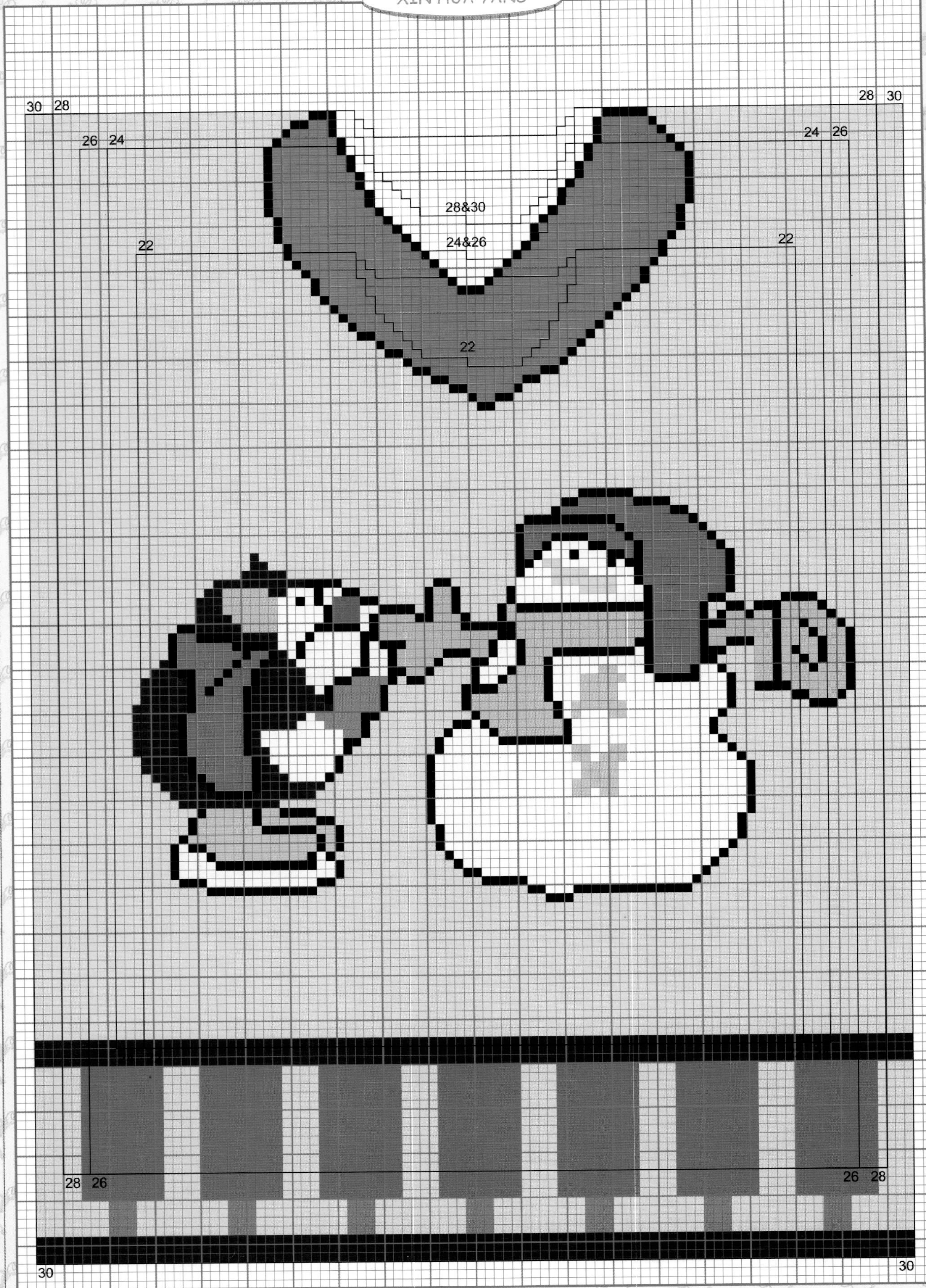

30 28
28 30
26 24
24 26
28&30
24&26
22
22
22
28 26
26 28
30
30

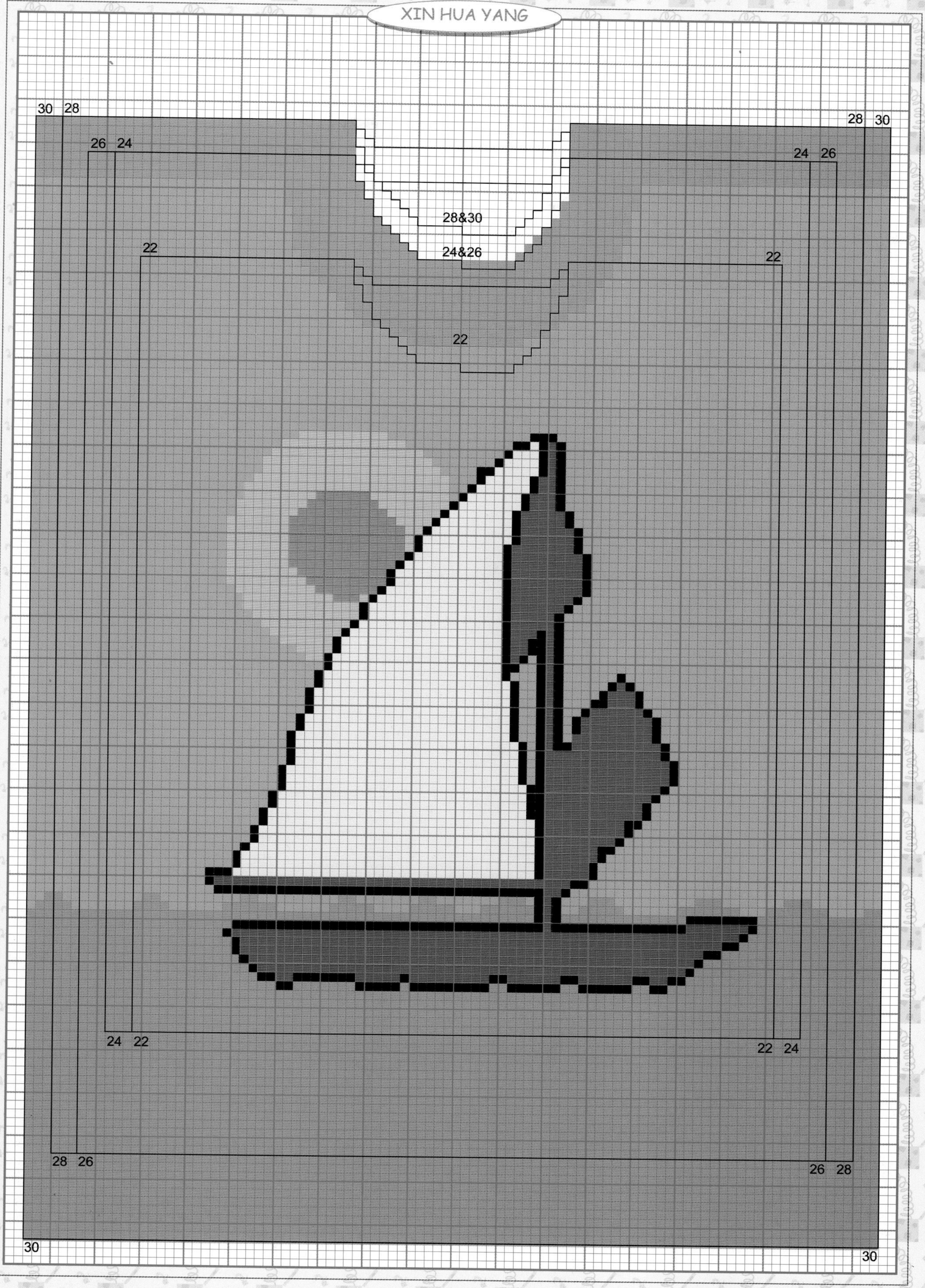
XIN HUA YANG
30 28
26 24
28&30
24&26
22
28 30
24 26
22
22
24 22
22 24
28 26
26 28
30
30

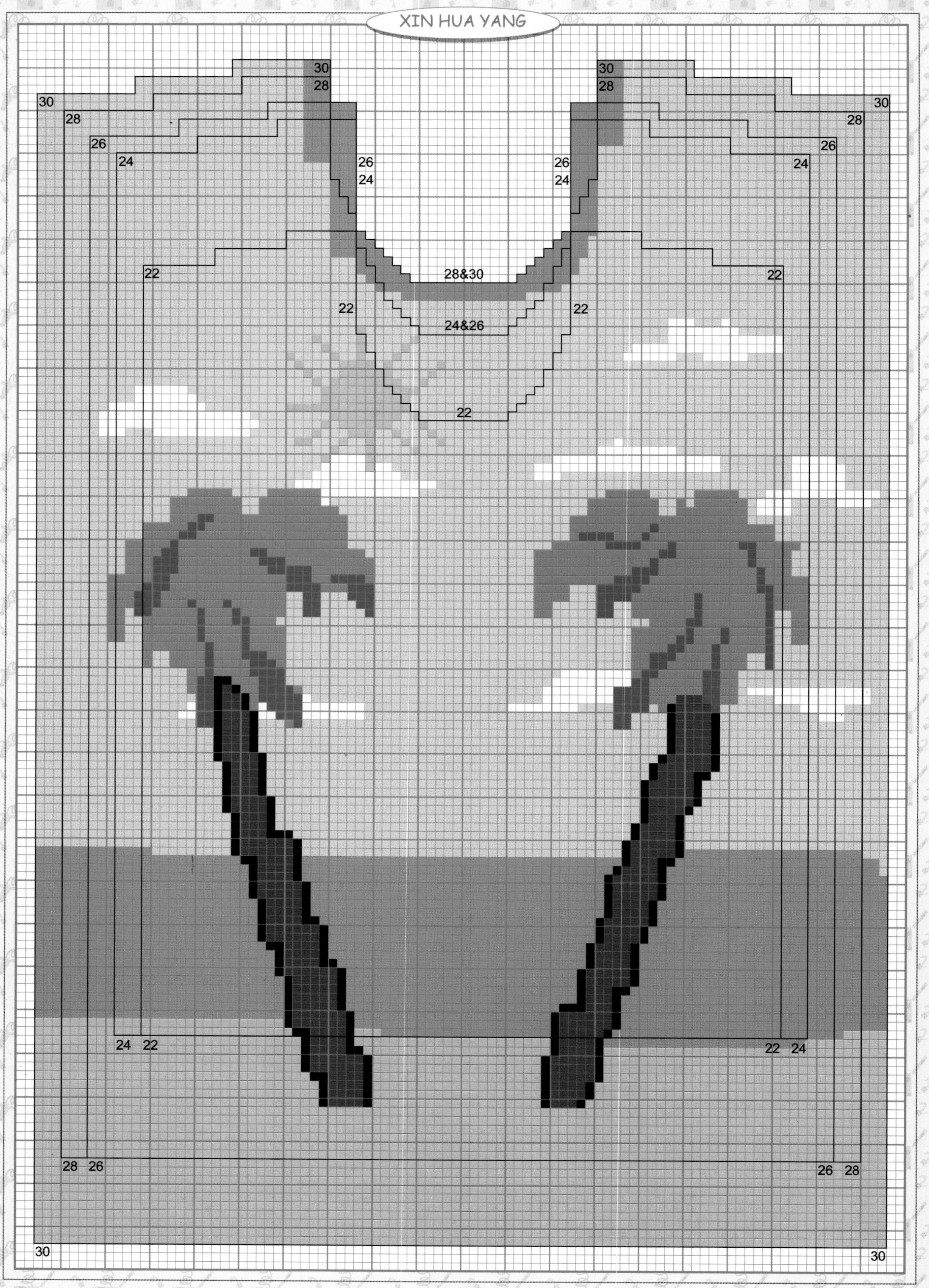
XIN HUA YANG
30
28
26
24
22
28&30
24&26
22
24 22
22 24
28 26
26 28
30
30

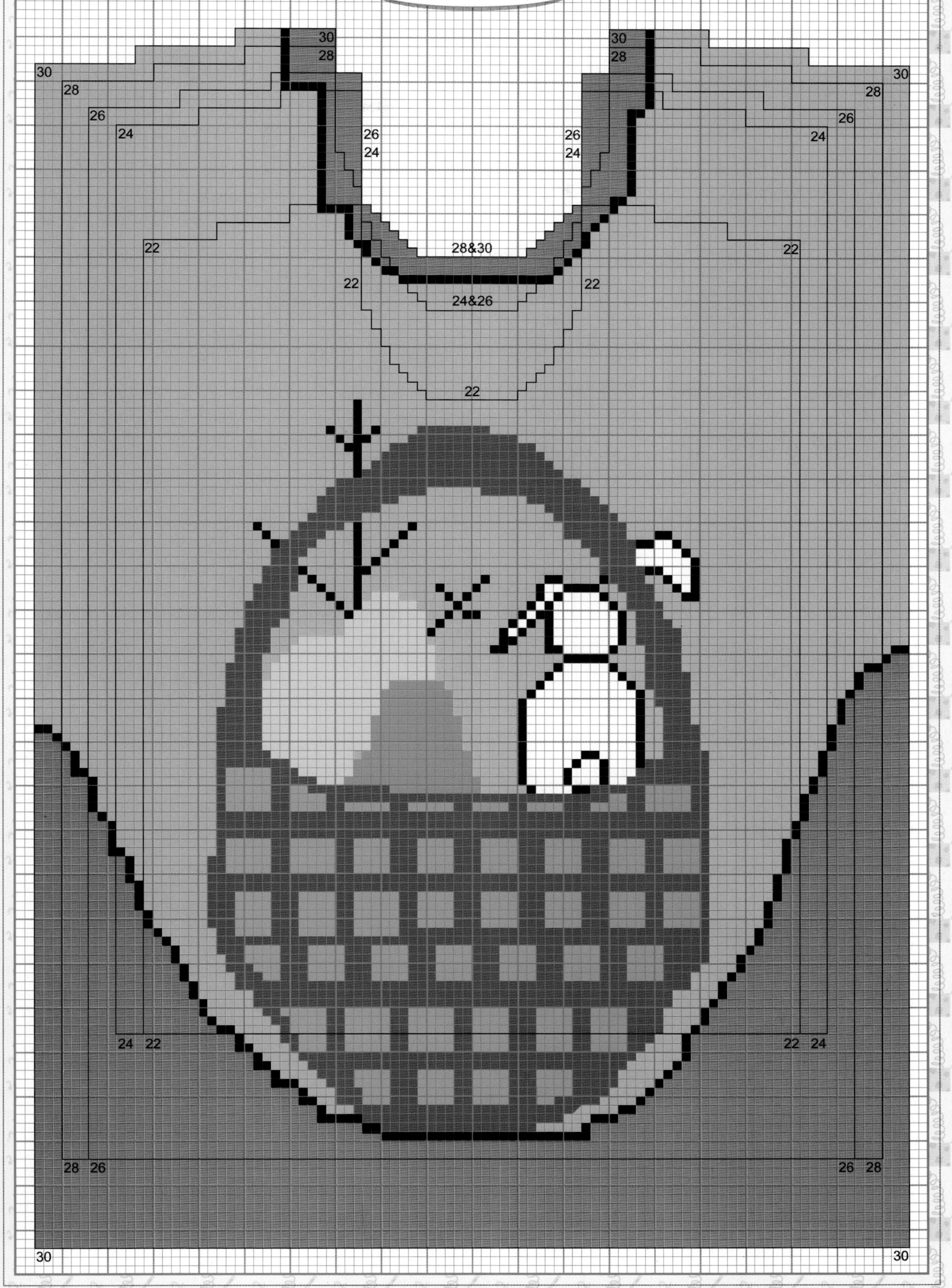
30
28
26
24
30
28
26
24
26
24
26
24
22
28&30
22
22
24&26
22
22
24 22
22 24
28 26
26 28
30
30

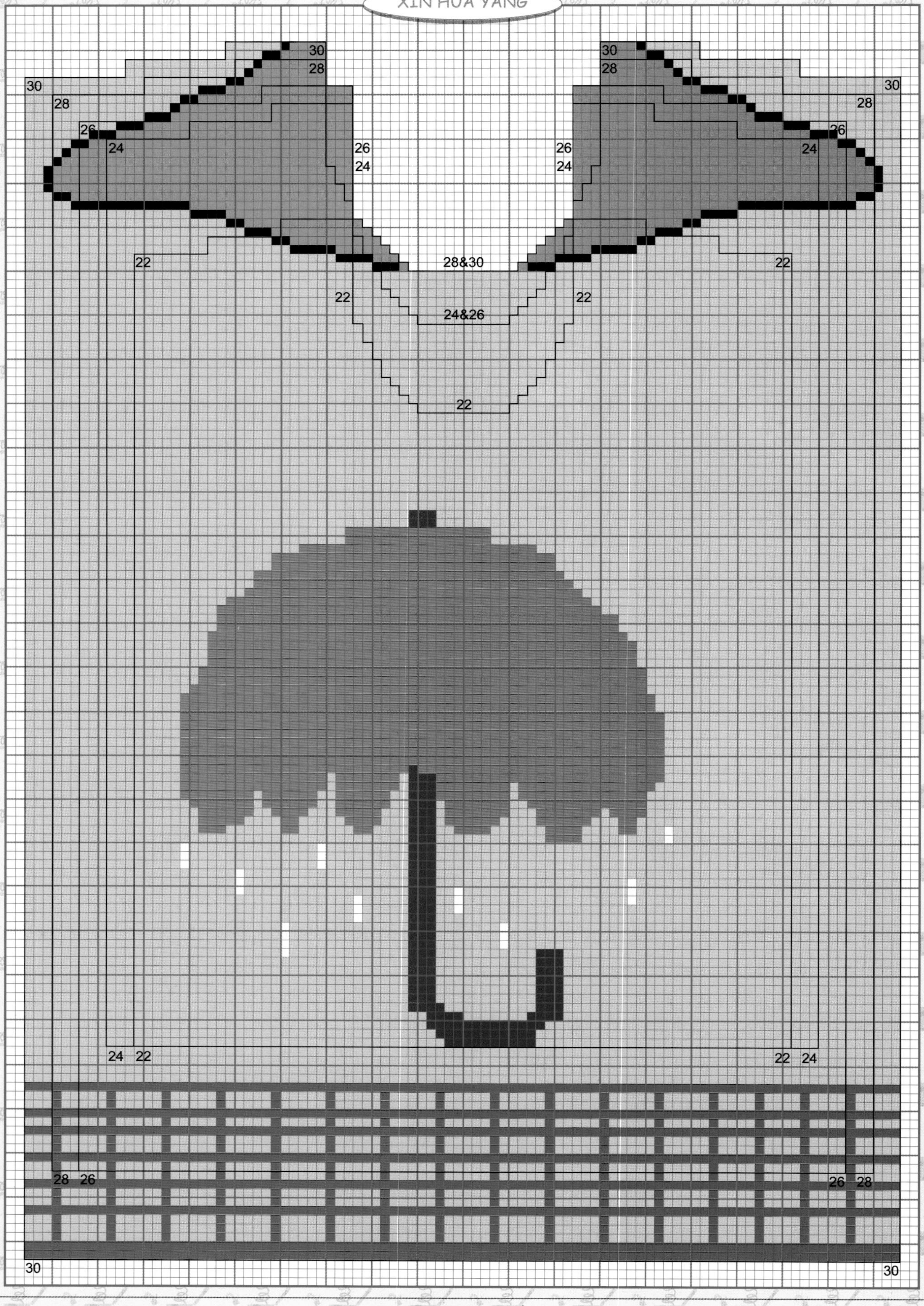
30
28
26
24
26
24
28&30
24&26
22
22
22
22
24 22
22 24
28 26
26 28
30
30

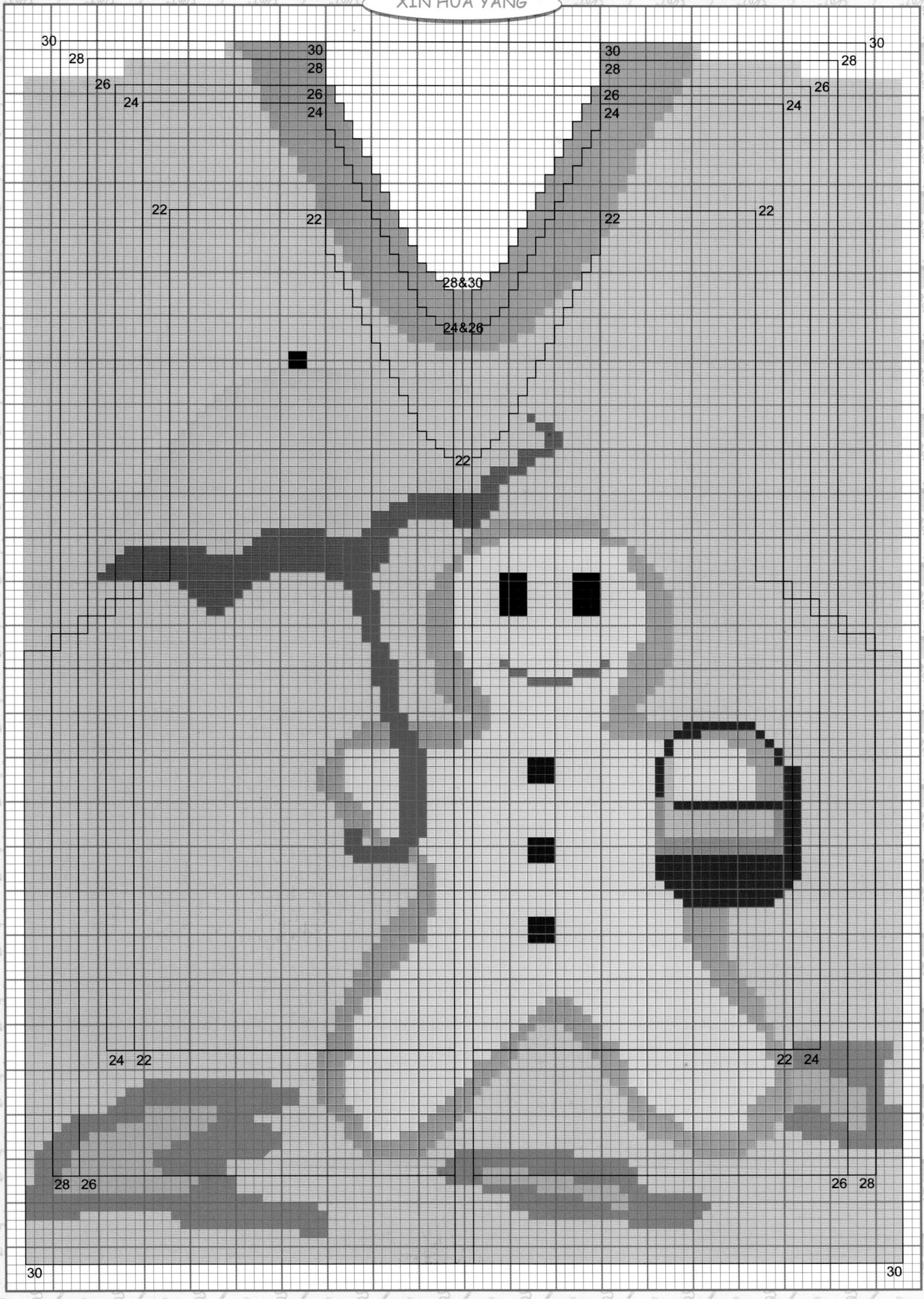
30
28
26
24
22
28&30
24&26
22
24 22
22 24
28 26
26 28
30
30

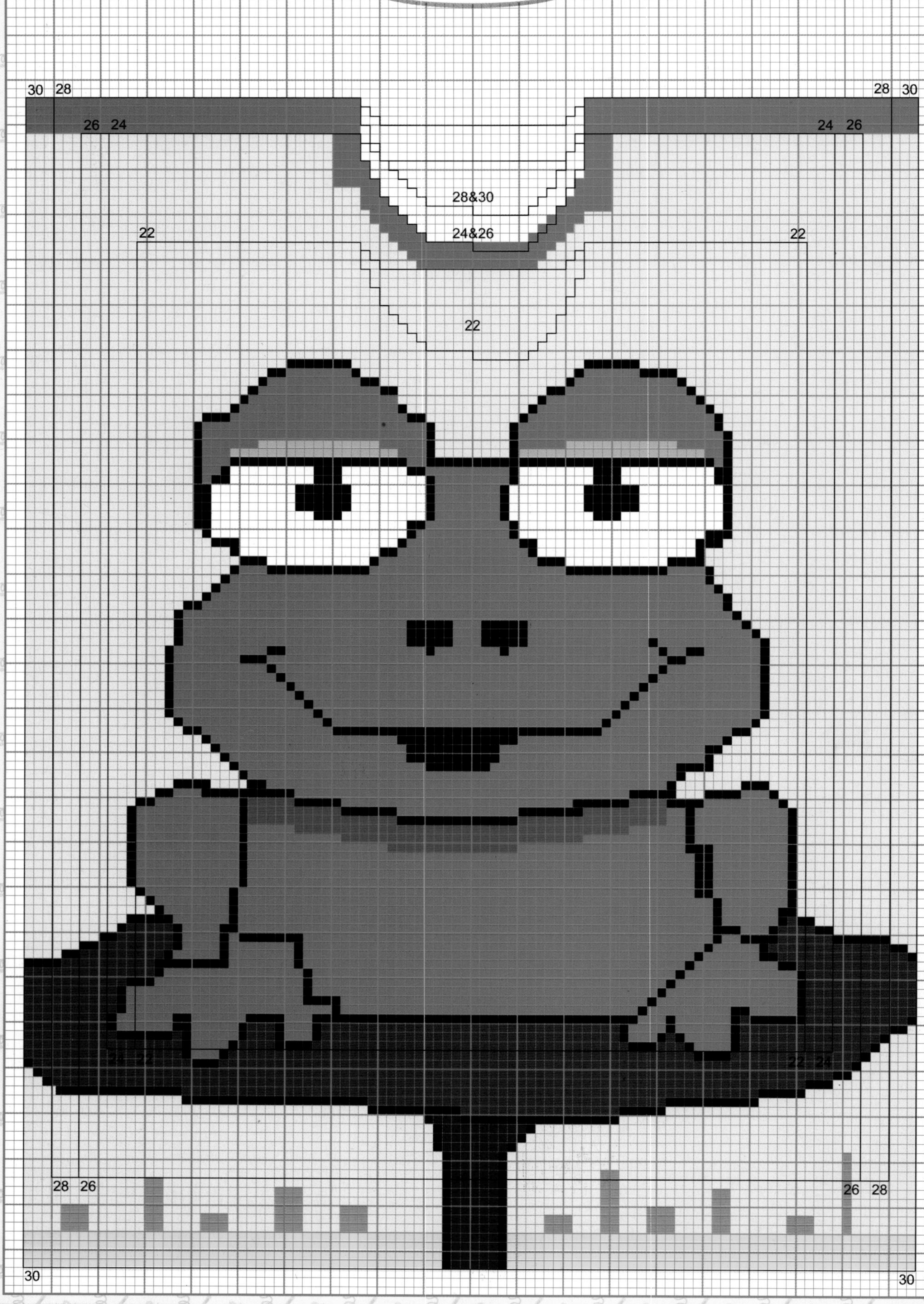
30
28
28
30
26
24
24
26
28&30
24&26
22
22
22
28
26
26
28
30
30

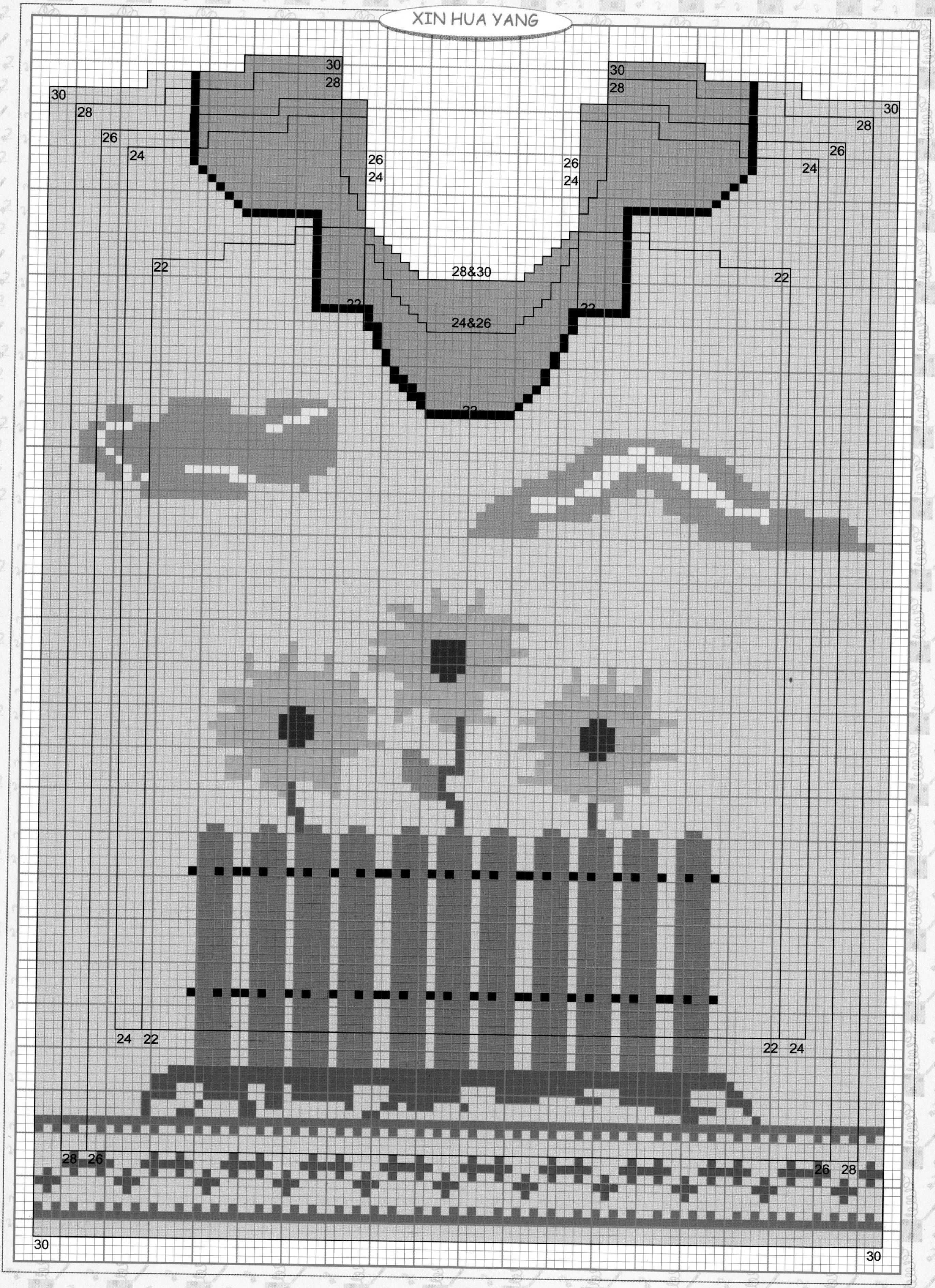
30
28
26
24
22
28&30
24&26

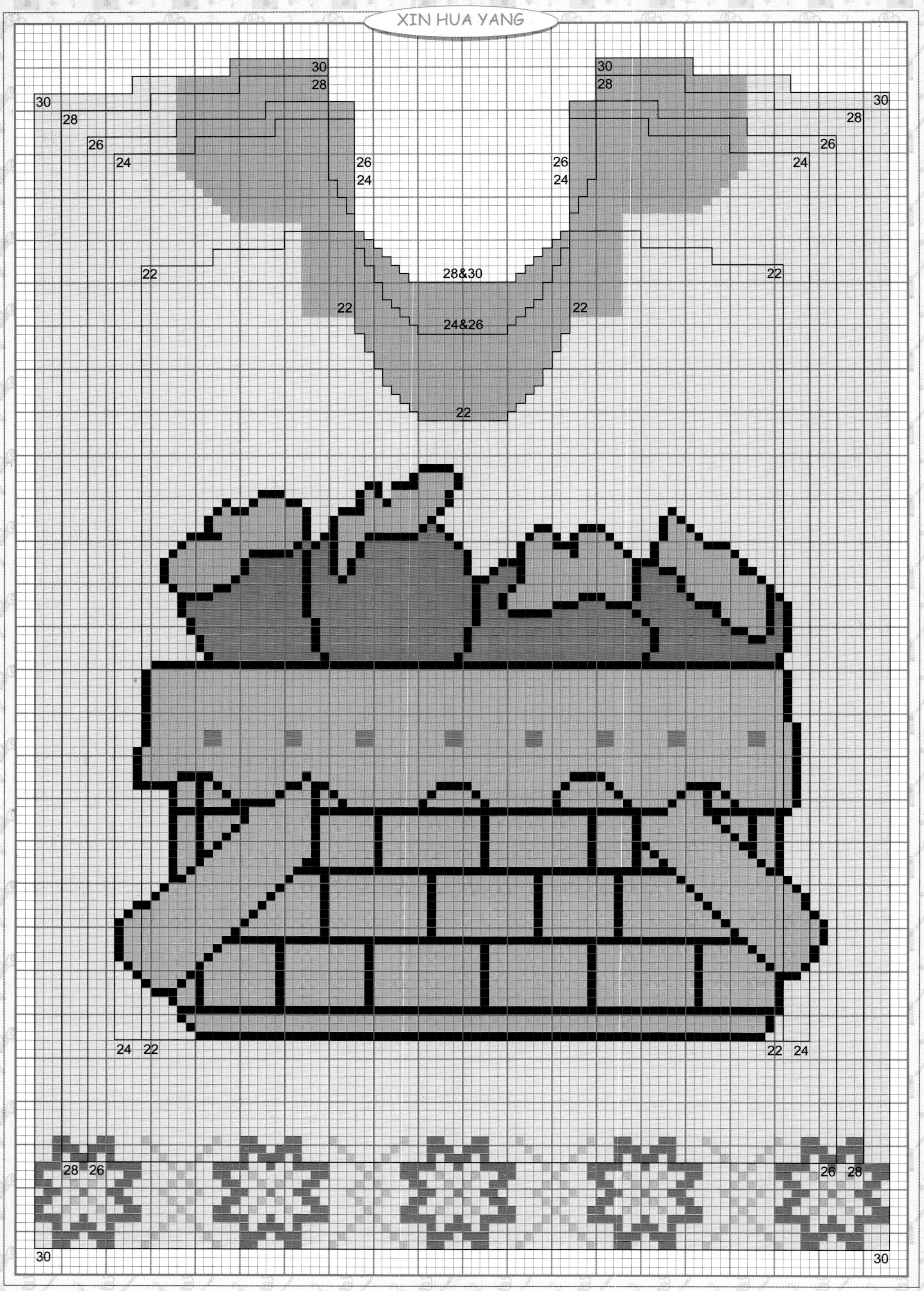
XIN HUA YANG
30
28
26
24
22
28&30
24&26
22
24 22
22 24
28 26
26 28
30
30